Bernard Clavel

Strom des Lichts

Aus dem Französischen von
Eliane Hagedorn
und Barbara Reitz

Schneekluth

Die Deutsche Bibliothek – CIP Einheitsaufnahme
Clavel, Bernard: Strom des Lichts
Roman / Bernard Clavel
Aus dem Französischen von
E. Hagedorn und B. Reitz
München: Schneekluth, 1999
ISBN 3-7951-1564-7

Die Übersetzer gehören
zum Kollektiv Druck-Reif

Die französische Originalausgabe
erschien unter dem Titel
MAUDITS SAUVAGES
bei Éditions Albin Michel, Paris

ISBN 3-7951-1564-7

Gesetzt aus der 10/13 Stempel Garamond
Satz: FIBO Lichtsatz GmbH, München
Druck und Bindung: Bercker, Kevelaer
Printed in Germany 1999

Im Gedenken an
zwei gerechte Männer:
Casamayor und Yves Pratte

»Die Wilden oder Indianer dürfen
in den Gebieten, die sie bewohnen, bleiben,
sofern sie dort bleiben wollen.
Sie dürfen unter keinem wie auch
immer gearteten Vorwand belästigt werden.«

General AMBERT
und Gouverneur VAUDREUIL
(Kapitulation von Montreal,
Art. 40, 1760)

»Als die ersten Europäer nach Kanada
kamen, teilten die Indianer ihre
Nahrung und ihr Wissen mit ihnen,
damit der weiße Mann überleben
konnte. Den Indianern ist es zu
verdanken, wenn die menschliche Gemeinschaft,
die wir heute Kanada nennen,
entstehen konnte.«

Pierre Elliott Trudeau,
April 1980

PROLOG

TISKA

Tiska wandert gen Norden. Den vorgebeugten Körper auf den Schaft der Lanze mit der Elfenbeinspitze in ihrer Rechten gestützt, keucht sie durch die feuchte, von harten Windböen gepeitschte Luft. Durch die nassen Strähnen ihres langen, schwarzen Haars suchen ihre Augen das Grau-in-Grau ab. Hin und wieder schüttelt sie sich. Mit einer knappen, schnellen Bewegung wirft sie den Kopf hin und her. Dann gibt ihr Haar ein knochiges Gesicht mit vorspringenden Wangenknochen, platter Nase und dunkler, ledrig glänzender Haut frei. Die Regentropfen prasseln auf das Bärenfell, das ihren Körper bedeckt. Ihre Arme sind mager, nur Nerven und Muskeln auf einem kräftigen Knochengerüst. Mit der Linken umklammert sie einen blauen, scharfkantigen Feuerstein. Der nasse Pelz schlägt um ihre bläulich verfärbten Fesseln. Aus mehreren tiefen Wunden an ihren nackten Füßen sickert Blut.

Je weiter sie geht, um so karger wird die Vegetation, kahle Weiten, die der Wind leergefegt hat. Überall schimmert der felsige Boden durch. Durch die graue Regenwand dringt kaum Licht. Steinblöcke, zwanzigmal höher als ein Mann, liegen in der Tundra verstreut, als seien sie von dem unsichtbaren, vom Unwetter verhangenen Himmel gefallen.

Seit drei Tagen hat kein Sonnenstrahl dieses Wolkendickicht durchdrungen. Doch Tiska kennt ihren Weg. Sie wandert geradewegs auf die unendliche Weite zu, die vom Lauf der Sonne unberührt scheint.

Sie geht gen Norden, weil sie immer von den Alten der Sippe gehört hat, die Menschen ihrer Rasse müßten eines Tages dem Wild nach Norden folgen.

Es hieß, die Tiere würden fortziehen und man brauche ihnen nur nachzugehen. Sie würden den Weg in eine reichere Gegend weisen, in der die Jäger nicht so zahlreich wären.

Aber wann? Darauf konnte niemand eine Antwort geben. Eines Tages kam eine Horde von Baikal-Kriegern und metzelte die Sippe nieder. Daß Tiska entkommen konnte, war Goyan zu verdanken, dem Jäger mit dem feinsten Gespür. Er hatte von weitem die Krieger gerochen, die sich mit dem Blut ihrer Opfer die Gesichter beschmieren. Und er hatte Tiska mit sich genommen.

Mehr als zwei Monde lang waren sie unter der Sonne und dann durch den Regen gewandert. Nicht eine Herde floh mit ihnen in dieselbe Richtung, doch das Wort der Alten genügte ihnen.

Eines Nachts war der riesige Braunbär aufgetaucht. Goyan tötete ihn. Während des Kampfs hatte die Pranke des Tiers die Gurgel des Mannes aufgerissen. Tiska legte den Leichnam auf den Boden, auf daß der Große Geist ihn holen käme. Dann zog sie die Lanze aus der Brust des Bären und machte sich aus seinem Fell einen Umhang. Sie schnitt die große Brust auf, zertrümmerte die Rippen mit dem Feuerstein und schlug ihre Zähne in das Herz, in dem noch ein Funken Leben war. Dann setzte sie ihren Weg fort, in sich die Kraft des Bären.

Allein wanderte sie durch die Taiga, dann durch die Tundra. Immer geradeaus, dem sonnenlosen Himmel entgegen.

Schon seit einigen Tagen ist das Bärenfleisch verzehrt, das Tiska mitgenommen hat. Sie ernährt sich nur noch von Beeren, einigen Insekten, von Gras und den Larven, die sie zwischen den Wurzeln der dornigen Pflanzen findet, die sie aus dem kargen Boden reißt. Doch sie geht weiter. Die Kraft des Bärenherzens hält sie aufrecht. Und die Angst vor den Baikal-Kriegern, die noch wilder sind als die Bären, treibt sie vorwärts. Das reiche, gelobte Land der Alten zieht sie an.

Der Regen ballt sich in den Wogen des eisigen Winds, der dicke Wolken auf den Boden drückt.

Gegen die Mitte des Tages legt sich der Sturm ein wenig. Der Nebel wird dichter. Tiska riecht in die Luft. Sie hat einen Geruch, den sie gut kennt: den des Wolfs. Sie bleibt reglos stehen und lauscht, doch sie hört nichts als die Wassertropfen, die auf den Boden der Tundra fallen, und das Rauschen des Nebels, der als grauweiße Masse dahinschwebt. Tiska riecht in den Nebel hinein. Es ist, als sei das Tier nur ein paar Schritte von ihr entfernt, verborgen in der dichten Luft, die man fast mit Händen greifen kann.

Tiska stößt ein langgezogenes Heulen aus, das sie dreimal wiederholt. Kein Echo. Ihre Schreie dringen nicht weiter als bis zu ihren Füßen, sie werden vom Nebel verschlungen, der sie umgibt. Die Frau geht weiter. Mit langen, geschmeidigen Schritten und gebeugtem Körper, den Kopf aufmerksam vorgestreckt, um die Gerüche besser einfangen zu können. Die Wölfe sind vor ihr. Sie haben die gleiche Marschgeschwindigkeit wie Tiska.

Alle Tiere werden nach Norden fliehen.

Tiskas Augen sind müde vom Suchen in den dahinwallenden Nebelschwaden. Mehrmals glaubt sie, eine weiße Form auszumachen, weißer als der Nebel. Immer noch nimmt sie diesen kräftigen Geruch wahr. Um einen Menschen anzugreifen, muß ein Wolf vor Hunger fast sterben. Oder aber der Mensch ist verwundet und hat Blut verloren, das der Wolf von einem Felsen geleckt hat. Der Wolf ist vor ihr. Selbst wenn die Füße der Frau bluten – er kann von ihrem Blut nicht gekostet haben.

Tiska wandert weiter, bis der Tag zur Neige geht und das Dunkel die dunstigen Luftmassen noch schwerer macht, die der Wind nun weniger wütend über das Land fegt, das sie hinter sich läßt.

Als sie fast nichts mehr sehen kann und die Müdigkeit schwer wie Blei auf ihr lastet, hält Tiska am Fuß eines großen Felsens an. Sie reißt einige Büschel Gras aus und verzehrt es bedächtig. In den Wurzeln bewegt sich etwas. Ihre Finger ertasten einen weißen Wurm. Sie ißt ihn mit dem Gras. Sie mag seinen nussigen Geschmack. Nachdem sie gegessen hat, sucht sie nach Mulden im Felsen, in denen sich Wasser gesammelt hat, und trinkt. Dann legt sie sich auf den Boden, den Rücken dicht an den Felsen gepreßt, die Knie an die Brust gezogen, und schläft ein, ohne die Lanze aus der rechten Hand zu legen.

Tiska hat nicht lange geschlafen. Sie hat gespürt, wie der Boden bebte. Sie richtet sich auf. Die Nacht ist schwer wie Blei. Das Dröhnen, das sich nähert, ist nicht zu verwechseln: Es ist eine große Herde, die nach Norden zieht. Sie läuft mehr als zweihundert Schritte entfernt der aufgehenden Sonne entgegen.

Tiska wittert den Nebel, der noch immer vorbeizieht. Der Geruch ist geblieben, aber der Wolf ist nicht mehr da. Tiska steht auf und lehnt sich gegen den Felsen. Die Finsternis ist noch zu tief, als daß sie auch nur die geringste Möglichkeit hätte, ein Tier aus der Herde zu erbeuten. Es sind Karibus. Sie laufen nicht wie Tiere, die auf Wanderung sind. Sie werden gejagt. Menschen jagen nachts nicht. Bären? Oder vielleicht Wölfe? Ein Präriedachs? Die Frau hockt sich nieder, den Rücken am Felsen, die Sinne angespannt. Sie wartet. Sie kämpft gegen den Schlaf. Der Regen ist einem dichten Nieseln gewichen, das alles mit einem eisigen Vorhang umhüllt.

Nach einer langen Weile dringt der Geruch der Karibus zu ihr herüber. Warm und weich liegt er in der Luft. Tiska läuft das Wasser im Mund zusammen. Die Zeit scheint stillzustehen. Nichts rührt sich, nur ein gleichmäßiger Nieselregen fällt. Die Nase der Frau öffnet sich weit. Sie bebt. Der Wind hat sich allmählich gelegt. Jetzt kommt er von Osten. Er trägt den Geruch von Blut und warmem Fleisch mit sich.

Tiska fürchtet, sich durch ihren Hunger irreführen zu

lassen und will sich vergewissern. Sie erhebt sich, wendet sich nach Osten, wo sie einen blassen Schein am Horizont ausmacht. Langsam dreht sie den Kopf und wittert ... Karibus!

Ohne zu zögern, macht sie sich auf, die Lanze in der rechten, den scharfen Feuerstein in der linken Hand. Ihre Füße tasten sich lautlos zwischen den Pflanzenbüscheln und dem Schachtelhalm voran, der ihr bis zur Taille reicht. Häufig bleibt sie stehen, um zu lauschen. Der Geruch wird immer schwerer. Sie hört das unverkennbare Geräusch berstender Knochen und reißenden Fleischs. Das Wasser tropft ihr aus den Mundwinkeln. Während Tiska voranschleicht, hat sich kaum merklich der helle Schein am Himmel vergrößert, so daß sie nun auf zehn Schritt Entfernung Gras und Felsen erkennen kann. Der Nebel ist nicht mehr so dicht wie vorher. Tiska hört das Geräusch mahlender Zähne. Ihre ganze Brust ist von den Gerüchen erfüllt, ihr Atem geht schneller. Sie hebt ihre Lanze und schleicht sich vorsichtig an.

Schon bald entdeckt sie eine Form, die sich bewegt. Noch ein paar Schritte, dann sieht sie deutlich ein rot funkelndes Augenpaar, das sie beobachtet. Es ist, als gäbe es nichts als diese funkelnden Augen. Dann taucht ein dunkles Maul auf mit einer Zunge, die langsam über die Lefzen streicht.

Es ist ein weißer Wolf. Er liegt neben dem Karibu, dessen Bauch er aufgerissen hat, und frißt weiter. Seine riesigen Reißzähne schlagen sich in das Fleisch. Kaum schneller, als eine Bodenpflanze zwischen den Steinen wächst, bewegt sich die Frau mit erhobener Lanze voran. Ohne sein Mahl zu unterbrechen, blickt der Wolf sie unverwandt an. Wenn sie sicher wäre, ihn töten zu können, ohne ihre Lanze zu verlieren, würde sie sie jetzt werfen. Doch wenn die Elfenbeinspitze abbricht ... In den Augen des Tieres liegt nichts Drohendes. Noch nie hat sie einen so weißen Wolf gesehen. Sie beobachtet ihn eine Weile und atmet gleichmäßig. Dieses Tier dürfte doppelt so groß sein wie die Steppenwölfe, er ist von reinerem Weiß als ein Hermelin.

Langsam und leise schleicht sich Tiska näher, bis sie mit dem Fuß den Körper des Karibus berührt. Der Wolf ist so nahe, daß sie ihn mit der Spitze ihrer Waffe berühren könnte, ohne den Schaft loszulassen. Doch irgend etwas hindert sie daran, die Lanze in dieses schlohweiße Fell zu stoßen. Mit großer Kraft reißt der Wolf dem Kadaver ein Bein aus. Er packt es mit dem Maul und entfernt sich etwa zwanzig Sprünge, um weiterzufressen. Also läßt sich Tiska neben dem noch warmen Tier nieder. Mit dem Feuerstein trennt sie die feine Haut zwischen den Schenkeln auf, greift nach einem blutigen Muskelpaket und reißt es heraus. Sie beißt zu. Der rote Saft rinnt über ihre Lippen und ihr Kinn. Das Blut tropft auf ihren Hals und läuft zwischen die flachen Brüste.

Während sich Tiska satt ißt, ist die Sonne am Horizont aufgestiegen. Ihr goldener Schein hat die schwere Feuchtigkeit aufgeweicht und die schläfrige Nacht zerrissen, deren langer Körper noch auf der Tundra ruht. Violette Täler mit tiefen, verschlungen Gräben haben sich geöffnet. Die scharfkantigen Felsen werfen das schwirrende Licht zurück. Ein erster Sonnenstrahl gleitet über den Boden und zieht den breiten Schatten eines Felsens in die Länge. Das Gras dampft. Und auch das Fell des Wolfs. Es glitzert in der Sonne wie Schnee. Seine roten Augen scheinen in Flammen zu stehen. Er erhebt sich langsam, läßt den abgenagten Knochen des Karibus liegen und entfernt sich. Direkt nach Norden geht er, wo sich die nächtlichen Nebelschwaden noch nicht aufgelöst haben.

Tiska trennt mit dem Feuerstein ein unversehrtes Bein des Karibus ab und packt es am Knöchel wie eine Keule. Die Lanze trägt sie unter dem Arm, den Feuerstein in der anderen Hand. Der Wolf ist schon weit weg, doch sein Pelz ist in dem flimmernden Licht, das auf der feucht glitzernden Tundra liegt, noch weithin sichtbar. Tiska beschleunigt den Schritt. Das Tier läuft mit gleichmäßiger Geschwindigkeit, ohne sich umzuwenden.

Der weiße Wolf hat getötet, und er wird wieder töten. Sie muß ihm folgen.

Die Sonne geht auf. Der Wind hat erneut eingesetzt. Er treibt den schweren Dunst vor sich her, der auf dem Boden rollende Schatten bildet.

Zwei Tage lang ziehen sie so durchs Land und sehen keine anderen Lebewesen als die großen Schwärme von Wildgänsen, die oft sogar hoch über den Wolken fliegen. Hin und wieder springt der Wolf nach rechts oder links. Er fängt eine Maus, die sich aus ihrem Loch gewagt hat. Wenn er frißt, kommt Tiska ihm etwas näher.

Am Abend, als es völlig dunkel geworden ist, hält sie bei einem Felsen an. Der Geruch sagt ihr, daß auch der Wolf seinen Weg nicht fortgesetzt hat. Sie ißt, wirft Hautfetzen, Fleisch- und Knochenstücke in die Nacht, hört den Wolf fressen.

Am dritten Abend hat sie nur noch den abgenagten Knochen, und sie gibt ihn dem Wolf. Die Grasbüschel werden immer spärlicher.

In der Nacht weht der Wind wieder von Norden. Was er mit sich bringt, weckt die Frau auf. Immer noch nimmt sie den Geruch des Wolfs wahr, doch andere, vielschichtigere, unbekannte, bittere Gerüche haben sich dazugemischt und ein Grollen, das sich anhört wie ein Gewitter in einem Gebirgstal. Doch hier gibt es keine Berge und nicht die geringste Spur eines Blitzes am Himmel. Tiska erhebt sich. Eine gewaltige Furcht lähmt sie. Wolkenfetzen jagen vor dem Vollmond entlang. Hie und da erstrahlt er in seiner ganzen Fülle und taucht die Weite in sein kaltes Licht, in dem die Schatten tanzen. Tiska blickt nach Norden. Dreißig Schritte von ihr entfernt liegt der Wolf, die Schnauze auf den Läufen, regungslos. Nur die Lichtschauer, die der Wind über sein Fell jagt, verleihen ihm Leben.

Stunden vergehen. Tiska hat sich nicht wieder hingelegt. An den Felsen gelehnt, lauscht sie auf das Grollen dieses Gewitters, das nicht nachläßt.

Sobald der Mond verschwunden ist und der erste Lichtschein den Osten erhellt, erhebt sich der Wolf und setzt seinen Weg fort. Tiska folgt ihm. Sie laufen direkt auf dieses Gewitter zu, das auf sie zu warten scheint. Bald beginnt der Boden zu beben. In der Ferne erkennt Ziska weiße Linien, die sich auftürmen und absinken, als würde die Welt zerbersten. Zur Linken ein Felsen, an dem sich Licht und Schatten brechen. Die Wellen tosen gegen die Felsklippen und schäumen zu hoher Gischt auf. Tiska zittert ein wenig. Die Alten hatten von unendlichen Wassern gesprochen, von Eis und Felsen, die sich plötzlich erhöben, um einen Weg zu schaffen, auf welchem Tiere und Menschen in andere Welten gelangen würden.

Über dem Wasser, wo sich über grünen Tiefen schaumgekrönte Wellenberge erheben, kreisen große Vögel. Sie tauchen, fliegen wieder auf und lassen sich, einen Fisch im Schnabel, am Ufer nieder. Der Wolf springt über Sand und Steine. Die weißen Vögel flattern auf und kreischen ärgerlich. Die aufgepickten, noch immer zuckenden Fische lassen sie am Ufer zurück. Der Wolf hält einen unter seiner Pfote und zerfetzt ihn mit seinen scharfen Zähnen. Tiska stürzt sich auf einen anderen. Sie beißt in das kalte Fleisch. Der Rücken des Fischs ist breit. Sein Maul öffnet sich, die Kiemen bewegen sich und sein Körper windet sich, doch die Fingernägel der Frau, die sich in seine Schuppen eingegraben haben, halten ihn fest.

Dieses Meer, das unter den Felsen grollt und an das Ufer brandet, manchmal bis hinauf zu den letzten Moosflechten, versperrt den Weg nach Norden. Der Wolf läuft in östlicher Richtung die Küste entlang. Die Frau ist ihm gefolgt, und so wandern sie nun gemeinsam schon seit einem

Mond. Das Licht hat sich verändert, ganz so, als lieferten sich der Schein des Himmels und jener Schein, der aus den Meerestiefen aufsteigt, einen unerbittelichen Kampf.

Eines Nachts bläst der Wind plötzlich mit doppelter Kraft. Er fegt von einem Punkt am Horizont, genau zwischen Norden und Osten, zu ihnen herüber. Er ist nicht so feucht und salzig wie der Meereswind. Die Frau erwacht, richtet sich auf und spürt auf Gesicht und Armen das Prickeln von Schnee. Sie drückt sich noch enger an den Felsen und versucht, sich, so gut es geht, mit ihrem Bärenfell zu schützen. Sie schläft wieder ein und erwacht erneut, als sie ein Gewicht auf ihrem Körper spürt und gleichzeitig den Geruch des Wolfs wahrnimmt. Das Raubtier ist bei ihr, liegt auf ihr. Es atmet regelmäßig. Die Frau rührt sich nicht. Sie ist so müde, daß sie wieder in tiefen Schlaf fällt.

Im Morgengrauen ist alles weiß, und es schneit noch immer. Der Wolf schüttelt sich und setzt seinen Weg fort. Tiskas Füße schmerzen, sie sind hart wie Stein. Sie schneidet zwei Bänder und zwei Fellstücke aus dem Bärenpelz, wickelt sie um ihre blaugefrorenen Füße und befestigt sie mit den Bändern an den Fesseln. Sie ziehen weiter. Die Vögel fangen Fische, und der Wolf jagt ihnen die Beute ab. Eines Tages erlegt er eine riesige Wildgans, die er bei Sonnenuntergang überrascht hat. Am nächsten Tag reißt er ein Reh. Tiska kann sich noch mehr Fellstücke zurechtschneiden, um ihre Füße besser zu schützen. Der Frost glitzert und knackt. Der Boden knistert wie Feuer im beißenden Wind. Jeden Abend wählt der Wolf einen großen Felsen aus. Im Windschatten gräbt er ein Loch in den harschen Schnee, bis er das darunterliegende Moos freigelegt hat. Die Frau legt sich hinein, und er legt sich neben sie. Im Morgengrauen wandern sie weiter, er immer gut dreißig Schritt voraus. Auch im Schnee ist sein Fell gut erkennbar. Es hat ein eigenes Weiß, das schimmernde Weiß eines Raubtiers, das nicht so kalt ist wie die Farbe des Schnees.

Schon bald werden die Vögel zahlreicher. Immer noch kreisen sie kreischend und tauchen in die Wellen, doch ihre schwarzweißen Schwingen scheinen sie weiter nach Osten zu tragen. Auch auf der Erde wandern die Tiere. Die Aasfresser ernähren sich von dem, was die fischenden Vögel, der Wolf oder die Frau zurücklassen. Schneefüchse, Braunbären und schwarze Bären. Große Raubkatzen. In der grollenden Stille der Nacht vernimmt man die Geräusche von Kämpfen, erstickte Schreie, das Röcheln verendender Tiere. Oft bebt der Boden vom Galopp der Huftierherden. Alles zieht nach Osten. Der Schnee, den die Tierhufe aufwirbeln, glitzert in der Sonne, wenn es Morgen wird.

Im Laufe der Zeit verändert sich das Ufer. Das Grollen wird klangvoller. Brandung, Flut und Wellen zertrümmern die Eisblöcke, sobald sie entstehen, der Strand wird immer heller. Nach und nach übernimmt der Frost die Herrschaft. Das Meer entfernt sich vom Ufer, da das Eis den Wellen Einhalt gebietet und ihr wütendes Treiben besänftigt. Die Tage sind sehr kurz geworden, doch im Widerschein des Schnees können der Wolf und die Frau noch lange nach Sonnenuntergang weiterwandern.

Sie setzen ihren Weg fort, der sich nach einer Weile von der schneebedeckten Erde entfernt und aufs Packeis führt. Sie wandern bis zu einer ersten kahlen, felsigen Insel, folgen wieder dem Packeis bis zu einer zweiten, nicht weniger kargen Insel. Der Wind ist schneidender als ein geschliffener Feuerstein. Er peitscht über das Eis, das im Licht der tiefstehenden Sonne farbig schillert. Von rosa über gelb bis violett von Sonnenaufgang bis Sonnenuntergang. An manchen Stellen zur Rechten oder zur Linken ahnt man das Meer, finster, wellenbewegt und gewaltig. Wenn der Wind die Nebelschwaden aufhebt, gefriert der Dunst in der Kälte zu Eiskristallen, und unzählige kleine Eiskörner schlagen Tiska entgegen. Der Wolf scheint sie nicht zu spüren. Seine gleichmäßige Laufgeschwindigkeit verändert sich nur, wenn er jagt.

Von Zeit zu Zeit taucht in der hellen Ferne eine große Herde auf, so dicht gedrängt, daß die Gehörne sich zu berühren scheinen. Die Karibus wandern schneller als Tiska und der Wolf. Ihnen folgen die Raubtiere, die die langsamsten der Herde töten. Nachts erklingt das Heulen der Wölfe, doch Tiskas Begleiter antwortet ihnen nicht. Er schläft dicht bei der Frau. Er folgt seinem Weg durch die Eisblöcke, umgeht unwegsame Gräben, meidet zu abschüssige Hänge und findet instinktiv, fast ohne sein Tempo zu verlangsamen, die besten Pfade. Und die Frau folgt ihm mit langen Schritten und vorgebeugtem Körper, nur manchmal richtet sie sich auf, um zum Horizont zu schauen. So ziehen sie weiter, bis sie die bläuliche, gezahnte Linie einer Gebirgskette sehen, deren Schneekuppen gleißendes Licht zurückwerfen.

ERSTER TEIL

DIE LONGUE ILE

KAPITEL I

Es wird dunkel. Langsam breitet sich die Stille des Waldes aus, man hört nur bisweilen gedämpftes Gemurmel, Geraschel und hier und da ein Knarren. Plötzliche Helle. Das Gemurmel wird lauter. Es verändert sich. Es gerät ins Wogen wie die schimmernden Seen und Springbäche, die Taiga und die Tundra, die über die ganze Breite der Panoramaleinwand hinwegziehen. Himmel und Erde scheinen sich zu neigen. Das Wasser wird gleich überschwappen. Himmel und Erde richten sich auf. Die Bilder überschlagen sich förmlich. Eine zornig tosende Stromschnelle schwillt an. Sie kommt näher. Füllt die gesamte Leinwand aus, scheint den Kinosaal überfluten zu wollen. Dann verschwindet sie ebenso schnell, wie sie gekommen ist, und man sieht Rottannen, die sich bis ans Meer erstrecken, auf dessen dunklem Wasser Packeis treibt. Die Sonne sinkt und färbt sich rot. Sie taucht in den violetten Horizont ein, auf welchen ein unsichtbarer Finger in goldenen Buchstaben schreibt:

»James Bay«

Dieser Titel nimmt jetzt die Leinwand ein und beleuchtet den riesigen Wald, wo die Bäume sehr viel dichter stehen als in der Taiga.

Eine warme, klangvolle Stimme erhebt sich aus den fernen Landschaften, die jetzt aus der Perspektive der Wildgänse, Trappen und anderer Zugvögel zu sehen sind, die zweimal jährlich die Gebiete in ihren typischen Formationen überfliegen.

Auf diese noch unberührte Natur folgen schnell geschnittene Standbilder, die die großen Werke der Menschen zeigen: moderne Fabriken, Staudämme, Gebäude.

Jetzt werden Pläne gezeigt, Zeichnungen, Skizzen, Modelle, Listen, Tabellen und Graphiken aller Art in leuchtenden bunten Farben. Linien werden von links nach rechts und von oben nach unten gezogen, Druckbuchstaben erscheinen in schwindelerregendem Tempo. Und Zahlen. Vor allem Zahlen, unglaubliche Zahlen, die die Stimme des Sprechers jedem Hörer einbläut, in tausende gespitze Ohren flüstert. Geldscheine stapeln sich wie Ziegelsteine, Dutzende, Hunderte Millionen Dollar.

Das ist solide. Aus Kalk, Sand und vor allem aus Beton gebaut.

Als würde die Stimme jedem einzelnen ein Geheimnis enthüllen, über das er eifersüchtig zu wachen habe, erklärt sie, daß mehr als dreihundert Männer seit fünf Jahren bereits vor Ort arbeiten, um unter oft harten Bedingungen Messungen und Bohrungen vorzunehmen und Verlauf und Standorte künftiger Straßen und Baustellen festzulegen.

Dann erscheinen die Pioniere, bärtige, ungepflegte Männer, die sich gegen Stechmücken wehren müssen und dennoch in die Kamera grinsen und winken: »Kommen Sie und helfen Sie uns!« Sie leben in Zelten oder Baracken. Wir sind mit ihnen auf einem Schiff. Ein Hubschrauber liefert Lebensmittel. Die Hufe im Wasser, beäugt uns aus der Ferne ein riesiger Elch, der Algen kaut. Kurzes Gelächter im Saal, gleich überdeckt von der Stimme, die Wunder prophezeit.

Städte sollen entstehen, Flughäfen, Fabriken, Werkstätten, Sportzentren, Dörfer und Restaurants für die Männer, die Deiche bauen werden, die ganze Meere aufhalten sollen, und Staudämme, die höher sind als Wolkenkratzer.

Bis Ende dieses Jahres 1971 werden viertausend Arbeitskräfte eingestellt werden. In zwanzig Jahren wird Quebec einen großen Teil des amerikanischen Kontinents mit Elektrizität versorgen können. Doch schon vorher werden sich Gold- und Dollarströme aus den USA über das Land ergießen. Bald werden hunderttausend, wenn nicht gar hundertfünfzigtausend Ingenieure, Angestellte und Handwerker aus allen Branchen beschäftigt sein. Schluß mit der Arbeitslosigkeit. Schluß mit der Angst. In der James Bay öffnet sich ein Fenster zum Licht der großen Hoffnung.

Die Stimme ist eindringlicher geworden. Sie beginnt zu vibrieren. Gefühle werden freigesetzt, die auf das Publikum überspringen. Bis jetzt nutzlose Flüsse werden Millionen Kilowatt produzieren. Wieder geht es um Geld. Solche kolossalen Summen sind unfaßbar.

Diejenigen, die nie mehr besessen haben als ihr Auto oder ein Haus, können sich etwas Vergleichbares überhaupt nicht vorstellen. Im Grunde seines Herzens greift jeder Zuhörer schon nach seinem Anteil an diesem ungeheuren Schatz. Der Reichtum des Landes ist der Reichtum jedes einzelnen.

Die Stimme wird plötzlich wieder sanft und verstummt dann eine Weile. Ein zwischen schimmernden Felsen zu Tal plätschernder Sturzbach wirft seinen glitzernden Widerschein auf die angespannten Gesichter. Die Augen glänzen. Wogen der Begeisterung rollen durch den Saal. Wie ein Trompetenstoß erschallen die Worte, die alle schon als Siegesschrei verstehen:

»Heute beginnt ein neues Leben!«

Die Lichter gehen an. Auf der Leinwand tost noch immer der Wildbach zwischen den Felsen dahin, doch nach und nach verliert er an Glanz und ist schließlich ganz verschwunden. Der Applaus läßt das »Colisée« von Quebec erbeben, erschüttert es bis in die Grundfesten. Die Zuschauer haben sich erhoben, klatschen und brüllen. Unaussprechliche Freude ergreift die Menge, wühlt sie auf, peitscht, wiegt und beugt sie wie ein Sommergewitter ein reifes Weizenfeld. Doch hier sind es nicht goldene Ähren, die der Sturm erzittern läßt. Andere Farben herrschen vor: die schwarz-roten Mützen der Mitglieder der liberalen Partei, Überbleibsel der letzten Wahlkampagne, und hellblau-weiße, mit Lilien geschmückte Fähnchen, die Wahrzeichen der »Belle Province«. Die Begeisterung ebbt nicht ab. Als sich ein schlanker Mann mit etwas zu weitem kariertem Jackett in der ersten Reihe erhebt und die Stufen zur Bühne hinaufsteigt, werden die Rufe noch lauter. Erst nachdem er an einem Tisch Platz genommen und seine Akten aufgeschlagen hat, beruhigt sich die Menge. Wieder liegt der Saal im Dunkeln, während die Scheinwerferkegel auf den Sprecher gerichtet sind. Seine lange, spitze Nase, auf der eine Hornbrille sitzt, pickt wie ein Hühnerschnabel in den Papieren herum, dann hebt sie sich wieder und richtet sich auf die Zuhörer. Der Premierminister greift, wenn auch weniger poetisch, auf, was bereits im Film gesagt wurde. Er wiederholt die Zahlen: sechs Milliarden Dollar für ein Projekt, um das die ganze Welt die Provinz Quebec beneiden wird.

Niemand fragt, woher das Geld kommen soll. Nur eines sehen sie: Arbeit und Ruhm für das Land. Das Staunen der anderen kanadischen Provinzen und – warum nicht – der ganzen Welt.

»Öl ist teuer, Kernenergie gefährlich, Kohle umweltschädlich. Unsere Nachbarn werden unseren Elektrizitätsüberschuß brauchen, wenn sie in Bedrängnis sind. Sie werden bereit sein, für saubere Energie einen hohen Preis zu zahlen. Wenn wir das Wasser und seine Kraft nicht nutzen, werden wir verarmen.«

Die Zuhörerschaft ist gefesselt. Der Ton dieser Rede ist fest und würdevoll, und die Ausführungen sind vielversprechend.

»In der James Bay liegt der Schlüssel zum wirtschaftlichen Fortschritt der Provinz Quebec. Der Schlüssel zu unserer Zukunft!«

Wenn dieses Projekt zur Ausführung kommt, wird es keine Angst, keinen drohenden wirtschaftlichen Abstieg mehr geben, dann wird Quebec nicht mehr nur ein armes Anhängsel Kanadas sein. Noch einmal wird sich das Volk auf seinen Pioniergeist besinnen, es wird Land roden und bebauen, um dem Norden die Kraft des nutzlosen Schnees, der Felsen und des Eises abzuringen, auf daß sie sich in die Täler ergieße.

Die Regierung ist der erste Pionier. Jetzt gilt es, die Ärmel aufzukrempeln. Sie wird sich ebenso ins Zeug legen wie die Vorfahren, die Jahrhunderte zuvor aus Europa kamen, um ein neues Frankreich aufzubauen.

Der Applaus ist noch heftiger als am Ende des Films. Es ist, als würde gleich jeder Zuhörer aufspringen, um ein Werkzeug zu ergreifen und sich an die Arbeit zu machen.

Manche erheben sich und halten Schilder hoch, auf denen der Name des Ortes steht, den sie hier vertreten: Trois-Rivières, Amos, Val-d'Or, Matagami, Montreal, Chicoutimi, Saint-Georges-d'Harricana, Autier, Belle-Terre, Saint-Télesphore ...

Großstädte neben Dörfern. Alle sind offenbar von unbändiger Kraft erfüllt, und dieser sonderbare Schilderwald über den Köpfen verwandelt sich in einen Strom, der sich in die Nacht ergießt.

Man unterhält sich. Man wiederholt die ungeheuerlichen Zahlen, die Worte, die die Brust schwellen lassen. Und manche Stimmen erheben den Ruf:

»Heute beginnt das neue Leben!«

DIE PRESSE BERICHTET ÜBER DAS PROJEKT

... eine Vier-Milliarden-Dollar-Baustelle, die von den Amerikanern finanziert wird und die 145.000 Arbeitsplätze schaffen wird.

Wir würden es begrüßen, wenn der Premierminister der Opposition in dieser Angelegenheit mehr Einblick gewähren würde, damit sie sich ein Bild davon machen kann, was bis jetzt unternommen wurde.

Darf ich in diesem Zusammenhang die Frage stellen, warum der Premierminister dieses große Projekt nicht vor der Kammer erörtert hat.

Ein Wirtschaftsberater aus Quebec erklärt:
»Die Industrialisierung der James-Bay wird kaum spürbare und nur vorübergehende Folgen haben, Atomkraft hingegen könnte technische Fachkräfte für die Zukunft hervorbringen. Wir dürfen uns nicht länger auf den verdammten Mythos der natürlichen Reichtümer Quebecs versteifen. Nur weil dieser Strom französisch-kanadisch und obendrein katholisch ist, muß doch nicht unbedingt ein Staudamm daraufgesetzt werden.«

Die Vereinigung der Indianer drückt ihr Erstaunen darüber aus, daß ein solches Projekt ohne vorherige Beratung mit ihren Vertetern ausgearbeitet werden konnte. Zu diesem Thema befragt, erklärt Max Gros-Louis, der Schatzmeister der Vereinigung: »Das Gebiet der James Bay gehört zu den wenigen, in denen unsere Besitzrechte unanfechtbar sind, deshalb dürfen wir diesmal nicht nachgeben. Wenn nötig, werden wir vor Gericht gehen.«

KAPITEL 2

Kleine weiße Wölkchen schweben über den blauen Frühlingshimmel. Der Wind, der sie treibt, senkt sich nur von Zeit zu Zeit auf die Felder und den Fluß herab. Dann belebt sich das dunkle Wasser, und Lichtstrahlen laufen, zögernd und von einigen Strudeln unterbrochen, von einem Ufer zum anderen.

Zwischen den dunklen Rottannen und den Lärchen mit ihren gelblichen Wipfeln leuchten in der Taiga noch ein paar blühende Zweige der schmalblättrigen Lorbeerrose. Malvenfarben und rosa wogen sie im Wechselspiel von Sonne und Schatten an den Ufern der Insel Kinomanitak.

Fern vom Meer liegt mitten im Strom die Longue Ile, umspült von den Gezeiten, die vom Meer in die Mündung kommen. Sie ist die einzige Insel, die so hoch ist, daß sie immer aus dem Wasser herausragt, die einzige, auf der es Bäume, Gras und Leben gibt. Im seichten Wasser werden unzählige Sand- und Kiesbänke sichtbar, auch große, graue und grünliche Felsen mit schwarzen Adern, glattgeschliffen vom Wasser, das sie seit Jahrhunderten überspült. Hier hat es einmal eine felsige Inselkette gegeben, die der Strom abgetragen hat. Eine neue bildet sich. Weniger fest, unbeständiger, oft unberechenbar. Inseln türmen sich auf, werden langsam, kaum merklich größer, durch Torf, Sand, Erde, Zweige, Blattwerk und entwurzelte Bäume, die vom Strom angeschwemmt werden. Einige von ihnen werden vielleicht in Tausenden von Jahren so sein wie Kinomanitak. Ein unaufhörlicher Gestaltungsprozeß, über den keine Vorhersage möglich ist. Die Alten erinnern sich, daß schon die Alten in ihrer Kindheit die Mündung so kannten. Bei Flut sieht man Felsen und Schwemmgut an der Wasseroberfläche. Nur die Felsen bleiben unverändert. Alles andere wechselt mit den Monden. Die Erinnerung ist nutzlos. Man muß erraten, wo das Land ist. Die Zeichen deuten, die die Strömungen hinterlassen. Jede Welle, jeder Strudel hat seinen Sinn. Hier toben zu viele gegensätzliche Kräfte, als daß ein Fremder in harmonischer Einheit mit dem Wasser leben könnte.

Die Wabamahigans sind seit Urzeiten hier, schon vor Menschengedenken waren sie da. Aus den Überlieferungen der Alten wissen sie, daß sie einst ein großes Volk waren. Heute leben ihre Nachfahren nur noch auf der Longue Ile. Kinomanitak ist ihr Land. Und das kann ihnen niemand absprechen. Alles andere Gebiet in Richtung Hochland ist Jagd- und Angelgebiet, das sie in gutem Einvernehmen mit anderen Stämmen teilen.

Jeder kennt die Weiten, die Wege der Trapper, die Täler und Seen, die Ebenen und Bäche. Niemand würde je Fische fangen oder Wild jagen, das einem anderen gehört.

Als die ersten Weißen auf die Longue Ile kamen, lebten die Wabamahigans in Wigwams aus Häuten. Die Ältesten erinnern sich noch, wie ihre Eltern ihnen in ihrer Kindheit von der Ankunft der Männer in Schwarz erzählten.

Sie hatten gesagt: »Lebt mit uns. Der Geist und die Gebeine eurer Toten sind hier, unser Gott wacht auch über sie. Denn ihr werdet mit uns den Schöpfer der Welt anbeten, den Gott aller Menschen.«

Seither ragt ein oft reparierter und immer wieder neu gestrichener Glockenturm aus weißem und blauem Holz über die Insel. Die Regierung stellte Bretter, Spanplatten und Teerpappe zur Verfügung, damit sich die Wabamahigans Häuser bauen konnten, die denen der Weißen glichen. Neben der Kirche haben sie einen Gemeindesaal und eine Schule errichtet. Das alte Dorf lag um den Feuerplatz, wo man das Fleisch trocknete. Jetzt liegt es an einer langen Straße, die sich von Osten nach Westen über die Insel zieht. Zu beiden Seiten stehen Häuser, alle gleich, rot, gelb oder orange gestrichen. Das Dorf der Wabamahigans heißt nicht mehr Odenamanitak. Die Missionare haben es Fort-

Pacôme getauft. Keiner konnte diese Entscheidung je begründen. Keiner hatte jemanden gekannt, der Pacôme hieß.

Am Anfang der Straße hat man einen Anlegesteg gebaut. Geteerte Holzplanken, die auf drei Reihen von leeren Öltonnen verankert wurden. Zu beiden Seiten liegen die Boote. Fast alle sind aus gestrichenem Holz oder aus Kunststoff. Es gibt nur noch wenige schmale Kanus aus Baumrinde, und die gehören den Alten. Auch an Land liegen fünf Boote. Eines auf dem Steg, die anderen Seite an Seite auf einer langen, kaum mannshohen Stellage aus Holz. Darunter und rundherum ist der Boden karg. Nicht ein Grashalm kann auf dieser festgetretenen, felsenharten Scholle wachsen. Lachend hatte der Priester diesen Fleck Erde den »Seniorenclub« getauft. Denn hier halten sich die Alten während der warmen Jahreszeit den ganzen Tag lang auf. Wenn die Sonne zu heiß herunterbrennt oder wenn es regnet, suchen sie Schutz unter den Booten. Dieses Dach reicht den Jägern, die an ausgedehnte Wanderungen durch Wälder, durch Wasser und Eis und an Biwaknächte im Schnee gewöhnt sind, völlig aus. Bleibt das Wetter bis zu den ersten Nachtfrösten schön, dann zünden die Männer manchmal ein Lagerfeuer an. Auf diese Weise entkommen sie etwas länger dem Gemeindesaal und den Hütten. Den ganzen Tag über spielen sie Dame und sitzen entweder im Schneidersitz auf dem Boden oder rittlings auf Bänken. Mindestens sechs von ihnen schieben die hölzernen Spielsteine über das Brett, auf das sie schwarze Karos gemalt haben. Die anderen sehen zu. Eine Geste. Blicke. Wenn sie reden, dann erzählen sie von ihren Jagderlebnissen, den Wanderungen durch die Wälder, von ihrem Trapperdasein, dem Besuch eines Fremden oder vom Zusammentreffen mit Waldläufern. Sie sprechen auch von den guten und den schlechten Jahren des Pelzhandels, vom Tauschgeschäft in den Handelskontoren. Hin und wieder gibt es Gelächter. Nie ruft jemand dazwischen, um sich Gehör zu verschaffen, wenn ein anderer spricht. Alles läuft ruhig ab, gleitet wie die Spielsteine auf dem Brett. Die Alten sind hier, weil sie im Schutz der Boote den breiten Strom fast bis zur Bucht hin überblicken können und so vor den anderen über alles Bescheid wissen. Denn alles Neue kommt über das Wasser. Niemand kann die Insel betreten oder verlassen, ohne an ihnen vorbei zu müssen.

Der Strom kommt von Osten und folgt dem Lauf der Sonne. Er sprudelt von den Seenplatten des Hochlands herab. Das Gebirge, das sich über die Mitte der Insel zieht, reicht im Osten bis zum Atlantik, im Westen bis zur Hudson Bay und zur James Bay. Sipawaban haben die Wabamahigans den Strom genannt. Als die Engländer hörten, daß dies »Strom des Lichts« bedeutet, nannten sie ihn »Bright River«. Dann kamen die Franzosen, übernahmen diesen Begriff, und der Strom bekam den Namen »Claire Rivière«, »Klarer Fluß«. Doch der Sipawaban bleibt ein Strom. Der Strom der Wabamahigans.

Denen, die ihn nicht kennen, erscheinen seine schwarzen Fluten wie eine mondlose Nacht ohne Sterne. Sie haben die dunkle Farbe der Rottannen und das matte Braun der weichen Torfufer. Doch der Strom folgt dem Lauf der Sonne und fließt im Glanz ihres Lichts bis dorthin, wo sie im Abenddunst verschwindet. Auch wenn die Bucht, in der er ins Meer mündet, so weit entfernt ist, daß man sie kaum sehen kann, unterliegt er dem Wechsel der Gezeiten. Der gleichmäßige Rhythmus von Ebbe und Flut, der so alt ist wie die Welt, bringt je nach Tageszeit laue oder kühlere Luft mit sich. Die Oberfläche des Wassers ist wechselhafter als seine Tiefen, die unter den verschwimmenden Lichtreflexen kaum zu erkennen sind. Kein noch so winziger Stern entgeht dem Sipawaban, schon am Ende der Welt, am Rande der Unendlichkeit fängt er seinen Schein auf. Und er trägt ihn bis zur Longue Ile, wirbelt ihn in seinen Strudeln und wirft sein Licht mannigfach zurück. Selbst wenn ihm das Eis Einhalt gebietet, erhellt er die Welt. Er zieht die Polarlichter an. Ihre Schleier breiten sich zwischen den Ufern aus, als wollten sie in seiner glitzernden Frische ihren Durst löschen.

Der Sipawaban gibt den Menschen der Longue Ile Fisch in Hülle und Fülle. Fische, die vom Meer flußaufwärts schwimmen, und solche, die von Quellen und Seen durch die Stromschnellen hinabgleiten. In der Zeit der Vogelzüge lassen sich die Wildgänse in der Flußmündung nieder. Tagelang sind die Ufer und Gewässer weiß von Vögeln. Das Hochwasser führt abgebrochene Zweige von den Ufern des Hochlands mit, die zum Teil an der Spitze der Insel angeschwemmt werden. Dann fahren die Männer mit ihren Kanus hinaus und sammeln aus dem schlammigen, windgepeitschten Wasser, was sie brauchen. Am flußaufwärts gelegenen Teil der Insel türmen sich riesige Felsen, die über die Zeiten vom Schlamm des Stroms zusammengeballt wurden. Dieser mächtige Wall auf unvergänglichem Granitboden schützt die gesamte Insel und die Vegetation der Taiga.

Seit die Schule den Alten die Enkel weggenommen hat, haben sie niemanden mehr, dem sie ihr Wissen über Holz, Wasserläufe, Winterfrost, Fallenstellen, Jagd, Fischerei, Vogelwanderungen und Heilpflanzen weitergeben können. Also spielen sie Dame, unterhalten sich und lauschen dem Fluß.

Der Sipawaban sagt das Wetter vorher. Er zeigt die Jahreszeiten an. Er weiß, ob der Frühling zu früh einsetzen wird und ob mit einem harten Winter zu rechnen ist. Er erzählt, was sich flußaufwärts zuträgt, was in den Jagdgründen geschieht. Jeder Ring auf seinem Wasser ist ein Zeichen. Jeder Strudel birgt eine Nachricht.

Während die Wabamahigans ihre Spielsteine über das abgenutzte Brett schieben, werfen sie von Zeit zu Zeit einen Blick auf den Strom. Ihre Augen blinzeln im Schatten ihrer amerikanischen Schirmmützen, deren Werbeaufdruck von Schweiß, Regen und Sonne verblaßt ist. Sie scheinen die

Ferne zu befragen. Jene Linie, an der alles im flirrenden Dunst verschwimmt. Je mehr sich das Land dem Meer nähert, um so kahler und flacher wird der Boden, als entkleide er sich, bevor er in die Fluten taucht. Die Spieler, die dem Westen den Rücken zuwenden, drehen sich nicht um, sondern beobachten das Mienenspiel ihres Gegenübers. Verweilt ein Blick etwas zu lange in der Ferne, bilden sich Falten auf einer Stirn, richtet sich ein Körper auf oder reckt sich ein Hals, heben sie fragend den Kopf. Der andere senkt den Blick, läßt die Schultern sinken. Sie haben sich verstanden.

Der Häuptling spielt im Augenblick nicht mit. Er steht an eines der Boote gelehnt. Wie die anderen trägt auch er eine Windjacke mit roten, grünen und schwarzen Karos. Seine Hose muß früher das gleiche Blau gehabt haben wie der Flicken am linken Knie, jetzt ist sie schmutziggrau. Der Häuptling ist ein kräftiger Mann, breit gebaut, mit einem groben Gesicht, dessen Kanten poliert und gerundet wirken wie die Felsen im Fluß. In der Rechten hält er eine große, erloschene Pfeife, deren Kopf aussieht, als habe eine Ratte den Rand angefressen. Hin und wieder führt er sie an die Lippen, bläst zwei-, dreimal kurz in das Mundstück und schnalzt mit der Zunge. Zu seiner Rechten liegt die Flußmündung. Langsam wendet er den Kopf zu einem kurzen Blick, blinzelt und verfolgt wieder das Spiel. Als es zu Ende ist, entfernt er sich ohne Eile. Er geht zu zwei anderen Alten, die ein wenig abseits oberhalb des Anlegers hocken. Der Schamane und der Blinde sitzen nebeneinander. Der Schamane ist mager und gebeugt, seine Hände sind lang, fein und wie gegerbt. Er trägt eine Tunika aus Karibuleder, die vorn und an den Seiten mit schwarzen Lederflechten zusammengehalten ist.

Sein Kopf ist bis zu den Augenbrauen von einer weißen Wollkappe bedeckt. Er blättert in einem Katalog, der auf seinen Knien liegt. Aufmerksam betrachtet er die Abbildungen von Maschinen und Werkzeugen, die Farbfotos von Küchengeräten, Möbeln und sonderbaren Gärten voller unbekannter Blumen, die unecht erscheinen. Der Schamane liest nicht, aber wenn sein Blick auf einen Text oder Zahlen fällt, senkt er die Augenlider, das linke etwas weniger als das rechte, das hin und wieder leicht flattert. Er wirkt, als versuche er angestrengt, den Text zu verstehen oder etwas nachzurechnen. Seine schmalen Lippen murmeln fast beständig irgend etwas Unverständliches. Der Mann neben ihm scheint seine Gegenwart überhaupt nicht wahrzunehmen. Seine Augen mit den verwaschenen Pupillen sind auf den Fluß gerichtet, doch kein Schimmern, kein Licht bringt sie zum zwinkern. Er ist nicht so groß wie der Schamane, aber fülliger. Wie die anderen trägt auch er eine dicke karierte Windjacke. Sein weit geöffnetes Hemd läßt die braune Brust sichtbar werden. Auch er trägt eine, allerdings fast neue, Schirmmütze mit einem Webeaufdruck. Sie ist leuchtend rot und trägt die weiße Aufschrift »Honda«. In der Hand hält er einen entrindeten Stock, mit dem er auf den harten Boden pocht. Die hüpfende Spitze des Stocks wirbelt kleine Staubwölkchen auf.

Der Häuptling setzt sich zu seiner Rechten. Der Blinde erkennt jeden Dorfbewohner an seinem Gang und seinem Geruch.

»Hast du gewonnen?« fragt er.

»Nein.«

Der Stock hüpft wieder. Die Sonnenstrahlen spielen in dem Staub, den er aufwirbelt. Nach einer Weile sagt der Blinde:

»Du hast also nicht gewonnen.«

»Nein. Ich habe auch nur eine Partie gespielt.«

»Heute konntest du nicht gewinnen.«

Er schweigt. Der Häuptling fragt nicht, weshalb, und der Blinde sagt nach einer langen Weile:

»Man kann nicht zwei Dinge gleichzeitig im Kopf haben.«

Der Häuptling seufzt. Er hebt die großen Hände, die auf seinen Knien ruhen, und läßt sie wieder sinken.

»Nichts wird sich ändern.«

»Alles kann sich ändern.«

»Nur die Biber dürfen Dämme bauen. Nur sie können das, ohne das Wasser zu töten.«

Wieder schweigen sie. Die Spieler unterhalten sich. Einer lacht, dann die anderen. Der Blinde sagt:

»Die Weißen werden genau das tun, was sie wollen.«

»Den Sipawaban werden sie nicht töten können.«

»Vielleicht, aber sie können sein Leben ändern. Seinen Lauf.«

Er schweigt. Der alte Häuptling sitzt reglos da. Er scheint in die unendliche Ferne zu starren, ohne etwas zu sehen. Der Schamane, der aufgehört hatte, im Katalog zu blättern, beginnt wieder, die Seiten umzuwenden. Das Rascheln des Papiers ist heftiger, die Gesten sind nervöser. Der Blinde holt tief Luft. Seine Stimme klingt ein wenig rauh:

»Ich sage, daß die Weißen uns von unserem Land vertreiben können. Ich will nicht fort von hier. Ich will, daß meine Gebeine bei denen meines Vaters ruhen, die im Boden von Kinomanitak bei denen seines Vaters liegen.«

Das Licht verändert sich. Je mehr sich die Sonne dem Meer nähert, desto mehr verfärbt sich ihr Schein. Die kleinen Wolken am Himmel sind jetzt nicht mehr weiß, sondern nehmen einen rosa, mit Gelb gemischten Farbton an. Ihre Schatten sind violett. Schiebt sich eine von ihnen vor die Sonne, scheint sich das Wasser zu verhärten. Auf der dunklen Fläche zeichnen sich lange, bebende, kalte Schatten ab. Der Wind fegt vom Hochland her über die Taiga und über den Strom und erfaßt schließlich die Insel. Der Rauch legt sich. Ein starker Geruch zieht zu den Alten herüber. Der Blinde sagt ruhig:

»Die Frauen haben begonnen, die Felle zu gerben.«

Plötzlich wird der Gesichtsausdruck des Häuptlings hart. Er runzelt die Stirn und zieht seine dichten Augenbrauen zusammen. Seine Nasenlöcher blähen sich. Im gleichen Augenblick läßt die näselnde Stimme von Nepeshi verlauten:

»Da sind sie!«

Im Westen taucht ein winziger schwarzer Punkt auf. Er scheint unbeweglich und kommt doch näher. Wie ein Schattenloch im tosenden Wasser, wie ein sich weitendes Nadelöhr:

»Ja, das sind sie!«

Die Spieler haben ihre Partie abgebrochen. Sie treten zum Häuptling und zu den beiden anderen. Der Schamane hält seinen Katalog unter den Arm geklemmt und legt eine Hand wie einen Schirm über die Augen. Sie zittert wie Espenlaub. Eine Weile verstreicht, bis der Häuptling endlich sagt:

»Da ist nur ein Kanu.«

Mehrere Stimmen wiederholen:

»Nur ein Kanu!«

Mit der ansteigenden Flut nähert sich das Boot rasch, gleitet zwischen Felsen und Sandbänken hindurch. Der Wind drückt den Qualm des Motors nieder, dessen Geknatter in der Ferne schon vernehmbar ist. Im Dorf beginnen die Hunde zu bellen. Bald laufen lärmende Kinder zusammen. Dann kommen auch die Frauen. Ein Junge drückt sich an das Hosenbein des Häuptlings und zupft am Saum seiner Jacke. Er fragt:

»Und das andere Kanu?«

Alle reden durcheinander und stellen die gleiche Frage. Als das Boot nach links abdreht, werden die Silhouetten der Insassen sichtbar. Stimmen werden laut:

»Es sind fünf!«

»Das sind nicht alle.«

Je näher das Boot kommt, um so stiller werden die Dorfbewohner. Irgend etwas dämpft die Stimmung. Die Gesichter sind angespannt. Selbst über die strahlenden Kindergesichter legt sich ein Schatten.

Dafür blendet die Sonne, die jetzt hoch am Himmel steht, um so mehr. Sie hat den Dunst aufgelöst und zwischen Himmel und Strom zwei schwarze Streifen freigegeben: die beiden Flußufer, die immer schmaler werden, je mehr sie sich der gleißenden Helligkeit der Flußmündung nähern.

Das Kanu ist noch weit von der Anlegestelle entfernt, als der Junge an der Windjacke des alten Häuptlings zieht und flüstert:

»Mein Großvater ist nicht dabei.«

Diejenigen, die einen Vater, Ehemann oder Sohn erkennen, teilen es leise mit. Andere murmeln, daß der, den sie erwarten, nicht dabei ist. Niemand erhebt die Stimme. Jetzt übertönt das Motorengeräusch alles. Es muß eine gehörige Strecke über den Fluß und die niedrigen Ufer zurücklegen, bevor sein Echo zurückhallt. Dann verklingt das Geräusch in der Taiga, und Stille legt sich über das Wasser, über dem nur noch bläuliche Rauchreste schweben.

Niemand rührt sich. Das Boot legt langsam am Anleger an. Hinter sich läßt es eine lange, goldglänzende Spur und ein paar Lichtstrudel im Wasser zurück.

Damien springt als erster auf die Brücke. Schwer und breit geht er voran, die Arme leicht abgespreizt, so als würden ihn die Muskeln stören.

Man hört nichts als seine Schritte auf den Holzplanken und die Geräusche der anderen beim Aussteigen aus dem Boot. Das alles wirkt unbedeutend in dieser Stille, in der das Licht versinkt. Damien verläßt die Brücke und steigt den Weg hinauf. Der Kies knirscht. Aus dem Dorf dringt das Heulen kämpfender Hunde.

Vor dem Häuptling bleibt er stehen. Sein breites Gesicht glänzt wie geölt. Seine Augen sind zwei schmale Schlitze. Die breite Nase bebt. Niemand spricht, doch in den Augen aller steht die Frage: »Wo sind die anderen?«

Damien spricht. Seine Stimme ist laut und etwas heiser:

»Wir mußten wegen dieser Zündkerzengeschichte dreimal halten. Mit einem Elektrokabel habe ich sie einigermaßen befestigen können, damit sie nicht ständig herausspringt. Der Motor ist hinüber ... zu alt.«

Der Häuptling bleibt ungerührt, räuspert sich nur. Damien schweigt eine Weile. Die Brücke knirscht unter den Sohlen der anderen Heimkehrer. Damien fährt fort:

»Die anderen sind in Saint-Georges geblieben ... Die Sache ist noch nicht zu Ende. Es sind noch ein paar Einzelheiten zu regeln. Dann muß noch unterschrieben werden.«

»Was muß unterschrieben werden?«

Damien atmet tief durch. Die Windjacke, aus deren Taschen Papiere und Stifte ragen, spannt sich über seiner breiten Brust.

»Die Cree haben schon unterschrieben. Die Inuit auch ... Fast alle ... Wir konnten nicht. Das müssen die Häuptlinge tun.«

Diesmal klingt die Stimme des Alten fester:

»Was soll unterschrieben werden?«

»Ich habe alles dabei. Ich zeige dir das Projekt.«

Der Häuptling antwortet nicht. Langsam wendet er sich ab. Seine breite, harte Hand greift nach der des Kindes, das rechts an seiner Seite läuft. Zu seiner Linken geht Damien und zündet sich eine Zigarette an. Hinter ihnen folgen die Männer, die mit Damien zurückgekommen sind, und die anderen, die sie erwartet haben. Es wird nicht viel gesprochen. Das Kind fragt:

»Und mein Großvater?«

»Mach dir um den keine Sorgen. Er ist im Reservat der Cree. Sie sind alle zusammen ... Das ist sehr gut. Wir sind gut aufgenommen worden ... Sehr gut.«

»Wann kommen sie zurück?« will der Junge wissen.

»In ein paar Tagen.«

Die Hand des Häuptlings drückt die des Jungen noch etwas fester, doch der bohrt weiter:

»Konnte mein Großvater nicht unterschreiben?«
Der Häuptling antwortet:
»Eine einjährige Gans kann keine Herde anführen.«
Damien lacht:
»Dein Sohn ist einundfünfzig!«
»Noch bin ich der Häuptling.«
Nie hebt der alte Mann die Stimme. Nie hat man ihn zornig erlebt. Und doch liegt Autorität in jedem seiner Worte.

Sie gehen über die einzige Straße des Dorfes. Zu beiden Seiten reihen sich dieselben Häuser aneinander. Nur wenige Fenster sind erhellt. Hier und da hört man das Brummen von Generatoren. Der leichte Wind, der mit der sinkenden Sonne aufgekommen ist, weht den Geruch von Diesel und Benzin um die Häuser. Niemand trennt sich von der Gruppe, um nach Hause zu gehen. Selbst die alten Frauen, die ganz am Schluß gehen, folgen den Männern, ebenso wie die Frauen, die Säuglinge auf dem Arm tragen. Stellt ein Kind eine Frage, antwortet man ihm kurz angebunden. Gibt es sich damit nicht zufrieden, befehlen ihm mehrere Stimmen zu schweigen.

Sie verlassen die Straße und schlagen einen Pfad ein, der von großen Steinen aus dem Strom gesäumt ist. Die weiß gestrichene Holzkirche spiegelt die letzten Sonnenstrahlen wider. Der größere Glockenturm und die beiden kleinen daneben heben sich klar vom violett gefärbten Himmel ab. Sie gehen um die Kirche herum zu dem langen, flachen Gemeindesaal. Ein Mann sagt:
»Ich werfe ihn an.«

Alle bleiben stehen. Der Mann eilt zur rechten Ecke des Gebäudes aus dunkelrot gestrichenem Holz, dessen Farbe sich in der einbrechenden Finsternis schon mit dem dunklen Ton der Nadelgehölze vermischt. Dahinter fährt der Wind in das Laub der Zitterpappeln, deren goldene Blätter über dem schwarzen Dach wie ein Funkengestöber blitzen. Bald hört man einen Motor stottern, dann ein lautes

Brummen. Licht dringt durch die Fenster. Es flackert ein wenig, stabilisiert sich jedoch, sobald der Dieselmotor des Generators gleichmäßig rattert. Der Häuptling läßt die Hand des Kindes los und öffnet die Tür. Langsam tritt er ein, von den Dorfbewohnern gefolgt.

KAPITEL 3

Mehrere Tische mit Metallbeinen und beigefarbenen Resopalplatten werden zu einer langen Tafel zusammengeschoben, die fast die ganze Breite des Saals ausfüllt. Dort nimmt jetzt der Rat Platz. Es fehlen nur die Männer, die in Saint-Georges geblieben sind. Der Häuptling sitzt in der Mitte. Er hat zu seiner Rechten eine sehr alte Frau mit einem Mumiengesicht, in dem tiefschwarze Augen blinken. Zu seiner Linken sitzen der dicke Damien und noch eine alte Frau. Alle anderen sind Männer, die das fünfzigste Lebensjahr überschritten haben.

Der Häuptling blickt still auf sein Volk. Achtundsechzig Personen dürften hier versammelt sein. Zählt man die Abgesandten hinzu, die im Süden geblieben sind, so macht das insgesamt vierundsiebzig, Säuglinge inbegriffen. In diesem Jahr braucht sich der Häuptling nicht anzustrengen, um sich die Zahl der Wabamahingans zu merken, denn sie entspricht genau seinem Alter. Vor dem Ende des kommenden Winters wird keine weitere Geburt erwartet.

Der Häuptling legt seine breiten braunen Hände flach auf den Tisch. Sein Gesicht wird vom Schirm der Mütze überschattet.

Einen Augenblick lang herrscht Unruhe im Saal, übertönt vom Geschrei der Kinder. Tische, Stühle und Bänke werden gerückt, bis jeder in dem langen, von acht in einer Reihe von der Decke hängenden Kugellampen erhellten Saal seinen Platz gefunden hat. Die Frauen halten sich im Hintergrund, außer den alten, denen Plätze in der ersten Reihe vorbehalten sind. Die Kinder sind überall, entweder seitlich am Boden oder auf dem Schoß eines Erwachsenen.

Man wartet. Der Blick des Häuptlings gleitet über die Versammlung. Auf seinen Zügen und in seinen Augen mit den schweren Lidern spiegelt sich eine Mischung aus Zärtlichkeit und Festigkeit. Es wird still. Kein Schlurfen, kein Stühlerücken mehr. Die Schultern des Häuptlings straffen sich, er lehnt sich etwas zurück und wendet sich zu Damien.

»Jetzt mußt du uns alles erklären.«

Die fleischigen Hände des Mannes ziehen Bündel von mehrmals gefalteten Papieren aus den Taschen seiner Jagdweste. Manche Blätter sind weiß, andere gelb. Er faltet sie auseinander und legt sie auf den Tisch. Mit der Handkante fährt er immer wieder sorgfältig und langsam über das Papier. Niemand hat es eilig. Alle Augen ruhen auf ihm. Einige Ratsmitglieder beugen sich vor, andere sind mit ihren Stühlen vom Tisch abgerückt, um besser sehen zu können.

Die weißen Seiten sind mit Maschinenschrift gefüllt, die gelben mit einer großen, regelmäßigen Handschrift. Damien betrachtet sie mit zusammengezogenen Brauen. Es scheint, als habe er die Augen geschlossen und würde gleich einschlafen. Dann zieht er ein gelbes Blatt hervor, richtet sich auf und holt Luft.

»Also. Ich habe das ganze Projekt von diesem ...«

Der Häuptling unterbricht ihn:

»Zuerst mußt du uns sagen, warum die anderen nicht zurückgekommen sind.«

Damien wirkt plötzlich unsicher:

»Sie sind in Saint-Georges geblieben.«

Man hört vereinzeltes Gelächter. Der Häuptling hebt die Hand, und auf der Stelle kehrt wieder Ruhe ein.

Mit fester Stimme sagt Damien:

»Sie sind dortgeblieben, um auf dich zu warten. Wir sind gekommen, um dich zu holen. Nur der Häuptling darf unterschreiben. Bei dieser Versammlung waren die Wabamahigans die einzigen, deren Häuptling nicht anwesend war.«

»Und was soll ich unterschreiben?«

»Papiere für die Rechtsanwälte, die uns vertreten. Papiere, die sie den Richtern geben. Einen Brief an den Minister für Indianerangelegenheiten in Ottawa.«

»Und was steht in diesen Papieren?«

Damien, der sehr viel unsicherer wirkt als der Häuptling, legt das Blatt, das er in der Hand hält, auf den Tisch, nimmt ein anderes, überfliegt es und fährt fort:

»Ich habe alle Punkte in unserer Sprache zusammengefaßt.«

Der Häuptling betrachtet wieder sein Volk. Er hat keinen Blick mehr für Damien und seine Papiere. Er fragt:

»In welcher Sprache ist der Rest?«

»Wir konnten alles auf englisch und auf französisch bekommen. Weil die Papiere für euch sind, habe ich sie nur auf französisch mitgebracht.«

Damien, der dem Rat seit drei Jahren angehört, hat das »euch« mit einem Blick auf den Häuptling und die Umsitzenden besonders betont, um zu unterstreichen, daß nur die Ältesten keiner anderen Sprache mächtig sind als der der Wabamahigans. Der Häuptling dreht sich zu ihm um. Ein kurzes Lächeln legt sein Gesicht bis zu den Wangenknochen in Falten.

»Und ich soll Papiere unterschreiben, die ich nicht lesen kann?«

Es wird getuschelt, doch Damien kümmert sich nicht weiter darum.

»Aber ich erkläre dir ja alles, was da geschrieben steht.«

In seiner Stimme schwingt leichte Ungeduld, worauf ihn der Häuptling mit einem eisigen Blick bedenkt. Die Stille wird nur von leisem Geflüster, dem Knistern einer Bonbontüte und einem unterdrückten Husten unterbrochen. Auf den Gesichtern spiegelt sich Besorgnis. Die Alten spitzen die Ohren. Angestrengt beobachten sie die Sprecher und versuchen, von den Lippen abzulesen, was ihnen entgangen sein könnte. Der Rauch von Pfeifen und Zigaretten bildet eine Wolke, die wie ein aufgewirbelter Dunstschleier über ihnen schwebt. Der Schamane, der in der Mitte der ersten Reihe sitzt, hat den Katalog auf seine Knie und die knochigen Hände darauf übereinandergelegt. Von Zeit zu

Zeit hebt sich ein Finger, wie eine Nase, die im Wind schnuppert. Der Blinde sitzt links von ihm und rührt sich nicht. Sein toter Blick ist auf den Häuptling gerichtet.

Damien rutscht auf seinem knarrenden Stuhl hin und her. Er scheint auf eine Frage zu warten, die nicht kommt. Also legt er das gelbe Blatt auf den Tisch, nimmt ein weißes und entschließt sich zu sprechen:

»Gut. Wir wollen uns mit allen rechtlichen Mitteln gegen die Weiterführung der Arbeiten wehren, die die Elektrizitätsgesellschaft der James Bay auf unseren Gebieten in die Wege geleitet hat. Diese Arbeiten werden im Auftrag der Regierung der Provinz Quebec durchgeführt, ohne daß zuvor unser Einverständnis eingeholt wurde.«

Er macht eine Pause, und der Häuptling fragt bei dieser Gelegenheit:

»Alle rechtlichen Mittel ... Was meinst du damit? Werden unsere Rechte nicht grundsätzlich mit Füßen getreten?«

»Genau. Ich werde dir das Schreiben vorlesen, das die Anwälte aufgesetzt haben. Wir haben es extra für dich übersetzt.«

Er ergreift mit leicht zitternder Hand ein gelbes Blatt und liest langsam, unter Zögern und Stocken, mit monotoner Stimme:

»Unsere Argumente basieren auf dem Text der 1774 unterzeichneten Kapitulation von Montreal. Der Artikel 14 legt ausdrücklich fest, daß wir voll und ganz das Recht behalten, in unseren Gebieten zu leben, aus denen uns niemand vertreiben kann. Ein Erlaß der Krone bestätigt diesen Text und fügt hinzu, daß wir in unseren Gebieten frei bleiben und daß niemand das Recht hat, uns zu stören oder zu behindern.«

Im Saal hört man Gähnen, Geflüster, leises Lachen und Papiergeraschel. Die Kinder werden unruhig. Der Häuptling versucht, mit kleinen Handzeichen die Ruhe wieder herzustellen, doch die Langeweile ist stärker, und das Stühlerücken nimmt zu. Damien ist jetzt am Ende der Seite angelangt. Er schweigt. Nervös sucht er ein anderes Blatt. Als er es nicht findet, ruft er laut und etwas ärgerlich:

»Gut! Im großen und ganzen weiß ich Bescheid. Als die Bundesregierung erlaubt hat, daß sich die Provinz Quebec nach Norden vergrößert, wurde gesagt: Die Provinz Quebec muß die Rechte der Indianer in ihren Gebieten anerkennen, genau wie es in der Provinz Ontario gehalten wird. Die Provinzbewohner müssen für die Wahrung ihrer Rechte eintreten, und das haben sie nie getan ...«

Damien wird von der hohen Stimme des Schamanen unterbrochen:

»Du weißt nicht, was du da redest. Da ist überhaupt nichts anzuerkennen, nichts zu diskutieren. Dieses Land gehört seit Urzeiten uns. Niemand kann es uns nehmen.«

»Niemand wird es uns nehmen!« brüllt Damien, und seine Wangen zittern. »Man wird es einfach in einem See versenken. Sie werden Berge versetzen, um die Flüsse zu stauen. Sie wollen ...«

Zwischenrufe und Gelächter zwingen ihn zu schweigen. Allein die Vorstellung von versetzten Bergen und Seen, die das Land überschwemmen, erregt allgemeine Heiterkeit. Der Häuptling gibt sich alle Mühe, Ruhe zu schaffen, doch Damien, dem der Schweiß aus allen Poren rinnt, wartet nicht, bis ihm das gelungen ist, sondern schreit:

»Lacht ihr nur! Wenn eure Jagdgründe unter Wasser stehen und unsere Insel von der Erosion abgetragen ist, dann gibt es nichts mehr zu lachen!«

Damien wendet sich nach rechts, wo die vier Ratsmitglieder sitzen, die mit ihm aus Saint-Georges zurückgekommen sind. Sie nicken. Der jüngste von ihnen, ein großer Kerl mit einem etwas zu kräftigen Hals hebt seine breite, muskulöse Hand. Der Häuptling sagt:

»Hervé hat das Wort.«

»Wir sind hier überhaut nicht auf dem laufenden«, sagt Hervé mit seiner klangvollen, ruhigen Stimme, »offiziell wurden die Arbeiten in Quebec schon im Frühling angekündigt. Jetzt ist Herbst, und wir haben uns um nichts gekümmert. Es hat in den Zeitungen gestanden. Im Radio wurde es gesagt. Aber wir bekommen nichts mit. Wir erfahren es am Rande und tun so, als ginge es uns nichts an. Die Cree und die Inuit haben sich bereits dreimal getroffen. Wenn sie uns nicht geholt hätten ...«

Er zögert. Sein offener Blick wandert durch den Saal, in dem wieder Stille eingekehrt ist, und verweilt dann fragend auf dem Gesicht des Häuptlings, der ihn auffordert:

»Sag, was du auf dem Herzen hast.«

»Ja, ich werde dir sagen, was ich denke. In Saint-Georges-d'Harricana waren alle anderen Stämme mit ihren Häuptlingen, die Englisch oder Französisch sprechen, die die Gesetze lesen und mit Rechtsanwälten verhandeln können. Sie wissen sofort, was man unterschreiben kann und was nicht.«

Jetzt ist es so still im Saal, daß das Brummen des Generators viel lauter geworden zu sein scheint. Hervé und der Häuptling mustern sich eine Weile wie zwei Kämpfer, die sich nicht zum Kampf entschließen können. Mit tiefer, dumpfer Stimme fragt der Alte:

»Willst du damit sagen, daß sie jüngere Häuptlinge haben?«

Hervé wendet den Blick nicht ab. Seine Lider zucken zweimal, und er nickt kaum merklich. Der Häuptling mustert ihn noch einen Augenblick, dann schweift sein Blick über die Reihen. Fast alle Gesichter sind ausdruckslos. Dann sieht er nach links und nach rechts, um seine Berater zu beobachten, bedenkt Hervé mit einem kaum wahrnehmbaren Lächeln und wendet sich wieder an Damien:

»Du hast von überschwemmten Gebieten gesprochen.«

»Ja. Wenn wir nichts gegen die Arbeiten unternehmen, werden viele Gebiete davon betroffen sein.«

»Wo?«

»Im Hochland. Ein Teil des Sipawaban-Tals. Ein Teil der Caniapiscau-Ebene. Ein Teil ...«

»Welcher Teil? Welche Flächen?«

Damien wirft einen Blick auf seine Begleiter, dann beugt er sich über seine Papiere. Nie ist ihm eine Aufgabe derartig schwergefallen. Ärgerlich, weil er nicht findet, was er sucht, brummt er:

»Man sollte meinen, du willst mit ihnen diskutieren. Da ist nichts zu diskutieren. Wir müssen das ganze Projekt ablehnen. Mit allen rechtlichen Mitteln müssen wir uns wehren!«

»Das hast du schon gesagt. Aber man kann sich nicht wehren, wenn man nicht weiß, wogegen.«

Die Hand des Dicken legt sich auf die Papiere.

»Ich werde es noch einmal nachlesen ...«

»Sehr gut, und danach erklärst du es uns.«

Hervé hat wieder die Hand gehoben, und der Häuptling erteilt ihm das Wort.

»Wir stehen jetzt vor dem Problem, daß keine Zeit zu verlieren ist. Damit die Anwälte arbeiten können, müssen wir ihnen Vollmacht geben. Das heißt, sie können keine Gespräche beginnen, bevor nicht alle betroffenen Häuptlinge unterzeichnet haben.«

Der Häuptling hört dem jungen Mann kopfschüttelnd zu. Er wartet einen Augenblick, um sicher zu sein, daß der andere dem nichts hinzuzufügen hat, und sagt dann fast feierlich:

»Das ist nicht das wahre Problem. Ich weiß nicht, woran die in Saint-Georges-d'Harricana versammelten Häuptlinge gedacht haben, aber meiner Meinung nach haben sie das Wichtigste vergessen.«

Wieder macht er eine Pause. Alle warten gespannt, denn nur wenige ahnen, was er für das Wichtigste hält.

»Ihr habt vergessen, daß alle Abkommen mit den Weißen den Sinn haben, unsere Rechte zu verletzen. Ihr habt vergessen, daß ihr verloren seid, sobald ihr euch auf Diskussionen einlaßt. Sie machen tausend Versprechungen, die nie gehalten werden, und als Gegenleistung verlangen sie dieses und jenes, was wieder andere Dinge nach sich zieht. Ihr habt vergessen, daß ein Kanu, das den Strom hinuterfährt, gefährliche Strömungen meiden muß. Wer sie aus der Nähe sehen will, der ist verloren ... Man diskutiert nicht mit den Weißen. Man sagt nein!«

Dieses letzte, voll Überzeugung gesprochene Wort hat die Zuhörer beeindruckt. Doch Damien, der genügend Zeit hatte, sich wieder zu fassen, ruft, ohne die Hand zu heben:

»Ich sage, daß wir schnellstens gemeinsame Entscheidungen treffen müssen, wenn wir nicht wollen, daß unser Dorf geräumt wird.«

Seine Bemerkung schlägt ein wie eine Bombe. Ein kurzes, verblüfftes Schweigen, dann wird ein Murmeln laut, aus dem immer wieder zu hören ist:

»Was! Das Dorf räumen? ...«

Fragend und ungläubig sehen sie einander an: Ich habe wohl nicht recht gehört! Sag mir, daß das nicht stimmt. Das ist doch nicht möglich. Der Häuptling versucht gar nicht erst, Ruhe zu schaffen, sondern fragt:

»Das Dorf räumen?«

»Ja, das haben sie vor«, erwidert Hervé ruhig, »sie wollen uns ein anderes Dorf auf dem Südufer bauen. Alles auf Kosten der Elektrizitätsgesellschaft.«

Die Gesichter sind wie versteinert. Die langen Hände des Schamanen öffnen sich, und der Versandkatalog, auf dem sie ruhten, rutscht von seinen Knien. Ohne um das Wort zu bitten, ruft er mit lauter, sich vor Empörung überschlagender Stimme:

»Und unsere Toten?«

Sofort kehrt wieder Ruhe ein. Leiser und mit einer Stimme, tief wie die Totenglocke der Kirche, fügt er hinzu:

»Die Wabamahigans werden um nichts in der Welt die Gebeine ihrer Vorfahren zurücklassen.«

»Eben aus diesem Grund müssen die Arbeiten sofort gestoppt werden. Es sind schon Hunderte von Arbeitern vor Ort.«

Eine ruhige Stimme ertönt im Saal:

»Vielleicht haben sie schon einen Staudamm gebaut.«

Das ist das Zeichen zum allgemeinen Aufruhr. Frauen und Männer springen auf und rufen, daß man sofort fliehen müsse, daß die Insel überschwemmt werde und sie alle ertrinken würden. Kinder beginnen zu weinen.

Es dauert fast eine Viertelstunde, bis der Häuptling und der Rat wieder Ordnung geschaffen haben und alle wieder auf ihren Stühlen sitzen. Doch der Gedanke an die schon weit fortgeschrittenen Bauvorhaben arbeitet weiter in ihren Köpfen.

»Es ist jetzt an der Zeit, nach den Fallen zu sehen«, sagt Nepeshi. »Diejenigen, die zu den Fallen gehen, werden ja feststellen, ob es Baustellen gibt.«

»Dazu braucht man gar nicht erst hinzugehen«, wirft Damien erregt ein, »wir wissen, daß es sie gibt. Und daran wird sich auch nichts ändern, wenn man hingeht. Das ist eine politische Angelegenheit, und die wird in Quebec oder mehr noch in Ottawa entschieden. Da müssen wir anwesend sein!«

Er wendet sich wieder an den Häuptling, auf den alle Augen gerichtet sind. Jetzt herrscht Stille. Man erwartet eine Antwort. Der Häuptling schließt die Augen halb und scheint in sein Inneres zu blicken, ehe er erneut in die angstvollen Gesichter schaut. Er atmet tief ein und sagt:

»Ich war noch nie in Quebec, nie in Ottawa. Aber ich weiß, der Weg zwischen diesen beiden Orten ist lang. Man kann nicht gleichzeitig hier und dort sein.«

Diese Haltung regt Damien maßlos auf, sein Gesicht nimmt einen zornigen Ausruck an, die Hände fahren unruhig über die Papiere.

»Ich weiß noch nicht, wie das geregelt wird, das werden wir früh genug erfahren. Wer will, kann ja nach den Fallen sehen, aber wer weiß, ob das Land uns noch gehört. Vielleicht will man uns anderes Land geben ...«

Nepeshi unterbricht ihn:

»Was können uns die Weißen schon geben? Das Land gehört doch uns. Was haben sie zu vergeben? Das, was sie uns nicht wegnehmen wollen?«

Wieder werden Rufe laut. Alle Augen ruhen auf Nepeshi, von dem man weiß, daß sein Geist ebenso rege ist wie seine Augen, die jetzt schnell von einem zum anderen wandern. Dieser kleine, hagere Mann ist ohne Zweifel im Jagen, Fischen und Fallenstellen der geschickteste unter den Wabamahigans. Er ist schnell wie ein Pfeil, aber nicht von aufbrausendem Gemüt. In den Versammlungen bittet er jedesmal um das Wort. Er lehnt sich über den Tisch und sieht den Häuptling eindringlich an.

»Wenn ich dergleichen höre, empört sich mein Herz. Unsere Jagdgründe, unsere Flüsse und Seen, das ist unser Leben! Sie uns wegzunehmen bedeutet, uns eine tödliche Wunde zuzufügen.«

Seine Worte haben genau das ausgedrückt, was viele bewegt, ohne daß sie sich dessen bewußt sind. Was sich hinter diesen Worten verbirgt, wird den Trappern jetzt in seiner ganzen Tragweite klar. So klar wie der Strom, wenn die Wolkendecke vor dem Vollmond aufreißt. Die Männer werden unruhig, wenden sich um, rufen einander zu. Einige stehen auf, um mit anderen zu sprechen.

Noch einmal muß der Häuptling zur Ruhe aufrufen. Als es soweit ist, sieht er nach links und nach rechts, ob nicht ein Ratsmitglied sprechen will. Die älteste Frau hebt den mageren, zitternden Arm:

»Die Gebeine meines Mannes ruhen hier. Die meiner beiden Töchter. Die meines Enkelsohns. Die Gebeine meines Vaters und meiner Mutter. Die des Vaters meines Vaters und aller Vorfahren. Seit Ewigkeiten ruhen hier die Gebeine aller Wabamahigans. Ich bin hundertunddrei Jahre alt. Meine Knochen kommen bald unter die Erde. Sie können nicht von denen meiner Ahnen getrennt werden. Die Toten gehören der Erde, und niemand darf uns diese Erde nehmen.«

Die Alte hatte sich beim Sprechen aufgerichtet. Jetzt sackt ihr Körper wieder zusammen. Ihr winziger Kopf verschwindet wieder zwischen den Schultern, und das vorspringende Kinn ruht auf dem Rücken der Hände, die sie auf den Knauf ihres Stocks gelegt hat.

Ihrer Erklärung folgt allgemeine Stille. Der Häuptling wartet eine Weile, dann erklärt er:

»Alles ist gesagt. Shigoci hat mit der Weisheit ihres hohen Alters gesprochen. Seit der Zeit, da sich die Söhne der Frau mit dem weißen Wolf hier auf Kinomanitak niedergelassen haben, ruhen die Toten der Wabamahigans auf dieser Insel. Niemals werden es die Wabamahigans zulassen, daß man ihre Toten anrührt. Die Weißen werden ihre Pläne nicht durchführen.«

KAPITEL 4

Die Erde gehört niemandem. Kein Mensch ist groß genug, um die Erde zu besitzen. Nicht einmal, um ein kleines, auch nur handbreites Stück Erde sein eigen zu nennen. Die Erde gehört dem Herrn über das Leben. Er läßt dich auf diese Welt kommen, auf diese Erde, in der du später begraben werden wirst, wenn Er dir das Leben wieder nimmt, das Er dir geschenkt hat. Von diesem Tag an gehörst du der Erde – bis in alle Ewigkeit.

Dann bist du ihr Eigentum, wie auch schon die Gebeine deines Vaters und deiner Vorväter. Die Gebeine all deiner Ahnen sind in der Erde begraben, wo sie den Tod leben, der ein anderes Leben ist. Der Geist der Vorfahren steigt durch die Wurzeln auf bis in die Blätter der Pflanzen. Er lebt in den Bäumen. Er spricht mit dem Himmel, er reist mit dem Wind und dem Licht. Er gebietet über die Jahreszeiten. Er befiehlt, daß es regnet, schneit oder friert. Der Geist der Vorfahren herrscht über die Flüsse. Versucht der Mensch, ihren Lauf zu verändern, so widerspricht er dem Willen der Alten, die unter der Erde wachen. Wer immer es wagt, sich von dem vom Willen der Toten vorgezeichneten Weg zu entfernen, wird ihren Zorn erregen. Dann werden über unseren Köpfen Gewitter losbrechen, wie sie noch nie zuvor ein Mensch erlebt hat.

Der weiße Mann will die Erde nicht, um auf ihr zu gehen, zu schlafen, zu jagen und am Ende seines Lebens in ihr zu ruhen.

Der weiße Mann, der nicht vom Geist der Vorfahren geleitet wird, weiß nicht, daß der Wald von seinen Toten lebt. Hat ein Baum sein Leben beendet, so legt er sich den jüngeren Bäumen zu Füßen. Allmählich geht er in die Erde über. Er verbindet sich mit dem Moos und gibt nach und nach seine Substanz, um den Rest des Waldes zu nähren.

Der weiße Mann schlägt nicht nur das Holz, das er benötigt, um sich ein Haus zu bauen und sein Feuer zu entfachen, er schlägt alles, und er nimmt alles mit.

Wenn der weiße Mann weiter die Substanz des Lebens wegträgt, wird der Wald sterben und die Erde mit ihm. Wenn der Herr über das Universum dem Himmel mit der Zeit alle Sterne nähme, die ihn erhellen, würde die Nacht immer schwärzer werden und kein Lebewesen könnte mehr sehen. Wenn er dem Himmel den Wind nähme, der den Tag und die Nacht mit Gesang erfüllt, könnte kein Lebewesen mehr hören.

Der weiße Mann, der nicht über die Weisheit verfügt, nimmt unserer Erde dieses Leben, dessen Quell die Vorzeit ist und das durch nichts anderes zu ersetzen ist. Vom Reichtum berauscht, dringt der weiße Mann ins Innerste der Erde vor, um der Erde ihr Gold zu nehmen. Während er so in der Dunkelheit gräbt, stört und verletzt er die Gebeine unserer Ahnen.

Der weiße Mann, der nicht über die Weisheit des Geistes verfügt, glaubt, daß die Toten nichts mehr empfinden. Er irrt sich. Er verletzt ihnen Fleisch und Knochen. Das sieht man, wenn sich die wütenden Vorfahren plötzlich in der Tiefe umdrehen und den weißen Mann ersticken. Es kommt sogar vor, daß die Ahnen den Grund der Seen und Flüsse durchstoßen, um die Besessenen in ihren unterirdischen Gängen wie Ratten zu ertränken.

Manche Indianer haben den Weißen bei diesem Wahnsinnswerk geholfen. Einige von ihnen sind schon bei lebendigem Leib von den aufgebrachten Vorfahren in die Tiefen der Nacht hinabgezogen worden. Morgen werden ihnen andere folgen.

Und all jene, die während ihres Daseins im Diesseits nicht vom Großen Geist beseelt waren, werden es auch in der anderen Welt nie sein. Sie haben die Wurzeln verloren, die das Licht mit dem Schatten verbinden. Und das Schlimmste, was einem Indianer geschehen kann, ist, sich von dem zu entfernen, der über die Weisheit verfügt und der allein ihnen ewigen Frieden schenken kann.

BRIEF EINES PRIESTERS, 1538

Unser Heiliger Vater, Papst Paul III. hat im letzten Jahr in seiner Bulle Sublimis Deus folgendes festgelegt: Die Indianer Amerikas sind als menschliche Lebewesen zu betrachten. Man muß ihnen erlauben, ihren Besitz zu wahren. Doch mir scheint ganz, als wäre dies bisher nicht immer der Fall gewesen.

BRIEF EINES ENGLISCHEN SIEDLERS, UM 1540

Wie kann man im Falle dieser Wilden von rechtmäßigem Grundbesitz sprechen? Es handelt sich um Menschen mit animalischen Sitten, die nie auch nur die kleinste Parzelle Land beackert haben. Selbst wenn sie auf den Gedanken kämen, sind sie doch viel zu dumm und zu faul, um es zu bewerkstelligen. Sie sind Fleischfresser, die ausschließlich von Wild leben. Man sieht sie über Gebiete ziehen, die viel zu groß für ihre Bedürfnisse sind. Wir hingegen wissen ganz genau, daß der Ackerbau die einzig würdige und ehrliche Art ist, Land zu gewinnen. Wir sind also, was auch immer man uns sagen mag, fest entschlossen, uns als rechtmäßige Eigentümer jenes Bodens zu fühlen, den wir beackert haben. Und ich kann Ihnen versichern, daß wir bereit sind, ihn nötigenfalls mit Waffengewalt zu verteidigen.

AUSFÜHRUNGEN EINES WEISSEN PROFESSORS AN EINER NORDAMERIKANISCHEN UNIVERSITÄT, UM 1900

Es ist völlig falsch, zu glauben – und eine Dummheit, die Behauptung zuzulassen –, die Indianer seien nach Amerika ein-

gewandert. Noch absurder ist es hingegen anzunehmen, jener Gott, den sie »kijemanito« nennen, habe sie erschaffen oder hergeführt. Es war vielmehr der Teufel in Person, der sie hierhergebracht hat.

AUSZUG AUS DEM BRIEF EINES FRANZÖSISCHEN MISSIONARS

Diese Erde ist unser, weil Gott sie uns anvertraut hat, damit wir das Evangelium verkünden und damit wir die Wilden bekehren, die, bevor wir kamen, nur heidnische Gottheiten kannten. Wir sind hier auf der Erde des einzigen Gottes, den es gibt, und unsere Aufgabe ist es, die menschlichen Geschöpfe dem Himmel näher zu bringen. Das Himmlische Reich wird ihnen ebenso gehören, wie es uns gehört. Wenn wir dieses Land verlassen würden, würden sie wieder in die Barbarei und die Finsternis zurückfallen.

AUSZUG AUS DEM BRIEF EINES OFFIZIERS AUS DEM REGIMENT VON CARIGNAN

Dieses Land wird unsere Heimat, weil wir diesen Boden ohne Unterlaß mit französischem Blut getränkt haben. Es darf nicht diesen Wilden gehören, die es behalten wollen, um mit ihren barbarischen Riten fortzufahren, und die sich erdreisten, unsere Toten zu skalpieren wie Tierkadaver.

KAPITEL 5

Der Häuptling kommt mit seiner Frau Ade und dem kleinen Vincent nach Hause. Er zündet die Petroleumlampe an, während Ade dünnes Holz zerbricht, um das Feuer im Ofen wieder anzufachen, der in der Mitte des einzigen Zimmers steht. Der Junge setzt sich auf die Bank neben den Alten. Nach einer Weile sagt er:

»Meine Mutter ist bei den anderen geblieben und Louise auch.«

»Sie werden gleich kommen.«

Der alte Mann legt die Hand auf den struppigen, schwarzen Haarschopf des Jungen, der fortfährt:

»Meine Mutter kann ruhig bleiben, ich brauche sie nicht. Aber vielleicht redet sie mit denen, die gegen dich sind.«

Ade, die einen gußeisernen Topf auf das Feuer gestellt hat, in dem sie jetzt eine Mischung aus Weizenmehl, Wasser und geräuchertem Fisch verrührt, wirft, ohne sich umzuwenden, ein:

»Kümmer dich nicht um Dinge, die dich nichts angehen. Die Tochter meines Sohns kann tun, was sie will.«

Vincent sieht den Alten an, dessen Gesicht undurchdringlich bleibt. Der Häuptling betrachtet den schmalen, gebeugten Rücken seiner Frau, doch was er wirklich sieht, liegt anderswo. Der Junge rutscht einen Augenblick auf seinem Sitz hin und her, dann, als der Großvater die Hand von seinem Kopf nimmt, richtet er den Oberkörper auf und ruft:

»Alle Wabamahigans müssen hinter ihrem Häuptling stehen. Die, die mit den Weißen sprechen, werden eines Tages auch auf der Seite der Weißen stehen.«

»Schweig!« befiehlt die Alte, deren sonnenverbranntes Gesicht von unzähligen dunklen Falten durchzogen ist.

»Mit neun Jahren kümmert man sich noch nicht um solche Sachen.«

Das Kind will gerade antworten, als sich die Hand des Häuptlings wieder auf seinen Kopf legt und ihn sanft schüttelt:

»Hast du das in der Schule gelernt?«

»Manche sagen, du hättest nach Saint-Georges gehen müssen. Aber dann sagen wir ihnen: ›Ihr seid keine richtigen Wabamahigans‹.«

Vincent wartet vergeblich auf eine Antwort. Die alte Frau dreht sich mehrmals um und wirft ihm strenge Blicke zu. Der Häuptling starrt weiter in jene Ferne, die nur er sieht. Nach einer unendlich langen Zeit, als das Kind neben ihm zu zappeln beginnt, fragt er schließlich:

»Hast du heute abend keine Hausaufgaben zu machen. Nichts zu lernen?«

»Nein.«

»Wo ist deine Tasche?«

»In der Schule.«

»Warum?«

»Die Lehrerin hat uns gehen lassen, als das Boot kam.«

Sie schweigen. Durch die offene Tür dringt die Nacht, und Geräusche von Schritten, Rufe und das Surren einiger Generatoren sind zu hören. Ade rührt noch immer mit dem Holzlöffel in dem Brei, von dem jetzt ein wohlriechender Dampf aufsteigt. Von Zeit zu Zeit zieht sie den Holzlöffel heraus und streift ihn am Topfrand ab. Der Löffel ist mit einem Messer aus dem Holz einer Kiste geschnitzt. Am Stiel sind noch Überreste von großen, schwarzen Buchstaben zu sehen.

Die Zeit verstreicht. Kalter Wind weht in das Zimmer und vertreibt den weißen Dampf. Der Häuptling hat seine große Pfeife aus der Tasche gezogen. Er führt sie an die Lippen und bläst ein paarmal kurz und heftig in den Stiel. Die Luft und sein Speichel gurgeln dumpf im Pfeifenkopf.

Eilige Schritte nähern sich.

»Das ist meine Mutter«, ruft das Kind aus.

Jeanne tritt ein und zieht hinter sich die Tür zu, die mit einem lauten Knall ins Schloß fällt.

»Und Louise?« fragt Ade.

»Die ist bei ihrer Schwester.«

»Mit wem hast du geredet?«

Jeanne antwortet nicht. Ihr faltenloses Gesicht ist angespannt, ihr Blick zornig. Mit einer schroffen Bewegung greift sie ihr schweres, glänzendes Haar und wirft es über die Schulter. Sie geht auf ihren Sohn zu.

»Zeig deinen Arm!«

Vincent preßt seinen Körper an den des Alten. Seine rechte Hand legt sich um das linke Handgelenk und umklammert den Ärmel seiner Jacke.

»Du sollst mir deinen Arm zeigen!«

Als sich die Mutter zu ihm herabbeugt, fragt der alte Mann:

»Was ist los?«

»Er soll seinen Arm zeigen. Dann wirst du sehen, wohin dein verrückter Starrsinn führt.«

Das Gesicht des Häuptlings spannt sich leicht an. Er erhebt sich und tritt zwischen seine Enkelin und das Kind.

»Ich möchte nicht, daß du in diesem Ton mit mir sprichst!«

Sie stehen einander gegenüber und sehen sich an. Sie ist fast so groß wie er. Schnell senkt die junge Frau den Blick. Mit etwas besänftigter Stimme fährt sie fort:

»Ich wollte dich nicht beleidigen, Großvater, aber er ist mein Sohn. Wenn er Unfug macht, tut mir das weh.«

Jetzt hat sich auch Vincent erhoben. Er lächelt Ade an und wirft ihr einen verschwörerischen Blick zu, der zu sagen scheint: »Du wirst sehen, die beiden werden gleich ganz schön erstaunt sein!« Dann dreht er sich zu seiner Mutter um. Sein Gesicht, dessen Züge und Augen denen des Häuptlings gleichen, zeigt nicht mehr die leiseste Spur von Unruhe. Im Gegenteil, er wirkt selbstsicher und stolz.

Ruhig schiebt Vincent den Ärmel seiner blauen Strickjacke hinauf, dann den seines schwarz-grün karierten Hemds. Sein Unterarm, der geschwollen und gerötet ist, weist schwarze Striemen auf.

»Alle Heiligen!« ruft die junge Frau. Du bist verrückt. Man wird dir den Arm abnehmen müssen!«

»Vielleicht könnte man dir bei der Gelegenheit auch gleich die Zunge abschneiden, damit du nicht mehr über Dinge redest, von denen du nichts verstehst«, bemerkt der Häuptling und sieht seine Enkelin an.

Auf Jeannes Gesicht zeichnet sich wieder Zorn ab, doch sie hält ihn zurück. Ade tritt zu ihnen. Sanft nimmt sie die Hand des Jungen und beugt sich über seinen Arm, um ihn genauer zu betrachten.

»Was ist das?«

Stolz verkündet dieser:

»Das Zeichen der Wabamahigans!«

»Ich sehe nichts«, stellt die alte Frau fest.

»Siehst du nicht den weißen Wolf?«

»Ich will dir gerne glauben, daß da ein Wolf ist«, wirft der Häuptling lachend ein, »aber im Moment ist er eher rot.«

»Da lachst du auch noch«, schreit Jeanne, die sich nicht mehr behrrschen kann. »Weißt du auch, womit er das gemacht hat? Frag ihn mal, diesen Dummkopf. Er wird es dir sagen ... Wir werden ja sehen, ob sich das nicht entzündet!«

Der Häuptling schiebt seine Enkelin sanft zur Seite und geht zu dem Kind.

»Natürlich wird er es mir sagen. Das interessiert mich doch.«

»Mit der kleinsten Kaltnadel für Linolstiche. Und mit Druckfarbe.«

Er richtet sich zu seiner vollen Größe auf. Seine Augen funkeln. Er sieht die drei Erwachsenen der Reihe nach an und ruft:

»Das geht nie wieder weg! Nie!«

Die Mutter ist wütend. Sie hebt die Hand, als wolle sie ihm gleich eine Ohrfeige versetzen, doch der Blick des Häuptlings mahnt sie zur Besinnung. Sie schreit:

»Ein Kind, das sich tätowiert, weil ...«

Vincent übertönt sie:

»Ich bin kein Kind mehr. Ich bin neuneinhalb Jahre alt. Mein Großvater hat gesagt, daß er in meinem Alter schon allein unterwegs war, um Fallen zu stellen ...«

»Ja, dein Großvater! Der wird sicher zufrieden sein, wenn er hört, für wen du das getan hast. Und warum du dich geprügelt hast.«

Ruhig wirft der Häuptling ein:

»Die *sagamité* brennt an.«

Ade nimmt schnell den Topf vom Herd.

»Du hast dich geprügelt?« fragt der Häuptling.

»Ja.«

»Mit wem?«

»Mit dem großen Damien.«

»Wer hat gewonnen?«

Das Gesicht des Kindes verfinstert sich. Seine trotzige Stirn legt sich in Falten. Die Stimme klingt jetzt weniger stolz und härter.

»Auch wenn er schon zwölf ist, wenn mein Arm nicht gewesen wäre ...«

Der Alte zieht ihn zu sich heran und flüstert mit kaum vernehmbarer Stimme:

»Eines Tages zahle ich es ihm heim ...«

Als der Häuptling ihn losläßt, rollt Vincent seinen Ärmel herunter. Vor Schmerzen beißt er die Zähne zusammen. Der Alte sieht ihm lächelnd zu. Jeanne nimmt vier Emaillenäpfe aus einem Regal, auf dem Haushaltsgegenstände und Konservenbüchsen stehen. Während sie sie auf den Tisch stellt, murmelt sie verärgert:

»Jungen, die sich wegen Politik prügeln.«

»Was verstehen sie schon davon?« beteiligt sich Ade.

»Jungen haben sich schon immer geprügelt. Sie haben den Kampf im Blut.«

»Sie wissen es aus dem Radio. Von denen, die Zeitung lesen, von denen, die mit der Zeit gehen.«

Der Häuptling tut so, als habe er nichts gehört. Er zieht die Bank an den Tisch und nimmt Platz, Vincent setzt sich neben ihn. Beide sehen sich an und lächeln sich zu. Jeanne beobachtet sie, doch ihr Gesicht ist verschlossen. Ade hat die Näpfe gefüllt und fährt mit ihrem Löffel über den Boden und den Rand des Topfes und schabt die Kruste, schwarz auf der einen Seite und weißlich auf der anderen, in dünnen Spänen ab.

»Willst du etwas davon, Vincent?«

Der Junge schiebt seinen Napf zum Topf.

»Nun seht euch das an, sogar die Hand ist geschwollen!« ruft seine Mutter aus

»Das ist normal«, beschwichtigt der Häuptling, »morgen ist es vorbei.«

»Es tut nicht weh«, erklärt Vincent.

»Du lügst!« erwidert Jeanne.

Der Junge hebt den Blick und sieht der Mutter geradeheraus in die Augen. Mit fester Stimme und einem strahlenden Lächeln, das die kräftigen, weißen Zähne entblößt, beharrt er:

»Nein, Mama. Es tut nicht weh!«

Für einen Augenblick hört der Alte auf zu essen, knöpft den linken Ärmel seines Hemds auf und rollt ihn hoch, um seinen Unterarm zu zeigen: Ein tätowierter Wolf läuft über die Muskeln zum Handgelenk hin.

Vincent versucht, ernst zu bleiben, doch schließlich kann er das Lachen nicht mehr unterdrücken. Auch Ade kann nicht anders und lacht, den zahnlosen Mund weit geöffnet. Nur Jeannes Gesicht bleibt verschlossen. Sie ißt mit gerunzelter Stirn, den Blick starr auf ihren Napf gerichtet.

Schweigend beenden sie ihr Mahl. Gleich nach dem

letzten Bissen legt sich Vincent auf einen Strohsack in der Ecke und zieht sich die Hasenfelldecke über die Ohren. Man sieht nur noch ein schwarzes Haarbüschel in einer Falte des rotbraunen Fells. Der Häuptling schiebt die Bank wieder an die Bretterwand. Er lehnt sich an und stopft sorgfältig seine Pfeife. Nach drei tiefen Zügen sackt er ein wenig in sich zusammen und raucht in kleinen, regelmäßigen Zügen. Die Lider halb geschlossen, schaut er liebevoll auf Vincent.

Die beiden Frauen haben sich mit untergeschlagenen Beinen auf den Boden gesetzt und machen sich daran, Mokassins zu nähen. Ades zahnloser Kiefer umschließt den langen Stiel einer winzigen Pfeife. Ein wenig Speichel läuft über ihr Kinn, ein paar Topfen rinnen am Stiel entlang bis zum Pfeifenkopf. Jeanne hat eine Zigarette im Mund, deren Rauch sie zwingt, den Kopf ein wenig zur Seite zu neigen und die Augen zusammenzukneifen. Neben ihr steht eine Pepsi-Cola-Dose, in deren Deckel zwei Löcher gebohrt sind. Die Hände führen die Nadel, die Münder benetzen den Faden aus Leder, um einen Knoten zu machen, die Schultern, die Arme, alles an den beiden Frauen ist in Bewegung, während der Mann weiter reglos dasitzt. Nur seine Wangen blähen sich leicht, wenn er den Rauch ausbläst, ohne die Pfeife aus dem Mund zu nehmen. Den Blick starr auf ihre Arbeit gerichtet, sagt Jeanne halblaut:

»Mein Sohn wird werden wie du. Aber wenn du stirbst, wird er der einzige sein, der so ist ... Und er wird verhungern.«

Der alte Mann nimmt sich Zeit, dreimal an seiner Pfeife zu ziehen, ehe er antwortet:

»Solange er ein Freund der Wälder bleibt, verhungert ein Indianer nicht.«

»Wenn sein Vater nicht gestorben wäre, würde er nicht so viel auf dich hören, das kannst du mir glauben.«

»Ich habe es dir schon hundertmal gesagt, wenn sein Vater nicht in das Flugzeug der Weißen gestiegen wäre, um sie als Führer zu begleiten, wäre er noch bei uns!«

Der Häuptling hat schnell und in barschem Ton gesprochen. Seine Enkelin wirft ihm einen kurzen, wütenden Seitenblick zu. Ihre Hände unterbrechen die Arbeit nicht. Das leise Geräusch der Nadeln, die sich durch das Leder bohren, ist der einzige Laut im Raum. Ohne ihre Arbeit zu unterbrechen, schaut die junge Frau zweimal zu dem alten Häuptling hinüber. Dann sagt sie, ohne ihn anzusehen:

»Ich will nichts unternehmen, solange mein Vater nicht da ist, sonst würde ich, um meinen Sohn zu retten, mit den anderen weggehen, da kannst du sicher sein.«

Der Häuptling runzelt die Stirn. Er bläst den Rauch in die Luft, nimmt die Pfeife aus dem Mund und sieht Jeanne an.

»Weggehen? Wovon sprichst du?«

Einen Augenblick lang versucht sie, ungerührt zu bleiben. Auch sie möchte so stark sein wie er, doch ihre Erregung ist zu groß. Sie legt die Arbeit in den Schoß, hebt den Kopf und fragt zornig:

»Glaubst du, die Leute sind so dumm, sich mit dir ertränken zu lassen, weil du nichts sehen und hören willst?«

Der alte Mann, der sich nicht aus der Ruhe bringen läßt, raucht wieder und läßt eine Weile verstreichen, ehe er fragt:

»Weggehen? Wohin?«

»An einen Ort, der nicht überflutet wird. In die Nähe einer Stadt. Die Weißen sind nicht verrückt, sie werden ihre eigenen Kinder nicht ertränken. Unsere sind ihnen doch völlig gleichgültig.«

Sie versucht, ein wütendes Schluchzen zu unterdrücken. Ade hat die beiden beobachtet. Das ganze Gesicht in Falten gelegt, wendet sie sich wieder ihrer Arbeit zu. Auch Jeanne zieht wieder an ihrer Nadel. Der Häuptling raucht bedächtig seine Pfeife zu Ende und schiebt sie in die Tasche. Nach einigen Minuten erhebt er sich langsam. Er steigt über die Felle hinweg, die vor den Frauen liegen, verläßt den Raum und schließt die Tür hinter sich.

KAPITEL 6

Der Lichtschein, der durch die Fenster dringt, erhellt die verlassene Straße. Der Häuptling geht an drei Häusern vorbei auf ein viertes zu. Man hört Frauenstimmen und das Weinen eines Babys. Er klopft mit dem Finger an die beschlagene Scheibe.

»Ich komme!«

Gleich darauf öffnet sich die Tür. Nepeshi kommt heraus, betrachtet den Himmel und sagt:

»Es wird ein schönes Licht geben.«

Er ist kleiner und hagerer als Mestakoshi, und sein Gang ist so geschmeidig, daß sein kantiges Gesicht überrascht. Er raucht eine Pfeife mit sehr kurzem Stiel.

Die beiden Männer gehen schweigend nebeneinander her, bis sie die letzten Häuser hinter sich gelassen haben. Auch wenn sich ein fast gleichmäßiger Schleier vor den Mond und die Sterne geschoben hat, ist der Himmel hell. Der Häuptling fragt:

»Hast du davon gehört, daß die Leute weggehen wollen?«

»Es gibt immer Leute, die sich entflammen lassen und andere, die dieses Feuer gerne schüren.«

»Wer?«

»Immer dieselben. Sie sagen, wenn die Arbeiten schon begonnen haben, sei die Insel in Gefahr, überflutet zu werden.«

»Sie werden nicht gehen.«

»Einige brechen morgen auf.«

Die beiden Männer gehen auf die Kanus zu, deren lange, schwarze Rümpfe auf den Stellagen sich vor dem Wasser des Stroms abzeichnen. Der Himmel beginnt, sich leicht zu bewölken, und das Polarlicht zieht auf. Der Häuptling betrachtet dieses Schauspiel eine Weile, bevor er sagt:

»Sie sind verrückt.«

»Sie sind vielleicht verrückt, weil sie schon jetzt gehen, aber es stimmt, wenn wir nichts unternehmen, werden wir alle eines Tages gehen müssen.«

Leicht verärgert fragt Mestakoshi:

»Wer könnte uns zwingen, unsere Toten im Stich zu lassen?«

»Wenn der Strom ansteigt, wird alles überschwemmt.«

Der Häuptling dreht sich mit gerunzelter Stirn zu ihm um. Er sammelt seine Gedanken, um sich möglichst klar auszudrücken.

»Ich bitte dich, überleg doch mal. Zum einen bin ich sicher, daß kein Mensch stark genug ist, um den Lauf des Sipawaban zu unterbrechen.«

Er nimmt sich Zeit und betrachtet den Strom, auf den das Lichterspiel des Himmels lange grüne Streifen wirft. Dieses Wasser, diese Mischung von Licht und Schatten, gibt ihm seine Kraft.

»Angenommen, es gelänge ihnen und sie würden unsere Rechte wieder einmal mit Füßen treten. Wenn die Biber in einem Fluß einen Damm bauen, so staut sich das Wasser aber doch oberhalb des Damms und nicht unterhalb.«

»Wärest du dageblieben, dann wüßtest du, daß sie Wasser zuleiten wollen.«

Mestakoshi ist ein Mann, der sich immer zu beherrschen weiß, doch jetzt kann er seinen Schrecken nicht verbergen. Er klopft mit der Pfeife, die er aus der Tasche gezogen hat, in seine Handfläche.

»Wasser zuleiten? Was erzählst du da?«

»Ich weiß, daß das schwer zu glauben ist. Ich bin wie du. Ich nehme nicht an, daß es ihnen gelingen wird, aber ich sage dir, was sie vorhaben. Sie wollen den Caniapiscau, der in Richtung der aufgehenden Sonne nach Osten fließt, an seinem Lauf in den Ozean hindern und ihn hierher umleiten.«

Der Häuptling antwortet nicht. Seite an Seite lehnen die

beiden an einem der Kanus, die auf den Stellagen liegen. Die Flut hat aufgehört zu steigen. Bei diesem Wasserstand scheint das Wasser sich nicht entscheiden zu können, ob es stromaufwärts oder stromabwärts fließen soll. Unter dem langen Schatten des Himmels wirken seine Strudel wie hin und her gerissen. Die Ufer sind schwarz. Weiter von Süden her dringt das rauhe »Krah!« eines Nachtvogels herüber. Auf der Insel schreit eine Sumpfeule ihr »Huuhuu!«, dem kein Echo folgt.

»Einen Fluß, der der aufgehenden Sonne entgegenfließen will, kann man nicht in Richtung der untergehenden Sonne umleiten.«

Nepeshi hat auf der Bank Platz genommen, auf der sie gewöhnlich beim Damespielen sitzen. Er zieht an seiner erloschenen Pfeife, spuckt weit vor sich aus und nimmt sich Zeit, seine Pfeife wieder anzuzünden, ehe er antwortet:

»Mestakoshi, du hast nie zugeben wollen, daß die Weißen Macht haben. Sie verfügen nicht über die Klugheit des Bibers, aber sie haben Geld. Und mit diesem Geld können sie Maschinen kaufen, die du nicht kennst.«

Lange sitzen sie so da, betrachten den Fluß und den Himmel und lauschen der Nacht. Obwohl das Wasser fast unbewegt ist, singt es doch. An der Spitze der Insel bildet sich ein großer Strudel, der sich auf das offene Wasser zubewegt und breiter wird, um schließlich etwas oberhalb der Stelle, wo die beiden Männer sitzen, am gegenüberliegenden Ufer zu verebben.

»Der Vater meines Vaters was felsenfest davon überzeugt, daß die Menschen nie wie die Wildgänse am Himmel fliegen könnten. Aber den Weißen ist es gelungen zu fliegen. Und der Mann deiner Enkelin ist tot, weil eines von ihren Flugzeugen wie ein Stein in die Taiga gefallen ist. Die Weißen könnten Staudämme bauen, die weniger gut sind als die der Biber. Sie könnten brechen und das aufgestaute Wasser würde unsere Häuser wegspülen.«

Das Polarlicht wandert langsam weiter nach Westen. Es wird größer und gewinnt an Höhe. Sein Grün scheint heller, und doch wird der Schein, der auf die Erde und das Wasser fällt, nicht kräftiger.

»Wo wollen sie ihren Staudamm bauen?«

»Ich weiß es nicht genau. Ganz oben werden sie das Wasser des Caniapiscau in einen großen See leiten. Ein Teil dieses Wassers soll in unseren Strom fließen, und dort wollen sie einen Staudamm bauen. Der Rest soll in die Grande Rivière geleitet werden, und dieser Fluß soll drei Staudämme bekommen ...«

Nepeshi hält plötzlich inne, doch sein Satz steht im Raum, ganz so, als zögere er weiterzusprechen angesichts dessen, was zu sagen bleibt. Mestakoshi wendet sich schweigend zu ihm um.

»Die Cree aus Chisbisi haben auch Angst. Ihre Insel ist wie unsere. Anscheinend sind einige von ihnen schon gegangen.«

Nepeshi läßt dem Häuptling Zeit zu einer Antwort, die nicht erfolgt.

»Wir müssen kämpfen, Mestakoshi. Wir müssen uns mit den anderen gegen die Weißen verbünden, solange es noch eine Möglichkeit gibt, ihren Wahnsinn aufzuhalten.«

»Warst du etwa bereit, nach Saint-Georges-d'Harricana zu gehen? Würdest du das Flugzeug zu nehmen, um nach Quebec, nach Ottawa oder sonstwohin zu fliegen und mit den Ministern zu sprechen, die dich nicht verstehen?«

Nepeshi schüttelt den Kopf und lächelt schwach.

»Ich werde zu den Fallen und zu den Bibern hinaufgehen. Jetzt ist die richtige Zeit.«

Mestakoshi richtet sich zu seiner vollen Größe auf. Auf seinem Gesicht spiegelt sich aufrichtige Freude, doch sein Freund läßt ihm keine Zeit zu einer Antwort.

»Wärst du nicht Häuptling, würdest du mit mir kommen. Doch in diesen Zeiten darf sich der Häuptling nicht von seinem Volk entfernen.«

Mestakoshi antwortet nicht. Seine Schultern sacken ein wenig vor, der Oberkörper beugt sich leicht. Lange klopft er seine Pfeife am Stiefel aus, ehe er sie in die Tasche schiebt. Er verschränkt die Hände, stützt die Arme auf die Knie, beugt sich vor und starrt auf das Wasser. Ein leichter Windhauch läßt das Spiegelbild des Polarlichts erzittern, das jetzt den ganzen weiten Himmel erfüllt. Eine kleine Ewigkeit verstreicht und gleitet über die Weite der Taiga, ehe sich der Häuptling zu einer Antwort entschließt.

»Ich werde nicht zu den Weißen gehen.«

»Du brauchst auch nicht hinzugehen, um zu unterschreiben. Die Papiere sind hier. Die Anwälte werden für uns sprechen.«

»Und wieviel verlangen sie dafür?«

»Nichts.«

Mestakoshi lacht leise. Nepeshi erklärt eilig:

»Sie werden von Ottawa bezahlt. Das hat das Ministerium für Indianerangelegenheiten versprochen.«

»Versprechen der Weißen.«

Nepeshi seufzt resigniert und erhebt sich. Er macht einen Schritt, dann wendet er sich um:

»Überleg es dir gut, Mestakoshi. Wenn das Kanu an einem Felsen zerschellt ist, ist es zu spät, sich daran zu erinnern, daß es auch einen Weg über Land gibt.«

Langsam richtet sich Mestakoshi auf. Er reibt seine rauhen Hände. Seine Stirn liegt in Falten, auf seinem Gesicht spiegelt sich großer Schmerz. Mit dumpfer Stimme, die hart ist vor Zorn, ruft er:

»Selbst mit ihren Maschinen werden sie unseren Fluß nicht töten können. Niemand kann einen Gott töten.«

KAPITEL 7

Die ersten kamen im Sommer 1965. Zu Anfang waren es nur etwa zehn. Ein Wasserflugzeug setzte sie an einem schönen Julimorgen am Ufer des Lake Evans ab. Sie hatten Beile, Kettensägen und Benzinkanister bei sich, und jeder hatte eine Mahlzeit und einen Schlafsack. Am frühen Nachmittag sollte das Flugzeug die Zelte bringen. Doch es wurde Nacht, und das Flugzeug kam nicht. Sie machten Feuer und schliefen daneben wie die Trapper. Als sie am nächsten Morgen aufwachten, waren sie mit weißem Rauhreif überzogen. Das Flugzeug hatte eine Panne gehabt. Gegen Mittag brachte ein Hubschrauber dann endlich das Material.

Seither sind es viele geworden. In diesem Herbst 1971 sind fast dreihundert in kleinen Gruppen über das riesige Gebiet der James Bay verteilt. Dreihundert auf tausenden und abertausenden Quadratkilometern der Taiga, die sich zwischen dem 51. und dem 56. Breitengrad und dem 64. und 79. Längengrad erstreckt. Anders ausgedrückt, eine Handvoll Körner, die im Wind verstreut wurden. Landvermesser, Geologen, Geographen, Lastenträger, Kartographen, Buschpiloten, Holzfäller und Köche haben feste Mannschaften gebildet, die durch die schwierige Arbeit zusammengeschweißt werden: bei der Errichtung von Behelfslagern aus Baumstämmen, bei den ersten Flächenberechnungen, bei der Entnahme von Boden- und Gesteinsproben und deren Analyse, bei der Untersuchung des Wasserverlaufs von Strömen und Flüssen. Sie haben die Seen vermessen und ihre Tiefe ermittelt, sie haben die Kraft der Stromschnellen berechnet, den Himmel, Berge, Täler, Canyons, Felsen, Sümpfe und Moorgebiete untersucht. Ihnen kam die Aufgabe zu, den Standort der künftigen Staudämme und Kraftwerke festzulegen. Wochenlang vom Rest der Welt abgeschnitten, von Insekten geplagt, in ständigem Kampf gegen den scharfen Nordwind, den Schneestürmen ausgeliefert, haben diese Pioniere ebenso hart um dieses Land gekämpft wie ihre Vorfahren zur Zeit der großen Segelschiffe auf dem Sankt-Lorenz-Strom.

Im Laufe der Zeit wurden feste Zeltlager eingerichtet. Mit Hubschraubern brachte man aus Matagami modernes Material, und richtige Häuser wurden gebaut. Generatoren sorgten für Strom.

In Matagami ebenso wie in Saint-Georges-d'Harricana begannen die Leute, sich Fragen zu stellen. Auch die Indianer fragten sich, was da vorging, doch man hatte hier schon so viele Verrückte in die unendlichen Weiten vordringen sehen, auf der Suche nach Gold und anderen Reichtümern im felsigen Gestein des Nordens!

Jetzt weiß man in den Ingenieurbüros von Quebec und Montreal, wo die Staudämme errichtet werden, wo Siedlungen für die Arbeiter gebaut werden müssen. Was noch zu klären bleibt, ist die Frage, wie man so viel Material in ein derart entlegenes, schwer zugängliches Gebiet transportieren soll. Man denkt an Schiffe, die den Sankt-Lorenz-Strom hinabfahren, dann nach Norden drehen und den großen Bogen durch die Labradorsee nehmen sollen, um in die Hudsonstraße zu gelangen. Man versucht es. Ein Frachtschiff bleibt einige Meilen vor der Küste in den schlammigen Untiefen der James Bay stecken, und man muß den Winter abwarten, um es auf dem Packeis entladen zu können und die Güter auf dem Eis zu befördern. Doch das Frachtschiff kann erst nach der Eisschmelze weiterfahren. Also gibt man das Vorhaben auf. Dann werden Flugzeuge in Betracht gezogen, aber angesichts der hohen Kosten nimmt man auch von diesem Plan schnell Abstand. Bleibt nur noch die Straße oder die Eisenbahn.

Im Herbst entscheidet man sich schließlich für die Straße. Wieder werden einige Wegbereiter vorgeschickt, um die Trasse festzulegen. Das Gebiet weist große Schwierigkeiten auf. Die Taiga ist reich an Seen und Wasserläufen, die alle umgangen oder überbrückt werden müssen. Am schlimmsten sind die Sümpfe und Moore. Die Männer müssen nicht nur den bestmöglichen Zugang finden, sondern auch einen Weg, um diese schlammigen Gegenden zu durchqueren, in denen ein Lastwagen innerhalb weniger Stunden versinken würde.

Der Verlauf der Straße muß festgelegt, das Land gerodet, der Boden vorbereitet werden. Man muß warten, bis die furchtbare Kälte des Nordens den Schlamm und das Moor erstarren läßt, bis die Flüsse und Seen zugefroren sind. Mehr als sechshundert Kilometer sind zu bewältigen, und jeder einzelne kann Probleme bereiten. Mehr als sechshundert Kilometer, um Matagami mit der Grande Rivière zu verbinden.

Diesmal ist nichts mehr geheim. Der Jahrhundertplan ist allgemein bekannt, und über die erste Etappe, das Straßenprojekt, wird viel geschrieben.

Überall in Quebec erwacht in den Männern jener Drang nach Eroberung und jene Abenteuerlust, die schon ihre Vorfahren im Blut hatten. Der Wohlstand der modernen Zeit hat ihre natürlichen Regungen nicht außer Kraft gesetzt. Ihr Elan, ihr Mut und ihr Wille sind ungebrochen. Wieder einmal nehmen sie den Kampf mit der Natur auf. Und wieder wollen sie gewinnen.

KAPITEL 8

Häuptling Mestakoshi hat kaum geschlafen. Noch ehe der Morgen graut, erhebt er sich lautlos. Mit leiser Stimme fragt ihn Ade:

»Was ist?«

»Ich stehe auf.«

»Was hast du vor?«

»Ich will nach draußen.«

Sie beharrt nicht weiter. Sein Ton sagt alles. Der alte Häuptling sucht tastend nach einem Fladen, wickelt ein Stück geräucherte Gänsebrust in ein Blatt Papier, das er aus einem alten Versandkatalog gerissen hat, und schiebt beides in die Tasche seiner dicken Jagdjacke. Leise öffnet er die Tür.

Draußen herrscht fast vollkommene Stille. Ein sanfter Westwind bläst. Die Dunkelheit ist schön. Der gesamte Horizont ist von einem leichten Schimmer erhellt. Ein gleichmäßiger Dunstschleier, die letzte Spur des Polarlichts, das einen großen Teil der Nacht über angehalten haben muß, liegt vor den Sternen und dämpft ihren Schein.

Mestakoshi will zum Steg gehen, sich dort hinsetzen, seinen Fladen und sein Fleisch essen und auf den Morgen warten. Als er an Nepeshis Haus vorbeikommt, bleibt er stehen. In dem Schuppen, der an die nördliche Giebelwand anschließt, bewegt sich ein Lichtschein. Lautlos nähert sich der Häuptling. Die Tür ist angelehnt. Nepeshi ist da, der Schein seiner Laterne erhellt die von der Decke hängenden Schneeschuhe, einen an die Bretterwand gelehnten Bootsmotor, Netze, Ruder, alte Stiefel. Als Mestakoshi zum Sprechen ansetzen will, dreht sein Freund sich um und hält schützend die Hand vor die Laterne, um ihn nicht zu blenden.

»Ich habe gespürt, daß du da bist.«

Mestakoshi tritt näher.

»Heute wird ein schöner Tag.«

»Ja. Ich werde früh aufbrechen, Makwa kommt mit.«

»Das ist gut.«

Nepeshi stellt die Laterne auf einer umgedrehten Kiste ab und beugt sich über eine alte Truhe, um etwas zu suchen. Der Häuptling beobachtet ihn einen Augenblick, bevor er sagt:

»Selbst wenn sie ihren Staudamm an einem Ort bauen würden, wo wir keine Fallen stellen, und selbst wenn er ganz sicher wäre, so bin ich doch davon überzeugt, daß er den Strom verändern würde.«

Nepeshi richtet sich auf. Er hält eine dicke hölzerne Rolle in der Hand, auf die eine dünne Schnur aufgewickelt ist.

»Genau das haben sie ja vor. Und darum wollen sie auch das Dorf umsiedeln. Wenn sie das Wasser stauen, wird der Wasserstand niedriger, wenn sie die Schleusen öffnen müssen, wird er wieder höher und die Strömung wird stärker.«

»Dann wird alles zerstört. Wenn der Wasserfluß schwächer ist, steigt das Meerwasser weiter in den Fluß hinauf. Das stört die Fische und die Vögel. Die Pflanzen werden sterben.«

»Das wird alles verändern. Alles.«

In ihren Stimmen liegt kein Zorn. Nur große Verzweiflung. Nepeshi kümmert sich weiter um seine Ausrüstung. Mestakoshi lehnt am Türrahmen. Sie schweigen lange. Dann, als Nepeshi seine Felldecke in die Zeltplane eingerollt hat und ehe er seinen Sack zu packen beginnt, richtet er sich auf und sagt:

»Seit fünf Jahren bin ich im Herbst nicht mehr oben gewesen. Es tut gut, einmal wieder hinzugehen. Die Jungen sehen nicht immer richtig nach.«

Man spürt, daß er noch nicht alles gesagt hat. Sein sonst so direkter Blick ist ausweichend. Er schüttelt den großen Sack aus, aus dem Staub, Sand und vertrocknete Blätter rieseln. Er zögert. Dann wendet er sich um, sieht Mestakoshi in die Augen und fragt:

»Du bist aufgestanden, um zu den Kanus zu gehen. Du willst versuchen, mit ihnen zu sprechen, damit sie bleiben, nicht wahr?«

Der Häuptling hebt die Arme und seufzt. Nepeshi fügt eilig hinzu:

»Nun, du wirst sie nicht am Gehen hindern können ... Und ich sage dir noch etwas: Meine drei Töchter gehen auch ... Und unsere beiden Söhne. Dabei habe ich mit ihnen gesprochen.«

»Wer sonst noch?«

Nepeshi nennt einige Namen, bricht unvermittelt ab, und fährt dann mit leicht ärgerlichem Unterton, fort:

»Und sicherlich noch andere, die gestern nichts gesagt haben, obwohl sie schon entschlossen waren. Das konnte man sehen.«

Er stopft seine Sachen in den Sack, während der Häuptling voller Neid jede seiner Bewegungen beobachtet. Er registriert jeden einzelnen Gegenstand: die schwarze Pfanne, um die Fladen zu backen, den Kessel für das Teewasser, die gut veschlossene Zuckerbüchse, die wasserdichten Tüten, in denen er Mehl-, Reis-, Gries-, Zucker-, und Schokoladenvorräte vermutet, die hölzerne Dose für das Salz. Wie oft hat er selbst einen solchen Aufbruch vorbereitet! Seine Kehle ist wie zusammengeschnürt. Er blickt nach draußen. Die Nacht wird hell, zwischen den Bäumen schwebt ein milchiger Nebel. Nepeshi bringt ein leises Lachen hervor, das etwas gezwungen klingt.

»Die Flut macht ihre Sache gut. Sie zwingt uns, vor ihnen aufzubrechen. Das ist mir auch lieber.«

Kaum hat er ausgesprochen, horcht er nach draußen: In der Ferne nimmt er das Winseln von Hunden wahr, danach hört man etwas näher Gebell. Bald sind Schritte zu vernehmen, und eine stämmige, mit großen Säcken beladene Gestalt nähert sich. Der Mann, der in der einen Hand ein Gewehr und in der anderen ein Beil und ein Paddel trägt, kommt direkt auf sie zu. Nachdem er alles an die Bretterwand gelehnt hat, hebt er die Hände an den breiten Tragriemen, der um seine Stirn liegt. Mit einer schnellen Bewegung wirft er die Last ab, die er auf dem Rücken trägt. Als er sie auffängt, schwankt er leicht, richtet sich aber gleich wieder auf und wendet sich an den Häuptling.

»Kommst du auch mit?«

»Nein.«

»Ich dachte ...«

Der Mann ist breitschultrig, dick und hat einen kräftigen Hals. Sein Gesicht mit den plumpen Zügen und der platten Nase ist grobschlächtig. Die unregelmäßigen, schiefen Zähne stehen vor und wölben die wulstige Oberlippe leicht nach vorn. Sein Name ist Bagoura, doch niemand nennt ihn anders als Makwa, was Bär bedeutet. Alle, die mit ihm in den Wäldern waren, wissen, wie sehr er diesen Namen verdient. Seine Bewegungen sind ungelenk, aber schnell, behende und listig wie die des Taigabären, und er verfügt auch über dessen gewaltige Kraft. Mestakoshi seufzt:

»Ich freue mich, daß du mit Nepeshi gehst.«

Makwas Oberlippe hebt sich und entblößt seine Zähne ein wenig mehr, er schließt die Augen halb, und seine glänzenden Wangenknochen scheinen noch etwas mehr hervorzutreten.

»Wir können gehen« sagt Nepeshi, der den Tragriemen unter seine beiden Säcke geschoben hat.

Mestakoshi nimmt das Gewehr, die beiden Paddel und das Beil, die sein Freund bereitgestellt hat, und sie machen sich auf den Weg. Sie gehen schweigend, den Blick geradeaus gerichtet. Schon bald sehen sie den Strom, über dem zwischen den Nebelschwaden die ersten rosigen Schimmer treiben.

»Ihr werdet gutes Wasser haben«, meint der Häuptling voll Wehmut.

»Ja, es dauert noch eine Stunde, bis die Flut ihren höchsten Stand erreicht hat. Inzwischen sind wir leicht bei den ersten Stromschnellen angelangt.«

Sie nehmen Nepeshis Boot. Das ist, ohne daß zuvor darüber gesprochen wurde, selbstverständlich. Makwa ist gerade erst fünfundfünfzig Jahre alt geworden, sein Gefährte ist bereits siebenundsechzig, also hat er zwangsläufig das bessere Kanu. Gleichmäßig beladen sie es mit ihrem Gepäck. In der Stille des Morgengrauens hallen ihre Schritte auf dem aus Bohlen und leeren Fässern gebauten Anleger wider. Die beiden steigen ein. Ehe sie aufs offene Wasser zusteuern, heben sie die rechte Hand, um sich vom Häuptling zu verabschieden, der ihnen mit demselben Gruß antwortet. Nepeshi hockt hinten. Die Paddel stechen gleichmäßig ins Wasser, und sehr schnell entfernt sich das Boot. Flußaufwärts ist die Stömung nur von einigen schwachen, grünlich-violetten Lichtstreifen durchzogen. Nebel umhüllt die Kronen der Bäume am Südufer, deren dunkle Schatten auf dem Wasser erzittern und sich verformen. Mestakoshis Blick verweilt dort, dann kehrt er wieder zurück zu dem Boot, das nur noch unscharf zu erkennen ist und das auf der Wasseroberfäche eine lange dreieckige Spur hinterläßt. Seine Augen folgen dem Kanu, doch sein Geist ist viel schneller. Er zieht den Strom hinauf, geht über all die Landpfade, über die das Boot getragen werden muß, er hört das Rauschen der Wasserfälle, atmet den starken nächtlichen Geruch der Taiga und des Feuers ein, auf dem der frisch gefangene Fisch gart. Dann verläßt er den Fluß, um einen Seitenarm hinaufzufahren, dorthin, wo die Biber sind.

Noch ehe das winzige Kanu hinter einer Flußbiegung verschwunden ist, ist Mestakoshis Reise beendet. Doch eines vermag er sich weniger deutlich auszumalen als alles andere: die Baustellen. Er kann sich einfach nicht vorstellen, was die Weißen wohl schon gebaut haben mögen. In der Nacht hat er es hundertmal versucht, doch immer ist er am Bild der versetzten Berge hängengeblieben, die den Lauf des Stroms versperren sollen. Immer wieder fallen ihm jene Worte ein, an die er sich klammert: »Die Berge kann man nicht versetzen. Den Lauf eines Flusses kann man nicht hindern.« Er zieht den Fladen und die Gänsebrust aus der Tasche. Ohne den Strom aus den Augen zu lassen, beginnt er langsam zu essen.

Das Licht wird immer heller. Wo die Sonne auf die Wasseroberfläche trifft, verschlingt sie den Nebel. In den schattigen Winkeln hingegen bleibt die fast violett schimmernde Luft dunstig. So vergeht eine Stunde: nichts als der aufziehende Tag, einige Vogelschreie. Hundegebell im Dorf, wo die Generatoren angesprungen sind. Der Häuptling rührt sich nicht. Mit leicht gebeugtem Rücken, den Kopf leicht zwischen die Schultern gezogen, hockt er auf der Bank. Er hat zwei Pfeifen geraucht. Die zweite ist gerade erloschen, und seine Hand umschließt in der Tasche den noch warmen Pfeifenkopf.

Da nähern sich Stimmen. Schritte knirschen im Kies. Mestakoshi wendet nicht den Kopf. Aus den Augenwinkeln sieht er schemenhafte Gestalten auf sich zukommen. Die Stimmen verstummen, doch die Schritte gehen weiter. Kurz bevor er bei ihm angelangt ist, sagt ein Mann:

»Hallo.«

»Hallo.«

Der Häuptling hat geantwortet, ohne sich zu rühren. Die anderen begrüßen ihn ebenfalls. Sein Blick bleibt starr geradeaus gerichtet, auf einen Punkt weiter flußaufwärts am Südufer. Der Fluß führt jetzt mehr Wasser, aber bald wird die Flut zurückgehen. Der Anleger hallt unter den Schritten. Kinder zanken sich. Andere Stimmen kommen näher. Mestakoshi starrt unverwandt auf das Ufer und antwortet auf den Gruß der Personen, die an ihm vorbei zum Anleger gehen. Es dauert eine Weile, bis sich die Leute gesammelt haben. Manche Männer gehen noch zweimal zum Dorf und kehren schwerbeladen zurück. Einige nehmen

Herde, Bänke oder sogar einen Tisch mit. Mestakoshi erkennt sie, ohne daß er sie ansehen müßte. Keiner von ihnen ist älter als fünfzig Jahre. Die Kinder mitgerechnet, müssen es ungefähr achtundzwanzig Personen sein. Keiner von ihnen sagt etwas anderes als: »Hallo.« Nicht einer bleibt stehen.

Laute Geräusche und das Kichern einiger Frauen sagen Mestakoshi, daß nun alle in die Boote steigen. Ein Baby beginnt zu weinen. Ein geschlagener Hund jault. Ein anderer springt aus einem Boot und läuft zum Dorf zurück. Der alte Häuptling lächelt und murmelt:

»Der hat keine Angst vor den Staudämmen.«

Die Boote entfernen sich. Das weiß er, ohne hinzusehen. Mestakoshi wartet, bis die Männer die Motoren angeworfen haben, ehe er den Kopf nach rechts wendet. Er zählt neun voll beladene Boote. Der bläuliche Rauch der Motoren schwebt über der Wasseroberfläche, in der sich der Himmel spiegelt. Ganz in seiner Nähe knirscht der Kies. Der Häuptling wendet den Kopf. Ganz allein mitten auf dem Weg steht Ade. Mit ihrem schweren Schritt kommt sie näher. Ihr faltiges Gesicht versucht zu lächeln. Als sie bei ihrem Mann angekommen ist, bleibt sie stehen:

»Du bist gegangen, ohne deinen Tee zu trinken.«

Mestakoshi erhebt sich. Ohne noch einmal stromabwärts zu schauen, wo das Geknatter der Motoren verklingt, macht er sich auf den Weg zum Dorf. Gleich hinter ihm, zu seiner Linken, geht Ade. Von einigen Häusern steigt weißer Rauch in den nun schon blauen Himmel auf.

KAPITEL 9

An diesem Morgen sind sie nur zu siebt in dem großen Raum. Den Generator haben sie nicht angeworfen, sondern lieber den Tisch zu einem der Fenster getragen. Dort nimmt jetzt Mestakoshi Platz. Zu seiner Rechten sitzt mit aufgestützten Ellenbogen, magerer und gebeugter denn je, der Schamane, ihm gegenüber Hervé. Shigoci, die Hundertdreijährige, sitzt am Ende des Tisches, dem Tageslicht zugewandt. Der Blinde, Ade und Amo sitzen ein wenig weiter zurück auf drei Stühlen in einer Reihe. Der Häuptling ergreift als erster das Wort. Er wendet sich an Hervé.

»Trotzdem, ich verstehe nicht, warum Damien gegangen ist. Hat er die anderen überredet?«

»Da gab es nichts zu überreden. Die Angst saß ihnen im Nacken.«

»Sind auch deine Frau und deine Kinder gegangen?«

Hervé scheint nicht verlegen. Sein Blick ist immer noch unbefangen. Seine breiten Hände ruhen auf dem Papier vor ihm.

»Sie wollte nicht gehen. Ihre Schwester hat ihr gesagt: ›Wenn deine Kinder ertrinken, wirst du vor Kummer sterben.‹«

Mestakoshi will etwas sagen, doch Hervé hebt die rechte Hand, um zu zeigen, daß er noch nicht fertig ist.

»Was Damien betrifft, so habe ich ihm geraten, vor mir zu gehen. Ich weiß, daß du schon wütend wirst, wenn du ihn nur ansiehst.«

Alle lächeln, und der Häuptling gesteht, daß er keine große Sympathie für Damien hegt.

»Ich traue ihm nicht viel zu.«

Er zögert. Sein Blick wandert von einem zum anderen, dann zurück zu Hervé.

»Wenn ich meinen Platz räumen muß, dann wird es, so hoffe ich, für jemand anderen sein.«

Unter den Alten erhebt sich Gemurmel, und Hervé versichert eilig:

»Du sollst deinen Platz nicht räumen. Niemand kann dir einen Vorwurf daraus machen, daß du dein Land nicht verlassen willst. Aber du mußt uns ermächtigen, es zu verteidigen.«

In einem Ton, der leichten Ärger verrät, entgegnet der Häuptling:

»Darum bin ich hier!«

Hervé blättert in seinen Papieren. Er nimmt eine mit Schreibmaschine beschriebene Seite und hält sie hoch. Ehe er sie Mestakoshi reicht, sagt er:

»Ich bin sicher, daß die, die gegangen sind, zurückkehren werden, noch ehe ein Mond vergangen ist.«

Der Häuptling verzieht das Gesicht und macht eine Geste, die sagen will: ›Wir werden sehen, aber ich glaube es nicht.‹ Hervé legt ihm das Blatt vor und schiebt ihm einen Stift zu. Mestakoshis große, faltige, braune Hand ruht reglos auf dem Tisch. Sie wartet. Alle Blicke sind auf sie, auf das Papier und den kleinen Stift aus weißem Plastik gerichtet.

»Das« erklärt Hervé, »ist ein Papier für deinen Sohn, damit er an deiner Stelle unterschreiben kann.«

Gemurmel wird laut. Der Häuptling bleibt ungerührt, nur sein Blick ist fragend auf Hervé gerichtet, der erläutert:

»Er kann nur unterschreiben, um den Anwälten Anweisungen zu geben. Ein Abkommen mit den Weißen könnte ohnehin nur mit dem Einverständnis aller abgeschlossen werden.«

Der Häuptling holt tief Luft, so als gelte es, eine schwere Last zu stemmen. Er schiebt die Hand vor, greift nach dem Kugelschreiber, hebt ihn hoch und sieht prüfend die Spitze an. Dann richtet er den Blick auf den Text, den er nicht lesen kann, und betrachtet ihn einen Moment lang aufmerksam. Es ist so still, daß der rasselnde Atem der Hundertdreijährigen so laut zu hören ist wie der Nordwind, wenn er wütend pfeift. Langsam und sorgfältig schreibt der Häuptling seinen Namen.

Ohne das Blatt zurückzunehmen, bemerkt Hervé:

»Du hast nicht Paul dazugeschrieben. Das muß sein. René heißt auch Mestakoshi, und für ihn unterschreibst du dieses Papier.«

Ohne auch nur eine Sekunde zu zögern, schreibt der Alte gleich hinter seinen Namen »Okik«.

»Ich bin nicht mehr Paul. Wenn man mir mein Land nehmen will, bin ich ein Wabamahigan. Den Namen, den mir die weißen Priester gegeben haben, brauche ich nicht mehr zu tragen. Ich bin Okik, das ist der Beiname, den mir die Meinen gegeben haben, die wollten, daß ich aufrecht, kräftig und stark werde wie eine Zypresse. Meine Frau ist nicht mehr Ursule, sie ist Ade, die Krähe.«

Seine Stimme wird lauter. Als er sich unterbricht, um sich an die anderen zu wenden, ergreift Hervé eilig das Wort:

»Ich verstehe dich, Mestakoshi, aber das mußt du dem Priester erklären. Er kommt am Sonntag, dann kannst du mit ihm sprechen.«

»Ich werde mit ihm sprechen.«

»Und ich auch«, erklärt der Schamane.

Dann bekräftigen auch alle anderen:

»Ich auch.«

Hervé faltet das Blatt zweimal. Er faltet auch die anderen Papiere, zu denen er nichts gesagt hat, und schiebt alles zusammen in die Innentasche seiner dicken Jacke. Er nimmt den Stift und steckt ihn in seine andere Tasche. Als er sich erheben will, sagt Mestakoshi lächelnd:

»Du wirst also nach Saint-Georges-d'Harricana gehen. Und dort wirst du in Flugzeug steigen. Wohin wirst du fliegen?«

»Sicherlich nach Quebec.«

»Du wirst die Erde sehen, wie sie nur ein Vogel und der Geist der Toten sehen können. Darum beneide ich dich nicht. Der Mensch wurde gemacht, um zu gehen und die Erde von der Höhe des Kopfes aus, der auf seinen Schultern sitzt, zu betrachten. Nie wäre es einem Indianer in den Sinn gekommen, es den Vögeln gleichzutun. Es heißt, daß nur die Indianer über die Weisheit verfügen. Versuche, das nie zu vergessen.«

»Ich werde es versuchen, Häuptling Mestakoshi. Es ist nicht so, daß ich mein Land verlasse, weil ich es nicht mehr liebe, ganz im Gegenteil, ich liebe es, und ich will es verteidigen.«

Ernst erklärt der Häuptling:

»Das ist gut.«

Dann fügt er lächelnd hinzu:

»Versuche, dich nie für eine Wildgans zu halten.«

Sein Blick wandert zur Decke und die anderen beginnen zu lachen. Alle erheben sich. Hervé ergreift seinen großen Sack und hebt ihn auf die Schulter. Er verabschiedet sich. Die Alten sehen ihm nach, als er, ohne sich umzudrehen, zum Steg geht. Der Blinde sagt:

»Der Schritt, den ich höre, ist der eines ernsthaften, würdevollen Mannes.«

KAPITEL 10

Es ist lange her, daß die ersten Weißen hierherkamen, doch die Väter unserer Väter haben die Erinnerung daran bewahrt.

Ein großes Schiff lag unbeweglich im offenen Meer. Der Häuptling der Weißen kam mit einigen Matrosen an Bord einer Schaluppe an Land. Der Häuptling der Wabamahigans hieß ihn willkommen. Der Weiße wollte ein Haus bauen. Dazu brauchte er Land. Das Land war nicht zu verschenken, nicht einzutauschen. Der Weiße ließ eine den Wabamahigans unbekannte Tierhaut vom Schiff bringen. Wir denken heute, daß es das Fell einer Kuh war. Er sagte: »Ich will ein Stück Land, das so groß ist wie dieses Fell, um auf dem Boden schlafen zu können. Die Indianer glaubten, er wolle ein Zelt aufstellen und Rast machen. Niemand soll einem Reisenden verwehren, sich im Schutz vor Regen und Wind auszuruhen. Sie willigten ein. Und der Häuptling der Weißen gab ihnen im Gegenzug für dieses Recht ein Stück Stoff. Dann fragte er, ob es unter den Wabamahigans einen Mann gäbe, der geschickt genug sei, aus der ganzen Kuhhaut ein einziges Band zu schneiden, das nicht breiter wäre als der kleine Finger. Das konnten viele, doch eine sehr alte Frau konnte besser schneiden als alle anderen. Für diese Arbeit gab ihr der Häuptling der Weißen vier Knöpfe und eine Nadel aus Stahl. Die Alte setzte sich ans Ufer und machte sich ans Werk.

Alle standen um sie herum. Alle bewunderten ihre Geschicklichkeit.

Das Band war schmaler als ihr kleiner Finger, und der war schon sehr mager. Sie schnitt ein Band fast so dünn wie ein Faden. Die Arbeit dauerte sehr lange.

Als sie fertig war, ergriff der Häuptling der Weißen das eine Ende, einer seiner Männer das andere. Und jeder von ihnen ging in eine andere Richtung. Sie beschrieben einen riesigen Kreis, indem sie die Lederschnur weit um die Büsche herumwanden, bevor sie die Enden wieder zusammenführten. Dann sagte der Häuptling der Weißen zum Häuptling der Wabamahigans:

»Aufgrund des Abkommens, das wir geschlossen haben, gehört dieses Land mir.«

Und alle Matrosen lachten.

Auf diesem Land haben die Weißen das erste Haus ihrer Handelsgesellschaft errichtet. Das erste Handelskontor. Die Wabamahigans haben keinen Einspruch erhoben, doch diese Erinnerung ist ihnen geblieben und hat sie gelehrt, allen weißen Männern zu mißtrauen, die ein Abkommen schließen wollen.

BERICHT EINES SEEMANNS

Erstes Zusammentreffen mit einem Indianer

Im Jahr 1611 fand an Bord der Discovery das erste Zusammentreffen zwischen Henry Hudson und einem Indianer statt. Abacuk Prickett, ein Mitglied der Besatzung, berichtet von diesem Ereignis:

»Unser Kapitän gab ihm ein Messer, einen Spiegel und Knöpfe, die er voller Dankbarkeit entgegennahm, und mit Zeichen erklärte er uns, er käme zurück, wenn er geschlafen hätte. Als er wiederkam, zog er einen mit zwei Rentier- und zwei Biberfellen beladenen Schlitten. Er nahm das Messer, das der Kapitän ihm gegeben hatte und legte es auf ein Biberfell, den Spiegel und die Knöpfe auf das andere. Der Kapitän zeigte ihm ein kleines Beil. Der Indianer wollte ihm ein Rentierfell dafür geben, doch der Kapitän verlangte beide Felle, und er bekam sie auch. Nachdem er uns durch Zeichen zu verstehen gegeben hatte, daß er nach drei Nächten wiederkäme, ging der Indianer. Doch er kam nie zurück.«

KAPITEL II

Der Herbst brachte noch vier schöne Tage, die die Alten auf dem Anlegesteg mit Gesprächen und Damespielen verbrachten. Die, deren Kinder nach Saint-Georges gegangen waren, richteten den Blick oft stromabwärts. Häuptling Mestakoshi sah stromaufwärts. Er wußte ganz genau, daß Nepeshi für den Weg zu den Fallen und wieder zurück noch länger brauchen würde, doch er schaute aus reiner Gewohnheit. Aus Freundschaft. Am Abend des vierten Tages versank die Sonne in riesigen violetten Wolken. Die Alten sagten:

»Morgen können wir nicht mehr hierherkommen.«

Und heute Morgen waten sie durch den prasselnden Regen, der die Straße in einen wahren Sumpf verwandelt hat, in den Gemeindesaal. Sie machen Feuer im Ofen und setzen sich auf die Bänke, die sie so nahe wie möglich an die Fenster gezogen haben. Sie spielen Dame. Sie sind zu neunt, und keiner von ihnen spricht über die vorangegangenen Ereignisse. Sie tun so, als nehme das Leben seinen normalen Gang.

Mittags, als die Schule aus ist, sitzen sie noch immer da. Sie sehen die Kinder vorbeikommen, die den Matsch unter ihren Stiefeln aufspritzen lassen, als sie durch den Regen laufen. Plötzlich öffnet sich die Tür, und die Lehrerin kommt herein. Sie ist eine stämmige Frau mit rundem Gesicht. Alle mögen sie gern. Nachdem sie ihren blauen Regenmantel mit der Kapuze ausgezogen und auf einen Stuhl gelegt hat, geht sie auf den Häuptling zu, der seinem Partner auf einer Bank rittlings gegenübersitzt. Ihr Spiel geht dem Ende zu, auf dem Brett stehen fast keine Steine mehr. Die junge Frau begrüßt sie, und alle sagen:

»Guten Tag, Denise Rafard.«

»Ich möchte mit dem Häuptling sprechen, aber ich warte, bis die Partie fertig ist.«

Die Männer spielen weiter. Der Schamane überläßt sich wieder seiner Meditation, die Hände ruhen auf seinen Schenkeln, quer über den Knien liegt sein Stock, der Rücken ist gerade. Neben ihm sitzt der Blinde, seine Hände umklammern seinen langen Stab, so als wolle er einen Mast hinaufklettern. Halblaut spricht er von der Zeit, als er noch sehen konnte. Als die junge Frau sich neben ihn setzt, schweigt er. Sie fragt ihn, ob er etwas brauche, ob sie etwas für ihn tun könne.

Als sie vor zwei Jahren aus Nicolet hierherkam, kannte sie kein Wort in der Sprache der Wabamahigans. Jetzt spricht sie die Sprache mit derselben Leichtigkeit wie die Einheimischen. Von Anfang an hat sie sich mit allen gut verstanden. Wenn sie in Urlaub geht, fehlt etwas im Dorf.

Der Häuptling schwingt ein Bein über die Bank und dreht sich um.

»Wir sind fertig.«

Da erhebt sich die junge Frau, rückt einen Stuhl zum Häuptling, nimmt ihm gegenüber Platz und verschränkt ihre dicken Finger.

»Ich komme zu dir, weil ich sehr böse auf deinen Urenkel bin.«

Unter den Alten, die ihr Spiel und ihre Gespräche unterbrochen haben, um zuzuhören, regt sich ein Lachen. Denise Rafards braune Augen verfinstern sich ein wenig. Sie sieht die anderen prüfend an, ehe sie den Blick wieder dem Häuptling zuwendet.

»Mir ist nicht nach Lachen zumute. Heute morgen habe ich Vincent mit seinem Namen aufgerufen. Er hat nicht einmal den Kopf gehoben. Viermal habe ich ihn aufgerufen. Ohne Erfolg. Dabei ist er ein guter Schüler. Ich bin zu ihm gegangen, habe ihn am Kinn gefaßt und ihn gezwungen, den Kopf zu heben. ›Vincent ...‹ habe ich gesagt. Und er hat gespuckt.«

Ein allgemeines Geraune geht durch den Saal. Die Lehrerin legt die Hände auf die Brust, die sich unter dem dicken braunen Wollpullover vor Empörung hebt.

»Er hat mich angespuckt. Hier.«

Der Zeigefinger ihrer rechten Hand deutet auf die rosige Wange.

Erneut entsteht Gemurmel. Der Häuptling seufzt. Die junge Frau fährt fort:

»Er hat sich geweigert, Französisch zu sprechen. Er hat mir gesagt: ›Ich bin nicht Vincent. Ich bin Mestakoshi, der Sohn von Mestakoshi. Die, die sich an die Weißen verkaufen, sind keine Wabamahigans mehr. Ich bin ein Wabamahigan!‹«

Sie schweigt eine Weile. Die Männer sehen sich an. Wortlos fragen sie sich, was nun zu tun ist. Sollen sie lachen oder die Sache ernst nehmen? Nach und nach richten sich die meisten von ihnen wieder auf. Ihre Augen blitzen.

Da sich niemand entschließt, etwas zu sagen, wendet sich die Lehrerin wieder an den Häuptling und erklärt mit fester Stimme:

»Ich bin gekommen, um dir zu sagen, daß ich das nicht dulden werde. Wenn sich so etwas wiederholt, werde ich um meine Versetzung aus Odenamanitak bitten. Ich bin hier, um die Kinder in der französischen Sprache zu unterrichten, wenn sie sich weigern, sie zu sprechen, habe ich hier nichts mehr zu tun.«

Als sie sich erhebt, bebt ihre üppige Brust. Der Häuptling erhebt sich ebenfalls langsam. Sie stehen einander gegenüber und sehen sich an. Er steht mit dem Rücken zum Fenster, so daß sein Gesicht kaum erhellt wird, sie hingegen ist dem grauen Licht zugewandt. Ihre Wangen, die sich gerötet hatten, während sie sprach, sind jetzt bleicher als gewöhnlich, ihre Stimme zittert ein wenig, als sie sagt:

»Wenn du, Häuptling Mestakoshi, verlangst, daß dich alle mit deinem Indianernamen ansprechen, so verstehe ich das. Aber ich weiß nicht, ob der Priester es ebenfalls verstehen wird. Er kommt am Sonntag. Ich möchte sehen, ob du ihm ins Gesicht spuckst, wenn er sagt: ›Guten Tag, Häuptling Paul.‹!«

Sie schiebt den Stuhl mit einer heftigen Bewegung zurück, tritt einen Schritt zur Seite und dreht sich zur Tür um. Unterwegs greift sie nach ihrem Regenmantel und versucht, ihn anzuziehen, ohne stehenzubleiben. Da es ihr in ihrer Aufregung nicht gelingt, geht sie, den Mantel über dem Arm, mit bloßem Kopf hinaus in den Regen. Niemandem ist mehr zum Lachen zumute.

KAPITEL 12

Als der Häuptling nach Hause kommt, sitzen alle zusammen. Er sieht Vincent an und sagt:

»Zieh dir Regenkleidung an.«

»Wir wollen essen«, sagt Ade.

»Eßt ohne uns. Wir haben draußen zu tun.«

»Ich habe Hunger«, erklärt das Kind.

»Ich auch. Aber wir haben draußen zu tun.«

Er nimmt seinen Karabiner und schiebt sich eine Schachtel Patronen und eine um ein Stück Holz gewickelte Angelschnur in die Tasche. Auch die Axt nimmt er mit. Das Kind sieht ihn an. Dann dreht es sich zu den anderen um. Keiner sagt ein Wort.

»Nimm deine Axt und komm!«

»Er ist noch nicht angezogen«, wirft Ade ein.

»Ich habe ihm gesagt, er soll sich anziehen.«

Sein Ton und sein Blick sind streng. Vincent zieht sich an. Er streift eine dicke Wolljacke über und einen grünen Regenumhang mit Kapuze. Im Hinausgehen nimmt der alte Mann drei Paddel und gibt sie dem Kind.

»Trag das.«

Mit gebeugtem Rücken gehen sie durch den Regen zum Steg. Als sie dort ankommen, fragt Vincent:

»Wohin fahren wir?«

»Zum Fischen.«

»Ich habe Hunger. Und außerdem muß ich in die Schule.«

Der alte Häuptling antwortet nicht. Er legt die Axt und den Karabiner auf den Anlegesteg und geht zu seinem Kanu, das der Regen zur Hälfte mit Wasser gefüllt hat. Unter einer umgedrehten Tonne zieht er eine große Schöpfkelle aus Baumrinde hervor und reicht sie Vincent.

»Schöpf das Wasser aus.«

»Warum?«
»Damit wir einsteigen können.«
»Warum tust du das?«
Seine Stimme klingt nicht sehr sicher. Er muß sich sich zusammennehmen, um nicht zu weinen.
»Wenn du verstanden hast warum, wirst du es mir selbst sagen.«
Das Kind beißt die Zähne zusammen, schluckt seinen Zorn herunter und beginnt das Kanu leerzuschöpfen. Der Alte steht reglos am Rande des Anlegestegs und sieht ihm zu. Er scheint völlig unempfindlich gegen den eisigen Regen. Da das Kind nur langsam vorankommt, bemerkt er:
»Je schneller du machst, desto weniger frieren deine Hände.«
Die Flut steigt. Unter dem grauen, prasselnden Regen ahnt man die Strömung, die gegen die vom Wind aufgepeitschten Wellen hereinflutet. Als fast kein Wasser mehr im Boot ist, reicht der Alte dem Jungen den Karabiner, die Axt und die Paddel und steigt ebenfalls in das Kanu. Sie stoßen vom Ufer ab und beginnen, kräftig zu paddeln. Der alte Mann steuert schräg auf das Südufer zu. Auf halbem Weg, als man die Bäume schon gut durch den Nebel erkennen kann, dreht sich das Kind um und sagt:
»Hier können wir nicht fischen. Hier ist keine gute Stelle.«
»Ich weiß. Hast du Fleisch für die Köder mitgenommen?«
»Nein.«
»Also mußt du zuerst ein Tier erlegen.«
Der Junge rudert weiter, seine Bewegungen sind jetzt heftiger.
»Hol mit dem Paddel weiter aus.«
Er gehorcht. Bald legen sie am steinigen Strand einer kleinen Bucht an. Die Weiden biegen sich unter den starken Windböen. Der Sturm trägt die letzten Blätter der

Birken davon, die mehr grau als gelb im Regen glänzen. Der Alte reicht dem Jungen den Karabiner und vier Patronen.

»Hol Fleisch zum Fischen!«

Vincent betrachtet die Patronen und sagt:

»Was kann ich mit Kugeln schießen?«

»Alles.«

»Mir ist Schrot lieber.«

»Ich habe keins mitgenommen. Ein echter Wabamahigan weiß sich mit jedem Mittel zu helfen.«

Vincents verschlossene Miene verbirgt seinen Zorn. Am Ufer macht er drei Schritte, dann lädt er die Waffe. Die anderen Patronen schiebt er in seine Tasche.

»Und vergiß nicht, daß ein Jäger, der versucht, schnell zu sein, meist langsamer ist.«

Der Junge verschwindet zwischen den Dornenbüschen und den Zwergweiden. Der Alte lehnt sich mit dem Rücken zum Wind an einen Birkenstamm, zieht die Pfeife aus der Tasche und bläst mehrmals hinein, bevor er sie in seinen Tabaksbeutel aus Elchleder schiebt und sie tastend mit dem Zeigefinger stopft. Einen Augenblick lang lauscht er, dann verkriecht er sich unter seiner Kapuze, die er nach vorn gezogen hat, um die Pfeife anzünden zu können. Er nimmt drei tiefe Züge und lauscht wieder. Doch er hört nichts als den Wind, den Regen und die Wellen. Der Junge ist sicherlich schon weit weg.

Der alte Häuptling hat seine Pfeife fast aufgeraucht, als er den trockenen Knall des Karabiners hört. Er wartet einen Augenblick. Stille. Dann lächelt er und nimmt wieder seine leicht zusammengesunkene Haltung ein, den Kopf zwischen die Schultern gezogen, die Arme über der Brust verschränkt. Nur der rechte Arm hebt sich von Zeit zu Zeit, gerade weit genug, um die Pfeife so lange aus dem Mund zu nehmen, bis der Wind einen langen Speichelfaden davongetragen hat.

Bald darauf kommt Vincent zurück. Er springt von der

Böschung auf den steinigen Strand und schwenkt ein rotes Eichhörnchen, das er an den Hinterbeinen hält.

»Ich habe es hoch oben in der Krone einer Rottanne erwischt, genau in den Kopf.«

Der Alte nimmt das kleine Tier, das noch sein dunkelbraunes Sommerfell mit dem grünlichen Schimmer trägt. Er betrachtet es genau und meint:

»Siehst du, mit Schrot hättest du es verletzen können, und dann wäre es irgendwo anders verendet.«

Er nimmt den Karabiner wieder an sich und streckt die Hand aus, in die das Kind widerwillig die drei übrigen Patronen hineinlegt.

»Bereite deine Köder vor.«

Die Jagd hat Vincent aufgemuntert. Er lächelt. Aus der Tasche zieht er ein Messer mit rotem Griff und klappt es auf. Mit der Klinge zerteilt er den Leib des Eichhörnchens, trennt dann das Fell rund um die Schenkel ab und enthäutet sie. Ein Schnitt an den Gelenken, dann reißt er die Schenkel aus. Der Alte zieht einen Plastikbeutel aus der Jackentasche und reicht ihn dem Jungen.

»Tu alles da rein.«

Vincent legt das zerteilte Eichhörnchen in den Beutel, rollt ihn zusammen und legt ihn in den vorderen Teil des Kanus. Er wäscht seine Hände und das Messer, klappt es zusammen, schiebt es wieder in die Tasche und stößt das Boot ab. Lächelnd sagt er:

»Komm schnell, ich habe Hunger!«

»Rate deinem Magen zu schweigen. Die Forelle mag keine eiligen Menschen.«

»Die Forelle?«

»Ja, ich will eine Forelle.«

Das bedeutet, daß sie flußaufwärts bis zu den ersten Stromschnellen fahren müssen, denn um diese Jahreszeit kommen die Lachsforellen nicht mehr bis zur Mündung. Vincents Gesicht verfinstert sich wieder. Ehe er zu paddeln beginnt, brummt er:

»Warum?«

»Ich habe es dir schon gesagt: Wenn du es herausgefunden hast, wirst du es mir selbst sagen.«

Das Kanu fährt am Ufer entlang. Es dauert eine Weile, bis sie das Rauschen des Wasserfalls vernehmen, das sich mit dem des Windes vereint. Denn der Sturm wird immer heftiger und kälter, jetzt mischen sich schon wäßrige Schneeflocken unter die Regentropfen. Der Himmel hängt so tief, daß man meinen könnte, die Dämmerung bräche schon an.

»Versuch, dich zu beeilen«, sagt der Häuptling, »ich habe nichts mitgenommen, um ein Zelt aufzubauen. Bei diesem Wetter möchte ich die Nacht nicht im Freien verbringen.«

»Ich friere.«

»Ich auch.«

»Fahr aufs offene Wasser«, bestimmt das Kind.

Der Alte folgt der Anweisung, er wendet das Kanu und steuert es direkt auf die Stelle zu, wo hinter dem ruhigen Wasser die Fluten zu brodeln beginnen. Der Junge legt das Paddel beiseite und befestigt einen Köder an der Angelschnur. Dann läßt er die Schnur über seinem Kopf kreisen und wirft sie aus. Durch Blei beschwert, taucht die Schnur mit dem Eichhörnchenfleisch in den Strudel ein. Der Alte bewegt mit leichten Handbewegungen sein Paddel, um das Kanu in der Mitte des Strudels zu halten, der sie stromabwärts treibt. Der Junge holt langsam die Angelschnur ein. Jedesmal, wenn die Strömung sie wegzureißen droht, zuckt er zusammen. Sein Gesicht ist angespannt. Der Regen hat schwarze Haarsträhnen auf seine Stirn geklebt, auf der sich vor Anstrengung eine steile Falte gebildet hat. Als er den Köder aus dem Wasser zieht, sagt der Häuptling:

»Nimm dein Paddel, die Strömung hat uns abgetrieben, wir versuchen es noch einmal.«

Sie nähern sich dem Ufer, um die Gegenströmung zu nutzen und wieder flußaufwärts zur Stromschnelle zu rudern. Sie beginnen von vorne. Regen und Wind werden immer heftiger. Von Zeit zu Zeit muß der Alte die Kelle aus Baumrinde nehmen, um das Boot auszuschöpfen. Sie sind naß bis auf die Haut und vollkommen durchgefroren, doch keiner von beiden zeigt das geringste Zeichen von Überdruß oder Ungeduld. Der Tag wird immer grauer. Lange vor Einbruch der Dämmerung breitet sich unter den Wolken über dem Fluß schon die Dunkelheit aus.

KAPITEL 13

Um uns zu ernähren und zu kleiden, hatten wir nur die Tiere der Seen, der Flüsse und des Waldes. Manchmal im Überfluß, manchmal so wenige, daß die Schwächsten vor Hunger starben.

Gegen Ende des Herbstes und den ganzen Winter über war der Fischfang sehr hart. Aber die Wabamahigans haben die Kälte nie gefürchtet. Sie ertragen jeden Schmerz, ohne zu klagen, ohne zornig zu werden, ohne sich gegen die Mächte aufzulehnen, die über Gut und Böse entscheiden. In meiner Kindheit hockte oft die ganze Familie tagelang von morgens bis abends am Wasser. Die Männer schnitten Rottannenzweige und stellten sie auf, um den Nordwind ein wenig abzuhalten. Jeweils zehn Schritte voneinander entfernt hielten wir mit klammen Fingern unsere Angelschnur. Wenn wir einen Fisch aus dem Wasser gezogen hatten, gefror er sofort, so kalt war es. Manchmal mußten wir bis zu zehnmal am Tag das Eis wieder aufhacken. Und all das für ein oder zwei kleine Fische oder gar nichts.

Ich erinnere mich an die Gesichter einiger Weißer aus dem Handelskontor der Hudson's Bay Company. Ich sehe einen Dicken mit einem schwarzen Bart vor mir, dessen kleine Augen an die eines gestreiften Stinktiers erinnerten. Er bezahlte uns für das Fell eines Silberfuchses zwölf bis dreizehn Piaster. Ein Trapper hat mir einmal erzählt, daß es auf der anderen Seite des Ozeans für zweihundert Piaster verkauft wurde. Für das Fell einer Otter bekamen wir zwei Piaster. Er bezahlte uns mit Mehl, Tee, Streichhölzern, Schließpulver, Patronen und Metallfallen. Daran verdiente er letztendlich noch einmal soviel wie an den Fellen. Wir breiteten ein Stück Stoff auf dem Tresen aus, und er legte die Ware darauf. Hatte man mehr Felle, als man Waren benötigte, gab er einem nie Geld, sondern nur eine Gutschrift.

»Wenn du beim nächsten Mal nichts gefangen hast, wirst du froh sein, wenn du trotzdem Mehl bekommst.«

Und sie waren alle wie er. Aber ihn verabscheute ich besonders: wegen seiner Augen, wegen seiner ungesunden Fettleibigkeit und wegen der Art, wie er lachte, wenn man mehr verlangte.

BERICHT EINES NORDAMERIKANISCHEN JÄGERS

Diese Indianer sind wirklich unglaublich. Sie kämpfen darum, ihr Land und ihr Recht zu jagen und zu fischen zu behalten. Aber sie haben ihre eigenen Gesetze, und die versteht kein Mensch. Ich habe einen getroffen, der sich weigerte, Marder zu töten, und mir sagte, ein anderer Indianer habe ihm mitgeteilt, alle Marder gehörten ihm. Ich wies ihn darauf hin, daß er sich auf jenem Grund befände, den er so beharrlich sein eigen nennt. Er antwortete mir: »Ja, aber die Marder gehören meinem Freund. Ich darf sie nicht töten.« Wie soll man mit solchen Menschen ein Abkommen schließen?

BERICHT EINES NORDAMERIKANISCHEN FISCHERS

Wir haben einen Indianer angeheuert, der uns zu den Seen führen sollte. Wir haben fast nichts gefangen. Die Indianer sind Diebe. Sie verlangen Geld von uns, um uns zu Seen zu führen, in denen es fast keine Fische mehr gibt. Die Seen, in denen es welche gibt, behalten sie dagegen für sich.

KAPITEL 14

Der Tag geht schon zur Neige, als Vincent endlich eine Forelle fängt. Zuvor hat er schon andere weniger gute Fische aus dem Wasser gezogen, aber der alte Häuptling hatte auf einer Forelle beharrt. Es wurde auch Zeit. Kaum machen sie sich auf den Rückweg zur Longue Ile, verwandelt sich der Regen plötzlich in dicke, schwere Schneeflocken. Man sieht gerade noch zwei Kanulängen weit. Doch der Alte kennt den Strom.

Als sie anlegen, fällt der Schnee immer dichter, Vincent wirft seine Forelle auf den Steg und meint:

»Die habe ich ja gerade noch rechtzeitig gefangen. Sonst hätten wir wegen des Schnees umkehren müssen.«

»Nein. Um diese Jahreszeit schneit es nie lange.«

»Es wird aber bald Nacht.«

»Du weißt genau, daß das die beste Zeit ist.«

Sie nehmen die Paddel aus dem Kanu, den Karabiner, die Äxte und die anderen Fische. Auf dem Holz und auf den Grasbüscheln bleibt der Schnee liegen, auf dem Boden schmilzt er sofort. Ihre Stiefel platschen durch den dicken Matsch. Schon erreichen sie das Dorf. Im Schein der erleuchteten Fenster, der schon heller ist als das verblassende Tageslicht, erscheint das Schneegestöber noch dichter. Vincent meint in leicht spöttischem Ton:

»Na, bist du zufrieden? Nun hast du ja deine Forelle!«

»Du weißt genau, daß sie nicht für mich ist.«

Schweigend gehen sie bis zu ihrem Haus. Als sich das Kind zur Tür wendet, meint der Alte:

»Nein, wir bringen zuerst den Fisch.«

»Wem denn?«

»Das weißt du ebensogut wie ich.«

Vincent murrt, beugt den Rücken unter dem Schneegestöber etwas tiefer und macht sich wieder auf den Weg.

Sie kommen am Gemeindesaal vorbei. Der Generator brummt und hinter den beschlagenen Scheiben erkennt man die Schatten der Damespieler. Wenige Schritte von dem Haus entfernt, in dem die Lehrerin wohnt, bleibt der Alte stehen. Auch Vincent steht still, seine Kapuze ist tief über die Augen gezogen.

»Du wirst auf französisch sagen: ›Denise Rafard, ich bin für dich fischen gegangen. Denn was aus dem großen Sipawaban kommt, ist rein und löscht jeden Makel aus.‹«

Unter seinem Regenumhang verborgen, bleibt das Kind wie erstarrt stehen.

»Kannst du dir das merken?«

Die Kapuze bewegt sich leicht von oben nach unten, und der Schnee, der sich in einer Falte angesammelt hat, fällt auf die Schulter des Jungen und gleitet zu Boden. Sie gehen die wenigen Schritte, die sie von dem Haus trennen. Die Fenster sind erleuchtet, doch wegen der Vorhänge kann man nicht hineinsehen.

»Du gehst vor.«

Vincent zögert einen Augenblick, dann öffnet er vorsichtig die Tür. Die Lehrerin sitzt mit dem Gesicht zur Wand an einem kleinen, mit Büchern und Heften beladenen Tisch. Sie dreht sich zu ihnen um. Der Alte zieht Vincents Kapuze zurück, so daß man sein nasses Gesicht sehen kann. Die Lehrerin steht auf und kommt auf sie zu.

»Sprich«, flüstert der Häuptling.

Auf französisch sagt Vincent:

»Denise Rafard, ich bin für dich fischen gegangen ...«

Seine Stimme erstirbt, und er bricht in lautes Schluchzen aus. Die junge Frau eilt auf ihn zu und beugt sich zu ihm herab. Sie schiebt die Arme unter den Regenumhang des Jungen, drückt ihn fest an sich und sagt:

»Wie du frierst ... Wie sehr du frierst ...«

Der Alte, der sich umgewendet hat, um die Tür zu schließen, zieht seine Regenjacke aus und trocknet sich sorgfältig das Gesicht. Eine Träne hat sich unter die Regentropfen gemischt. Die Lehrerin hilft dem Kind aus dem Regenumhang und der nassen Wolljacke.

»Zieh deine Stiefel aus.«

»Nein«, sagt der Häuptling, »wir bleiben nur einen Augenblick. Aber ich glaube, du hast noch nicht alles gesagt, was du sagen solltest, Kleiner.«

»Doch. Doch, er hat es mir ins Ohr gesagt.«

Vincent lacht unter Tränen. Sein Blick wandert zu einem Emailletopf, der auf dem Ölofen steht. In der Sprache der Wabamahigans sagt er:

»Weißt du, wir sind weggegangen, ohne etwas zu essen. Und wir haben auch nichts mitgenommen. Und wenn ich die Forelle heute abend nicht gefangen hätte, dann hätte ich mein Kanu umgedreht und darunter geschlafen, und ich hätte morgen weitergefischt. Und immer weiter, so lange, bis ich eine Forelle für dich gefangen hätte.«

Er hat sich aufgerichtet, und in seinen schwarzen Augen glänzt Stolz. Der Alte lächelt. Die junge Frau betrachtet die Forelle auf der Waschstuchdecke des Tisches, der in der Mitte des Zimmers steht.

»Sie ist sehr schön. Aber wenn ich daran denke, daß du geblieben wärst, bis du vor Kälte und Hunger stirbst ...«

»O nein, ich hätte ein Feuer gemacht und Fische gegessen ...«

»Einstweilen wirst du mit mir essen. (Sie sieht den Alten an.) Und du auch, Häuptling Mestakoshi!«

Sie hat den Namen betont. Ihre Blicke, die unnachgiebig und zugleich voller Zuneigung sind, treffen sich für einen Moment.

»Es stimmt, wir sind etwas hungrig«, gesteht der Alte lachend.

Die Lehrerin hebt den Topfdeckel:

»Rindfleisch in Tomatensoße«, verkündet sie. »Ich werde eine zweite Dose aufmachen. Das ist schnell warmgemacht.«

Ein köstlicher Duft erfüllt das Zimmer. Die Lehrerin

bringt drei Teller, drei Tassen, Messer und Gabeln zum Tisch. Dann schiebt sie zwei Stühle heran und holt aus dem Nachbarraum – vermutlich dem Badezimmer – einen Hocker.

»Den nimmst du«, sagt sie zu dem Jungen. »In deinem Alter braucht man noch keine Lehne.«

Das breite Gesicht und die großen braunen Augen lachen. Die Hände tun alles mit Geschicklichkeit. Sie holt ein Päckchen geschnittenes Brot und öffnet es. Dann bringt sie auch eine Schachtel Kekse, ein Glas Orangenmarmelade und einen kleinen runden Käse, von dem sie ein Stück abschneidet und auf eine Scheibe Brot legt, die sie mit einer zweiten Scheibe bedeckt.

»Hier, du hast ja so großen Hunger, iß das, bis das Fleisch warm ist.«

Sie schenkt Tee ein und setzt sich zu ihnen. Der Junge ißt. Die junge Frau und der Häuptling beobachten ihn eine Weile, dann suchen sich ihre Blicke, ohne sich wirklich finden zu wollen. Sie kreuzen sich, weichen einander aus und treffen sich wieder. Denise Rafard öffnet ihre vollen Lippen, doch sie sagt nichts. Endlich entschließt sie sich zu sprechen:

»Wenn das Dorf geht, muß ich auch gehen. Aber wenn ich der Häuptling der Wabamahigans wäre, würde ich nie gehen.«

»Ich gehe nicht«, erklärt der Junge, ohne mit dem Kauen aufzuhören.

Die Lehrerin sieht die beiden an. Sie zögert eine Weile, dann sagt sie zu Vincent:

»Aber du mußt mit den Weißen reden können. Wenn du gut Französisch sprichst, kannst du dein Land um so besser verteidigen.«

»Das stimmt«, pflichtet ihr der Häuptling bei. »Man muß es können und sich weigern, es zu sprechen.«

Die Augen der Lehrerin weiten sich leicht, und ihr Gesicht nimmt einen verwunderten Ausdruck an.

»Eine eigenartige Idee!«

»Man versteht, was sie sagen, dann spricht der Übersetzer. Und in der Zeit kann man überlegen. Man hört zweimal, was sie sagen, das ist sicherer. Ich habe das meinem Sohn und Hervé geraten. Sie tun es nicht, sie sind stolz darauf, daß sie verstehen, und wollen es zeigen. Doch ich bin überzeugt, daß sie manchmal alles falsch verstehen.«

Die junge Frau lacht. Die großen Metallohrringe hüpfen und klirren leise. Dann wird ihr Gesicht wieder ernst. Sie erhebt sich, um den Topf zu holen. Doch ehe sie ihn auf den Korkuntersatz stellt, den sie zuvor auf den Tisch gelegt hat, erklärt sie:

»Aber du, Häuptling Mestakoshi, kannst doch noch besser mit den Weißen sprechen. Du bist weit weg. Man überbringt dir ihre Worte, dann gehst du fischen und denkst über die Antwort nach.«

»Ich brauche nicht fischen zu gehen, ich weiß, was ich will.«

Sie bringt ihnen das Rindfleisch in Tomatensoße. In der Soße sind Zwiebeln und einige Karottenstückchen. Die Teller dampfen, und Vincent schnuppert.

»Magst du das?«

»O ja!«

Eine Weile essen sie schweigend. Dann fragt die Lehrerin Mestakoshi:

»Du weißt, was du willst. Und die anderen?«

Der alte Häuptling kaut zu Ende. Bei jeder Bewegung des Kiefers hebt sich sein Kinn, seine Lippen ziehen sich zusammen, die Nase bewegt sich.

»Alle können zum Fischen gehen. Der Fluß kann zu allen sprechen. Aber vielleicht verstehen die jungen Leute seine Sprache schon nicht mehr.«

Er zögert, hebt die Gabel, auf die er ein Stück Fleisch gespießt hat, und hält dann mitten in der Bewegung inne. Die Soße tropft langsam herunter. Er legt die Gabel hin und nickt bedächtig, ehe er hinzufügt:

»Damit meine ich nicht dich, Denise Rafard, du stehst auf unserer Seite und hilfst uns, aber siehst du, auch dieses Fleisch hier haben wir den Weißen zu verdanken. Seit die Indianer Motoren für ihre Boote haben, hören sie nicht mehr, was der Strom ihnen sagt. Seit sie Motorschlitten haben, können sie nicht mehr hören, was ihnen der Schnee und der Wind zu sagen haben.«

KAPITEL 15

Wir sind alt, und wir haben viele Dinge gesehen. Wir haben das gesehen, was unsere Söhne nie sehen werden, weil sie nicht mehr denselben Blick haben wie wir. Der Umgang mit den Weißen hat ihren Blick verändert.

Wir haben den Geräuschen und dem Schweigen des Waldes gelauscht. Unsere Söhne werden es nie so hören wie wir. Die Maschinen haben ihr Gehör verändert.

Die Geräusche und das Schweigen des Waldes haben uns vieles gelehrt. Dinge, die wir nie vergessen werden. Aber wir können sie nicht weitergeben, da der Wald ihr Geheimnis bewahrt.

Wir sind alt, aber unser Gedächtnis ist zuverlässig. Es erinnert sich an die Zeit der Hundeschlitten und der Einbaumkanus, die keinen Motor hatten. Es erinnert sich an die Jahreszeiten, die vergingen, ohne daß irgend etwas die Geräusche und das Schweigen der Taiga gestört hätte.

Unser Weg war lang, doch wir haben darüber nichts von dem vergessen, was uns unsere Vorväter gelehrt haben. Wir sind alt, und das Leben im Wald hat uns die Kräfte der Erde enthüllt. Die Reichtümer, mit denen sie nicht geizt, die wir ihr aber nicht entreißen dürfen. So schreibt es ein Gesetz vor, das stärker ist als das der Menschen.

Wir, die Alten, kennen die Sprache der Weißen nicht und wollen sie auch nicht lernen. Wir sind hier zu Hause, und es ist an den Besuchern, unsere Sprache zu erlernen. Doch die, die uns so viele Reichtümer nehmen, machen uns ihre Sprache zum Geschenk. Sie ist das einzige, was sie uns schenken wollen, doch wir wollen dieses Geschenk nicht annehmen. Denn unsere Sprache ist es, die von den Wäldern, den Flüssen, den Seen, den Tieren, dem Himmel und der Erde erzählen kann.

Aber selbst in unserer Sprache gibt es Dinge, die wir nicht ausdrücken können.

Wenn man uns ankündigt, daß die Weißen uns unser Land nehmen wollen, finden wir keine Antwort, weil unser Herz erstarrt ist. Wenn wir erfahren, daß sie Flüsse, deren Wasser immer der aufgehenden Sonne entgegenfloß, umleiten wollen, damit sie der untergehenden Sonne entgegenströmen, wissen wir nicht, was wir erwidern sollen, denn unser Herz wird schwer wie Stein. Es liegt schwer in unserer Brust und hindert die Worte daran, zu unseren Lippen aufzusteigen.

All diese Boshaftigkeiten, diese teuflischen Pläne wühlen die Vergangenheit tief in uns auf und lassen verschwundene Gesichter wieder aufleben. Sie schrecken unsere schon vor langer Zeit verstorbenen Blutsbrüder in den Tiefen der ewigen Dunkelheit auf, und sie erheben sich, um ihren Schmerz herauszuschreien. Nach dem Willen unserer Rasse lebt das Andenken an sie bis heute fort, denn wir bewunderten ihr Wissen und gaben ihre Geschichte von Generation zu Generation weiter.

Unsere Väter haben uns die wichtigsten Dinge weitergegeben, die sie selbst wiederum von ihren Vätern erlernt hatten, und die unser Volk nicht vergessen darf, wenn es nicht aussterben will. Sie haben uns gelehrt, daß die Erde unsere Mutter ist und daß wir nicht über sie verfügen können. Wenn der Herr über das Leben uns auf diesem Land zur Welt kommen ließ, so hat niemand das Recht, uns von diesem Land zu vertreiben. Er allein könnte es, doch Er will es nicht. Unsere Mutter ist unendlich, und unsere Liebe zu ihr ist unendlich wie sie. Und bis zum letzten von uns wären wir verdammt, vor Schande zu sterben, wenn wir einwilligten, unsere Mutter zu verkaufen.

Unsere Väter haben uns die Geschichte des alten Häuptlings der Wabamahigans erzählt.

Als die Weißen mit ihren Schiffen kamen, um sein Volk zu vertreiben und sich an seinem Platz niederzulassen, fiel er vor ihnen auf die Knie. Mit seinen steifen Fingern kratzte er eine Handvoll Erde zusammen, küßte sie, preßte sie an seine Brust und sprach: »Wir geben euch alles, was wir besitzen und was ihr mitnehmen könnt, doch wir werden euch nie einen Zoll unseres Landes überlassen.« Diese Worte sind in unseren Herzen verankert wie der Gesang des Windes in den Bäumen, wie das Grollen der Wasserfälle, wie das Krachen des Eises auf den Flüssen, wenn der Frühling kommt. Diese Worte sind in uns wie das Stampfen der Karibuherden, die auf Wanderschaft sind. Wie das Heulen des weißen Wolfes, der Tiska, die Mutter unseres Volkes, hierhergeführt hat. Der weiße Wolf: Wabamahigan.

DAS »ECHO« VON SAINT-GEORGES-D'HARRICANA

DER NORDEN GIBT SEINE GEHEIMNISSE PREIS

Die Regierung von Quebec hat einige Archäologenteams an die Orte entsandt, wo Stauseen geplant sind. Bedeutende Funde belegen nun, daß die Indianer seit über fünf Millionen Jahren in dem Gebiet um die James Bay angesiedelt sind. Für die Forschung sind dabei vor allem Funde von Interesse, die Rückschlüsse auf die genaue Lage und den Aufbau der ersten Siedlungen zulassen. Somit erweisen sich die Bauarbeiten, die uns ursprünglich nur Strom liefern sollten, als von großer wissenschaftlicher und historischer Bedeutung. Sie geben uns die Möglichkeit, die Lebensweise der nördlichen Amerindianer lange vor der Ankunft der ersten Europäer besser kennenzulernen und zu verstehen.

Wenn die Stauseen gefüllt werden, werden alle überfluteten Gebiete ihre Geheimnisse preisgegeben haben. Und niemand wir den Bauherren vorwerfen können, die Vergangenheit unseres Landes unter den Fluten der Moderne ertränkt zu haben.

KAPITEL 16

Als Mestakoshi und Vincent das Haus der Lehrerin verlassen, schneit es noch immer. Es ist kälter geworden, und die Flocken sind weniger wäßrig. Auf der schlammigen Straße hat sich schon eine dicke Eisschicht gebildet. Der Lichtschein, der durch die Fenster dringt, fällt uaf die Wagespuren, in denen er sich zitternd widerspiegelt. Schneebälle klatschen mit dumpfem Knall an die Bretterwände. Kinderstimmen hallen durch die Nacht. Einige von ihnen rufen:

»Vincent! Vincent!«

Der Junge sieht den Häuptling an, sein Blick ist voller Vorfreude. Der Alte streckt die Hand aus und sagt nur:

»Gib her.«

Der Junge reicht ihm die Paddel.

»Na geh schon!«

Noch ehe Mestakoshi ausgesprochen hat, läuft er davon, unter seinen Stiefeln spritzt der Matsch auf.

Kaum hat der Häuptling die Tür zu seinem Haus geöffnet, stürzt Jeanne auf ihn zu:

»Wo ist er?«

»Bei den anderen.«

»Was hast du mit ihm gemacht? Er hat nichts gegessen.«

»Er hat sehr gut gegessen.«

»Er ist mein Sohn, ich habe das Recht ...«

Die junge Frau will hinauslaufen, doch der Alte bleibt mit dem Rücken zur Tür stehen, die er gerade geschlossen hat.

»Er ist mein Urenkel. Und er ist ein Wabamahigan.«

»Wenn er eine Strafe verdient, so ist es an mir ...«

»Schweig!«

Die junge Frau schluckt ihre Antwort herunter. Ihr Blick ist anklagend und zornig. Ade und Louise sind hinzugetreten und stehen zur ihrer Rechten und zu ihrer Linken. Der Häuptling lacht:

»Drei Frauen machen mir keine Angst.«

Leise und ohne die geringste Spur von Ärger beginnt Ade zu sprechen:

»Ich weiß, was du getan hast. Mein Alter befähigt mich, es zu verstehen, aber deine Enkelin und die Frau deines Sohnes sind zu jung dafür.

Der alte Mann seufzt und tritt einen Schritt nach rechts, um an ihnen vorbei zur Sitzbank zu gehen. Er legt seine Regenjacke ab, setzt sich dann hin und zieht seine Stiefel aus. Die drei Frauen haben sich umgewandt, ohne sich vom Fleck zu rühren. Sie lassen ihn nicht aus den Augen. Nach einer langen Weile des Schweigens fährt die Alte fort:

»Viele Dinge in dieser Welt verändern sich, das wirst du nicht verhindern können.«

In etwas scharfem Ton bemerkt Louise:

»Er will, daß die ganze Welt so lebt wie er. Dabei war Jeanne noch nicht geboren und ich auch nicht, als er schon einen Motorschlitten gekauft hat.«

Eilig fügt Jeanne hinzu:

»Anscheinend war er sogar der erste im Dorf. Und genauso war es mit dem Außenbordmotor. Er war sogar stolz darauf. Und ich sage, wenn Vincent ...«

Sie unterbricht sich. Der Alte hat sich erhoben. Er ballt die Fäuste und zieht die Stirn zusammen. Sein Blick wandert über die Gesichter der jungen Frauen. Seine Schwiegertochter schlägt als erste die Augen nieder. Jeanne kämpft noch einen Moment, dann dreht sie sich, um nicht nachzugeben, zu Ade um und sagt mit einer Stimme, in der doch ein wenig Angst mitschwingt:

»Eines Tages werden die Wabamahigans allein dastehen ... ganz allein.«

Dann wendet sie sich zur Tür, zieht eilig ihre Stiefel an, die daneben stehen, und ruft im Hinausgehen:

»Ich hole meinen Kleinen.«

Ade blickt auf ihren Mann. Der alte Häuptling sitzt mit krummem Rücken da, die Ellenbogen auf die Knie gestützt. Sein Blick ist starr auf den Boden zwischen seinen nackten Füßen mit den verformten, gekrümmten Nägeln gerichtet. Nachdem er eine lange Weile reglos so dagesessen hat, zieht er seine Pfeife aus der Tasche und beginnt, sie zu stopfen.

KAPITEL 17

Der Schnee ist nicht liegengeblieben. Es gibt nur noch ein paar durchscheinende Flecken auf dem Karibu-Moos, das dem Schnee eine gelbliche Farbe verleiht. Die Straße ist vollkommen aufgeweicht, im Schlamm schwimmen schmutziges Papier, Kanister und leere Konservendosen.

Es ist Sonntag. Am Vormittag sieht Mestakoshi den Priester vorbeigehen, er stapft durch den Schlamm, der ihm bis zur halben Stiefelhöhe reicht. Der alte Häuptling entfernt sich ein wenig vom Fenster, doch der Priester ist viel zu sehr damit beschäftigt, die tiefsten Pfützen zu umgehen, als daß er in die Häuser sehen würde. Ade, die ihn ebenfalls beobachtet, meint spöttisch:

»Fast hätte er mit seinem Boot bis zur Kirche fahren können.«

Die drei Frauen haben sich fertiggemacht, um zum Gottesdienst zu gehen. Vincent ist schon mit anderen Kindern vorgelaufen, die ihn im Vorbeigehen gerufen haben. Ade fragt ihren Mann:

»Kommst du nicht mit?«

Er schüttelt den Kopf und tritt ans Fenster, vor dem der feine Regen eine graue Wand aufzieht. Er beobachtet, wie sich die Frauen entfernen. Mit müdem Schritt geht er zu einem Stuhl neben dem Herd, in dem das feuchte Holz zischt, und setzt sich hin. Lange hockt er da, ohne sich zu rühren. Dann erhebt er sich langsam, so als laste eine gewaltige Bürde auf seinen Schultern, und zieht seine gelbe Regenjacke mit der Kapuze an. Er ergreift die Axt und geht hinaus.

Die Kälte ist schneidend. Der Himmel liegt schwer auf dem Wald, wo sich die hellen Birkenstämme wie ein Netz vor der dunklen Masse der Rottannen abzeichnen. Mestakoshi geht hinter das Haus und öffnet die wacklige Tür zu dem kleinen Schuppen, wo seine Netze, seine Angelschnüre, Kanister und alles, was er zum Fallenstellen und Jagen braucht, an den Deckenbalken oder an den Bretterwänden hängen. Dort stehen auch drei Bootsmotoren und zwei Motorschlitten. Der eine ist fast neu, der andere ein Modell, das bereits seit Jahren nicht mehr hergestellt wird. Er hat einen Holzlenker und einen rotbraunen, glänzenden Ledersattel, dem die Zeit einen schönen Farbton verliehen hat. Der Häuptling betrachtet ihn eine Weile schweigend, sein Blick hat einen leeren, verlorenen Ausdruck. Er schüttelt das Gefährt und hört wie das Benzin im Tank schwappt, dann ergreift er den Lenker, und tritt mit seinem ganzen Gewicht auf das Anlasserpedal. Es gibt nach, doch der Motor läßt nur ein müdes Geräusch hören. Gelassen versucht der Mann es noch einmal. Nach etwa zehn Versuchen macht er eine Pause, um wieder zu Atem zu kommen, geht in die Hocke und drückt den kleinen Hebel für die Benzinzuleitung herunter. Er tritt wieder auf das Anlasserpedal. Der Motor stottert ein paarmal und stößt eine blaue Rauchwolke aus, deren Geruch den niedrigen Raum erfüllt. Schließlich springt er an. Das Geknatter ist ohrenbetäubend. Der Häuptling spielt mit dem Gashebel am Lenker, um den Motor zu drosseln. Sein Blick verfinstert sich, er scheint großen Schmerz zu empfinden.

Er läßt den Motor ein wenig warmlaufen, gibt dann mehr Gas und läßt langsam die Kupplung kommen. Er steigt nicht auf, leicht nach rechts über den Lenker gebeugt, schiebt er das Fahrzeug, an das er sich dicht herandrücken muß, um durch die schmale Tür zu kommen. Die Raupenkette knrischt auf dem festen Lehmboden. Gleich hinter der Schwelle gräbt sie sich in den Matsch, die Lenkkufe versinkt. Sofort schwingt sich der Häuptling seitlich auf den Sattel und gibt Gas. In all den Jahren, in denen er den Motorschlitten benutzt hat, hat er es oft mit

Schneematsch zu tun gehabt. Er versteht sich bestens darauf, auf aufgeweichtem Boden zu fahren. Sein Gesicht hat sich entspannt. Sein Blick wandert über die ausgestorbene Straße. Nur einige bis zum Rücken mit Dreck verspritzte Hunde sehen ihn vorbeifahren. Es scheint, als habe eine Art grimmige Freude den Schmerz vertrieben, der ihn noch eben erfüllte. Sein Blick richtet sich auf das Ende der Straße, die in eine weite, baumlose Ebene mündet, auf der noch Schneereste liegen. Offenbar würde er gerne bis zum Wald fahren. Doch vor dem Eingang zum Gemeindesaal, etwa dreißig Schritte von der Kirche entfernt, hält er an und schaltet den Motor aus. Der dünne, fast brüchige Klang des Harmoniums wird von einer den Windböe herübergeweht. Mestakoshi läßt den Motorschlitten mitten auf der Straße stehen und geht zu seinem Schuppen zurück. Auf die linke Schulter lädt er sich den ältesten der Bootsmotoren, mit der rechten Hand ergreift er die Axt. Im Hinausgehen stößt er die Tür mit dem Fuß zu, kehrt zu seinem Motorschlitten zurück, und lehnt den Bootsmotor gegen den Sattel. Die Axt in der Hand, lehnt er sich gleich neben der Tür an die Wand des Gemeindehauses. Reglos und unempfindlich gegen den feuchten Wind steht er da, stopft seine Pfeife und beginnt zu rauchen. Auf seinem Gesicht zeichnen sich weder Schmerz noch Freude ab. Sein Blick wendet sich ab von dem Fahrzeug und dem Motor, das eine ein roter, das andere ein schwarzer Fleck im Morgenlicht, das bis hinauf zu den Wolken die Farbe des Schlamms anzunehmen scheint.

Das Harmonium, das verstummt war, setzt wieder ein. Der alte Häuptling steckt die erloschene Pfeife in seine Tasche. Stimmen werden laut. Es dauert einen Moment, dann öffnet sich die Kirchentür.

Die ersten, die herauskommen, sehen verwundert auf den Motorschlitten und den Bootsmotor. Mestakoshi rührt sich nicht. Er starrt weiter in die Ferne.

Schnell bilden sich kleine Grüppchen. Es wird geredet.

Jetzt kommen Ade und Amo heraus, die zu beiden Seiten die Hundertdreijährige stützen. Gleich darauf folgen der Schamane und der Blinde. Mestakoshi ergreift seine Axt und geht zwischen den Leuten hindurch zu den beiden Maschinen. Alle Blicke ruhen auf ihm, doch er scheint sich für niemanden zu interessieren. Dennoch hat er aus den Augenwinkeln den Priester wahrgenommen, der auf der Schwelle der Kirche steht.

Bei dem Motorschlitten bleibt der alte Häuptling stehen. Mit kräftiger, fester Stimme ruft er:

»Ich war der erste Wabamahigan, der einen Motorschlitten besaß, der erste der einen Motor für sein Boot kaufte. Damit fühlte ich mich den anderen überlegen. Ich war stolz. Ich hielt mich für den Stärksten.«

Er wartet einen Moment. Man könnte meinen, daß ihm plötzlich die Worte nicht mehr über die Lippen kommen wollen. Er blickt in die Runde, ehe er fortfährt:

»Ich hatte Unrecht. Hunde brauchen kein Benzin, und sie haben keine Pannen. Bei einem Unwetter finden sie den Weg zurück ins Dorf. Paddel sind nicht so schwer wie ein Motor.«

Wieder unterbricht er sich, und sein Blick wandert von einem zum anderen. Ein großer Kreis hat sich um ihn und die beiden Maschinen herum gebildet. Mestakoshi sieht auch den Priester, der noch immer oben auf der Kirchentreppe steht. Das Schweigen ist ebenso dicht wie der heftige Nieselregen, der in die regungslosen Gesichter schlägt. Die Kinder stehen vorne. Vincent läßt den alten Häuptling nicht aus den Augen.

Eine scheinbar unendliche Minute verstreicht. Mestakoshi atmet tief ein, ergreift mit beiden Händen die Axt und hebt sie, die Schneide zum Himmel, in die Luft. Mit einer ausholenden Bewegung schlägt er mit der stumpfen Seite des Werkzeugs zu, das er wie einen Vorschlaghammer benutzt. Er drischt mit aller Kraft auf das Metall, bei jedem Schlag stieben Funken. Das Blech verbiegt sich, einzelne Teile werden in den Matsch geschleudert. Der Scheinwerfer zersplittert. Als der verbeulte Tank ein Loch bekommt, läuft Benzin aus. Während er weiter auf die Motoren einschlägt, schreit der Alte mit einer Stimme, die sich vor Anstrengung fast überschlägt:

»Gift für die Luft ... Gift für die Erde!«

Niemand rührt sich. Niemand sagt ein Wort. Und niemand sieht, wie der Priester in seine Kirche zurückkehrt und die Tür schließt.

Der alte Häuptling schlägt weiter zu, so als würde er einen Baum fällen, sein Gesicht ist nicht zornig.

Nachdem er aufgehört hat, packt Mestakoshi seine Axt in der Mitte des Stiels und geht nach Hause. Der Kreis öffnet sich vor ihm. Sein erstarrtes Gesicht erhellt sich, als sich Vincents Hand in die seine schiebt.

Alle sehen dem alten Mann und dem Kind nach, die durch den Schlamm davongehen.

Auch wenn es erst Mittag ist, hat man den Eindruck, daß die Nacht schon langsam hereinbricht. Alles wirkt wie in glanzloses Wasser getaucht. In das trübe Wasser am Ende des Herbsts, wenn der Wald seine Schönheit verloren hat und die Traurigkeit der dunklen Rottannen alles beherrscht.

ZWEITER TEIL

DER WIGWAM

KAPITEL 18

Die drei Frauen sind dem Alten und dem Kind nach Hause gefolgt. Als sie das Haus betreten, legt der Alte gerade Holz nach. Keiner spricht ein Wort. Das Essen verläuft in tiefem Schweigen, das weder der Wind noch das Geklapper des Geschirrs zu durchbrechen vermag. Ein Schweigen, das das Haus von der Welt der Menschen zu entfernen scheint. Nicht einmal Vincent wagt es, etwas zu sagen. Er sieht der Reihe nach seine Mutter, Ade, Mestakoshi und kurz auch Louise an.

Einem alten Dorfbrauch entsprechend trifft man sich sonntags nachmittags im Gemeindesaal. Wenn der Priester da ist, das heißt jeden dritten Sonntag, nimmt er an den Gesprächen, manchmal auch an den Spielen teil.

Nach dem Essen räumen die Frauen den Tisch ab, und Jeanne und Louise machen sich zum Ausgehen fertig. Ade sieht ihren Mann an, der, beide Ellenbogen auf dem Tisch, sitzenbleibt und seine Pfeife raucht. Vincent hockt neben ihm. Jeanne sagt:

»Vincent, zieh deinen Regenmantel an.«

Der Junge antwortet nicht. Er nimmt dieselbe Haltung ein wie der alte Häuptling, die Pfeife ausgenommen, ist er sein vollkommenes Ebenbild, und sein Blick ist in dieselbe unermeßliche Ferne gerichtet.

»Vincent«, wiederholt seine Mutter, »mach dich fertig.«

Das Kind rührt sich nicht. Der alte Häuptling wendet sich zu ihm, legt ihm die Hand auf den Haarschopf und sagt leise:

»Vincent, geh mit deiner Mutter. Wir erwarten Freunde. Wir haben zu reden.«

Der Junge hebt die Augen zu dem Alten, in seinem Blick liegt große Zuneigung. Seufzend erhebt er sich, steigt über die Bank und zieht sich an. Ade steht zwischen der

Tür und dem Tisch. Sie scheint zu zögern. Jeanne fragt sie:

»Kommst du nicht, Großmutter?«

Ohne sich umzudrehen, antwortet Mestakoshi an ihrer Stelle:

»Nein. Sie kommt nach ... wenn sie will.«

Jeanne geht als erste hinaus und zieht den Jungen mit. Ehe sie ihnen folgt, meint Louise spitz:

»Ich weiß nicht, was wir euch getan haben, aber ich hoffe, mein Mann kommt bald zurück. Ich will nicht mein Leben lang von muffigen Gesichtern umgeben sein, wenn ich meine Suppe esse!«

Sie geht hinaus. Die Scheibe klirrt in der Tür, die sie etwas zu heftig hinter sich zuschlägt. Ade nimmt ihrem Mann gegenüber Platz, doch sie wendet sich halb zum Fenster, um die Straße beobachten zu können. Das graue Tageslicht, das hereindringt, läßt ihre tiefliegenden Augen aufleuchten. Das bis zu den Wangenknochen von tiefen Falten durchzogene Gesicht ist voll Sorgen.

Am Haus gehen Leute vorbei. Man hört Stimmen, von Zeit zu Zeit Gelächter und Kindergeschrei.

Nach einer Weile herrscht wieder Schweigen. Der Wind bläst jetzt heftiger, und der Sprühregen schlägt in richtigen Regen um. Der Ofen zieht schlecht. Eine Wolke aufgestauten Rauchs dringt durch die Ofentür und alle Ritzen des Kamins.

Schließlich seufzt Ade:

»Unser Lebensabend wird nicht gerade schön werden.»

Der Alte hebt nur die Hände und läßt sie auf den Tisch zurücksinken. Seine Frau, die sich beim Sprechen zu ihm umgewandt hatte, richtet den Blick wieder starr zum Fenster hinaus.

Bald nähern sich Schritte. Ein Gesicht preßt sich an das Fenster der Tür, die sich sogleich öffnet. Nepeshis Frau tritt ein, nachdem sie sich kurz umgedreht hat, um die anderen heranzuwinken.

»Wir haben uns gedacht, daß wir kommen sollten.«

Sie läßt die Tür offen, durch die nun der Schamane und der Blinde hereinkommen, gefolgt von der Hundertdreijährigen, die von Kinoje und seiner Frau Odosi gestützt wird. Die Hundertdreijährige meint:

»Mestakoshi würde gern sehen, wie ich ertrinke, aber wenn mir zwei Fische zur Seite stehen, kann mir nichts passieren.«

Alle lachen, und Mestakoshi verkündet:

»Morgen wird sich der Hase in dieser Straße wohler fühlen als der Fisch.«

»Du hast recht«, pflichtet ihm der Blinde bei, »der Wind beginnt schon zu drehen.«

Sie ziehen ihre nassen Regenmäntel aus und setzen sich auf die vier Stühle und die beiden Bänke. Der Häuptling sagt zu Amo gewandt:

»Dein Mann und Makwa werden gutes Wetter für den Rückweg haben.«

Alle haben Platz genommen, und tiefes Schweigen tritt ein, nachdem sich das Quietschen der Sohlen auf dem Boden und das Knarren der Stühle gelegt hat. Niemand spricht. Niemand scheint etwas von den anderen zu erwarten.

Nach einer guten halben Stunde, während der Ruhe herrscht, hört man Schritte, und ein von einer gelben Gummikapuze umrahmtes Gesicht taucht hinter der Scheibe auf. Die Tür öffnet sich, und der Priester fragt:

»Darf ich hereinkommen?«

»Du weißt, daß mein Haus jedem offensteht.«

Der Priester tritt ein und schließt die Tür hinter sich. Während er seinen Regenmantel ablegt, antwortet er:

»So wie das Haus Gottes denen geöffnet bleibt, die nicht mehr kommen.«

Ade hat sich erhoben. Sie überläßt ihren Stuhl dem Priester und setzt sich neben Amo auf die Bank, die an der Wand steht. Der Priester nimmt Mestakoshi gegenüber

Platz. Er zieht eine große Pfeife aus der Tasche. Der alte Häuptling schiebt ihm seinen aus der Blase eines Elchs gefertigten Tabaksbeutel hinüber. Sorgfältig stopft der Pfarrer seine Pfeife. Er ist ein wohlbeleibter Mann mit plumpen Gesichtszügen. Seine eingefallenen Wangen hängen herab und bilden am Unterkiefer einen Wulst. Ehe er sein Feuerzeug aufflammen läßt, nimmt er seine schwarze Wollkappe ab und entblößt einen glänzenden, gebräunten Schädel, der von einem grauen Haarkranz umgeben ist, in den sich noch einige braune Strähnen mischen. Sobald er drei Züge genommen und den Tabak mit seinem gelb verfärbten Zeigefinger nachgestopft hat, hebt er seine graublauen Augen zum Häuptling. Er trägt einen dicken schwarzen Pullover, dessen Rollkragen bis an die herabhängenden Läppchen der abstehenden Ohren heranreicht.

»Ich mag dieses Wetter gar nicht.«

»Niemand mag es«, wirft der Schamane ein.

»Es wird nicht andauern«, sagt Mestakoshi, »wenn du mit der Rückfahrt bis morgen wartest, wirst du zwar frieren, aber du wirst nicht naß werden. Der Mond wird seine Sichel zeigen.«

Dann herrscht wieder Schweigen. Die Stimmung scheint entspannter. Doch je mehr Zeit vergeht, desto mehr nimmt die Spannung wieder zu. Alle rauchen, außer dem Blinden. Die letzte, die ihre Pfeife stopft, ist Odosi. Sie hat einen schönen Tabaksbeutel aus rotbraunem Leder, den sie im Handelskontor gekauft hat. Es ist so still, daß das leise knirschende Geräusch des Reißverschlusses sich im ganzen Raum ausbreitet, als sie den Tabaksbeutel schließt. Graue Dunstwolken, die aus den schmauchenden Pfeifen nach oben wirbeln, erfüllen den Raum. Der Priester hustet, räuspert sich und fragt:

»Habt ihr mich nicht erwartet?«

Die Wabamahigans schweigen weiter. Ohne daß sich die Oberkörper oder die Köpfe gewendet hätten, wandern einige Blicke zum Häuptling, der unbeeindruckt in die unsichtbare Ferne starrt.

»Kennt ihr mich denn nach vierzehn Jahren noch immer nicht?«

Der alte Häuptling hebt langsam die rechte Hand und läßt sie wieder auf den Tisch zurücksinken. Sein Blick sagt »Vielleicht.« Seine schmalen Lippen bleiben geschlossen.

Die Stühle knarren, die Stiefel scharren auf dem Bretterboden, auf dem Sandkörner knirschen. Einige husten und spucken aus. In Kinojes Hand flammt ein Streichholz auf, und ihr zerfurchtes Gesicht ist für einen Augenblick in einen rötlichen Schein getaucht.

Leicht verärgert wendet sich der Priester an Mestakoshi.

»Wenn das so ist, dann ist es wohl auch verständlich, daß ich weder deinen Geburtsnamen kenne noch den, den dir mein Bruder im Angedenken an jenen Menschen gegeben hat, der für dich am Kreuz gestorben ist.«

Bei diesen Worten ergreift der Priester das Kruzifix, das er um den Hals trägt, hebt es zu seinem Gesicht hinauf und zeigt es dem alten Häuptling. Seine Hand zittert, und die Kette klirrt leise. Mestakoshi betrachtet einen Augenblick lang das braune Holzkreuz, auf das ein kupferner Christus genagelt ist, dann läßt er seinen Blick in die Runde wandern. So als würde er aus jedem der Versammelten ein wenig Kraft schöpfen, richtet sich sein zusammengesunkener Körper langsam auf. Mit der wahren Stimme eines Häuptlings wendet er sich an den Priester und verleiht jedem Wort Gewicht.

»Ich mag dich gern ... Wir mögen dich alle gern. Du hast unsere Sprache gelernt, um uns näherzukommen. Du hast uns viele Dinge gelehrt, aber du wolltest auch, daß wir einen Teil unseres Wissens vergessen ... Unsere Götter sind nicht tot. Aber du hast uns zu oft gesagt, der deine sei der einzige. Wir waren bereit, ihm in unserem Herzen einen Platz neben unseren Göttern einzuräumen. Aber du wolltest allen Platz für ihn, und das ist unmöglich.«

Er unterbricht sich für einen kurzen Moment. Sein Blick löst sich nicht von dem des Priesters, der zögert zu sprechen. Mestakoshi fährt fort:

»Wir wollen unser Leben wieder aufnehmen. Wir können nicht glauben, daß Sipawaban, unser Strom, und die anderen Flüsse unserer Erde die Beleidigungen der Weißen, die deine Brüder sind, hinnehmen werden. Unsere Götter werden die Gebeine unserer Vorfahren verteidigen. Sie werden es mit den ihnen eigenen Kräften tun. Mit der Kraft der Flüsse, der Seen, der Wälder, des Windes, des Eises, des Regens und des Schnees.«

Der alte Mann holt tief Luft, und indem er die Hand hebt, um dem Priester zu verstehen zu geben, er möge ihn nicht unterbrechen, fügt er feierlich hinzu:

»Ich, Häuptling Mestakoshi, habe gesprochen.«

Im Chor antworten die anderen:

»Er hat gesprochen, und wir folgen ihm.«

Der Priester reagiert nicht sofort. Das Feuer, das das feuchte Holz verschlingt, prasselt leise im Ofen. Der feuchte Wind benetzt noch immer die Scheiben und peitscht über die nasse Teerpappe, die dumpf auf dem Dach klappert. Niemand sieht den Priester an, als er schließlich zu sprechen beginnt:

»Ihr wart gute Christen. Ihr dürft euch nicht so weit von Gott entfernen. Dadurch gefährdet ihr euer ewiges Leben. Ihr setzt euer Seelenheil aufs Spiel.«

Er schweigt und versucht vergeblich, einem Blick zu begegnen. Erst als er sich direkt an Mestakoshi wendet, hebt dieser die Augen:

»Du, Häuptling, mußt mit weisem Beispiel vorangehen. Wie kannst du die Wohltaten des Fortschritts leugnen? Wie kannst du dich vor den jungen Leuten so benehmen, wie du es heute Morgen getan hast?«

»Ein Häuptling, der seine Irrtümer eingesteht, ist nie ein schlechtes Beispiel.«

»Dein Zorn wird sich besänftigen, Mestakoshi. (Er betont jede einzelne Silbe des Namens.) Du wirst wieder zur Kirche kommen. Und wenn man Gottes Haus eines Tages von dieser Insel wegtransportieren wird, so hoffe ich, daß ihr, die Alten, die ersten sein werdet, die zu mir kommen.«

»Das Haus deines Gottes kann ruhig fortgebracht werden, unsere Toten werden immer da sein, und wir bleiben bei unseren Toten.«

Der Priester seufzt und gibt zu verstehen, daß er auf die Fortsetzung der Unterhaltung verzichtet. Er erhebt sich, bekreuzigt sich und sagt:

»Ich segne euch im Namen des Vaters, des Sohnes und des Heiligen Geistes. Ich weiß, daß der Teufel nicht in euren Seelen wohnt, die rein wie Quellwasser sind.«

Er zieht seine Regenjacke an, setzt die Kappe auf und stülpt, als er zur Tür draußen ist, die Kapuze über.

Der Wind, der durch die offene Tür hereingeweht ist, wirbelt den Pfeifenrauch auf. Die Dämmerung bricht schon herein. Das Licht, das durch das Fenster dringt, ist weniger hell als der rote Schein der Glut.

KAPITEL 19

Wozu soll es gut sein, sich schnell fortzubewegen? Wir haben doch nichts davon, wenn wir früher ankommen. Man hat uns Motoren für unsere Boote geliefert, aber dort, wo das Boot über Land getragen werden muß, müssen außer ihm und der ganzen Ladung auch der Motor und die Benzinkanister getragen werden. Das bedeutet zwei zusätzliche Wege, die uns wieder genau die Zeit kosten, die wir durch den Motor gewonnen haben. Anstrengende Wege, denn der Motor ist schwer und nicht so leicht zu tragen wie ein Kanu. Seine Form ist nicht für unseren Rücken gemacht. Im Falle einer Panne muß man doch wieder zum Paddel greifen, aber wegen des Gewichts des Motors und der Benzinkanister bedarf es einer viel größeren Anstrengung.

Man hat uns Motorschlitten geliefert, aber das Benzin ist teuer. Die Hunde kosteten nichts. Sie wurden mit Karibufleisch und Fisch ernährt. Und auch der Motorschlitten kann eine Panne haben. Er findet nicht den Weg zum Lager zurück. Er spürt kein Wild auf. Nachts im Biwak warnt er uns nicht, wenn ein Bär in der Nähe ist. Wir haben nur noch wenige Hunde, gerade genug, um einen mit Fellen beladenen Schlitten zu ziehen. Viele von uns würden gerne ihren Motorschlitten gegen ein schönes Hundegespann eintauschen. Denn die Hunde waren die Freunde unserer Kinder. Wie werden sich die Kleinen entwickeln, wenn sie im Benzingestank, im Geschwindigkeitsrausch und ohne die Freundschaft eines Hundes aufwachsen müssen?

Unsere Kinder werden noch schneller sein wollen und darüber vergessen, daß das Leben nach dem Zyklus des Mondes und der Jahreszeiten verläuft. Sie werden vergessen, daß sich das Himmelsrad mit seinen Gestirnen, die den Tieren den Weg der großen Wanderungen weisen, nicht schneller drehen kann.

Und fliegen etwa die Wildgänse heute schneller als zur Zeit meines Vaters? Haben es die Karibus eiliger? Und die Fische? Und all die anderen Tiere? Sie wissen alle, daß das Ende ihrer Reise und die Stunde ihrer Ankunft vor Ewigkeiten vom Großen Geist am Himmel festgeschrieben wurden.

Wir haben die Motorschlitten, die Bootsmotoren und viele andere Maschinen angenommen, weil wir wie die Weißen sein wollten, deren Macht uns blendete wie eine riesige Sonne. Aber wir haben uns die Augen und die Hände verbrannt, ohne die Sonne greifen zu können. Wir glaubten, dieses Licht sei das jenes Gottes, von dem die Weißen sprachen, doch durch all unser Leid haben wir festgestellt, daß es nichts anderes ist als das Höllenfeuer. Dieses Höllenfeuer, mit dem uns die Missionare so sehr gedroht haben, denn auch sie sind weiße Männer, und das, was sie in ihren Köpfen und Herzen tragen, ist nicht das, was unsere Köpfe und Herzen bewegt.

Vor vielen Jahren, als ich noch ein Kind war, kam ein Bischof auf unsere Insel. Ein Missionar, der uns häufig besuchte, hatte uns allen vor seiner Ankunft die Beichte abgenommen. Er sagte uns wieder und wieder, der, der nun käme, sei dem Gott der Weißen ganz nahe.

Als der Bischof und sein Gefolge aus den Kanus stiegen, fielen wir auf die Knie und senkten den Kopf, so wie es uns der Missionar gelehrt hatte. Doch ich hatte die Augen weit offen gelassen und war darauf gefaßt, daß das Licht Gottes mich blenden würde. Aber der Boden, auf den ich blickte, blieb dunkel.

Alle begaben sich zum Friedhof, wo wir die Gräber geschmückt hatten.

Dann ging der Bischof zur Kirche, und wir folgten ihm, um die Heilige Kommunion zu empfangen. Zuvor sagte er uns: »Der Heilige Geist, der durch die Kommunion auf euch herabsteigen wird, wird euch vollkommen verändern. Zwischen dem, was ihr jetzt seid, und dem, was ihr in wenigen Augenblicken sein werdet, liegt ein ebenso großer Unterschied wie zwischen Dunkelheit und Sonnenlicht, wie zwischen Eis und Feuer. Vergeßt nicht, daß ihr den Machtbereich des Teufels verlassen werdet, der mit seinen Pfeilen und Fallen den Seelen nachstellt. Der Heilige Geist wird euch stark machen, stark genug, um den Pfeilen auszuweichen und euch aus den Fallen zu befreien.«

So sprach der Bischof zu uns, und der Missionar übersetzte seine Worte.

Ich erwartete, ein anderer zu werden, doch ich blieb der, der ich war. Ich erwartete eine große Umwälzung in meinem Innern, doch ich habe nichts dergleichen gespürt. Seit jenem Morgen, an dem der Himmel grau blieb, hege ich großes Mißtrauen gegenüber allem, was uns die Weißen versprechen und vor allem gegenüber dem, was sie uns lehren wollen, um unser Leben angeblich leichter und angenehmer zu machen.

Wenn sie uns nichts von dem gegeben haben, was sie versprochen haben, um unser Leben im Diesseits zu erhellen, warum sollten wir dann an die Versprechungen glauben, die sie uns immerzu für ein besseres Leben im Jenseits machen? Seit Jahrtausenden werden die Indianer von ihren verstorbenen Vorfahren in das Reich des Großen Geistes aufgenommen, wir wollen nicht von einem fremden Gott in eine Welt geführt werden, in der wir die Alten unserer Rasse nicht wiedersehen werden.

KAPITEL 20

Die Alten haben sich nicht getäuscht. Schon bei Anbruch der Dämmerung dreht an diesem Sonntag der Wind nach Nordwesten, der Himmel lichtet sich, und eine glitzernde, eisige Kälte legt sich plötzlich über den hohen Norden. Der torfige Boden wird hart, das Wasser in den Pfützen gefriert zwischen den erstarrten Matschhügeln. In den kleinen Buchten, die die Strömung nicht erreicht, wird das Gras, das auf dem Wasser treibt, von einer Eisschicht umschlossen.

Als Mestakoshi das Haus verläßt, erwartet ihn der Schamane schon:

»Nun?«

»Ich glaube, es ist besser, zu warten, bis Nepeshi und Makwa zurück sind.«

»Sie müßten bald kommen.«

»In ein oder zwei Tagen.«

»Sollten wir nicht inzwischen schon den Platz festlegen?«

»Genau darüber wollte ich mit dir sprechen.«

Sie stehen vor dem Haus, in dem der Schamane seit dem Tod seiner Frau allein lebt. Der Wind, der im Pelzbesatz ihrer Kapuzen spielt, scheint eine Frage zu stellen.

»Wir müssen zu Shigoci gehen«, meint Mestakoshi.

»Das wollte ich auch vorschlagen.«

Sie gehen zur Kirche hinüber, deren Glockenturm seine weiße, im Sonnenlicht glänzende Spitze in den blauen, kristallklaren Himmel reckt. Zwei Häuser vor dem Gemeindesaal biegen sie nach links und öffnen eine Tür, deren Scheiben stark beschlagen sind. Das Zimmer ist dunkel und klein. Es gibt einen Ofen, und in einer Ecke am Boden liegen Tierfelle. Dort sitzt regungslos die Hundertdreijährige. Ihre Lippen umschließen die lange, dünne

Pfeife. Als die beiden Männer eintreten, hebt sie die Hand und verzieht das Gesicht.

»Du mußt kommen«, sagt der Häuptling.

Die Alte wendet sich zur Seite und wankt auf die Füße, indem sie sich mit der einen Hand auf dem Boden und mit der anderen an der Wand abstützt. Auf diese Art gelingt es ihr, sich zu erheben, seit ihre Beine keine Kraft mehr haben.

»Wir können den Platz nicht ohne dich festlegen«, sagt der Schamane.

Die Alte antwortet nicht. Sie stößt einen Klagelaut aus, der immer lauter wird, bis sie schließlich steht, und der langsam ausklingt, je mehr sie wieder zu Atem kommt.

»Gehen wir!«

Sie hüllt sich in eine große, bunte Decke, aus der nur die rechte Hand und der magere Unterarm hervorschauen, um sich auf einen Stock zu stützen.

Sobald sie draußen sind, gesellt sich eine hinkende Hündin mit glanzlosem Fell zu ihr, die fast so mager ist wie sie selbst. Die Alte steuert auf die Kirche zu und geht dann zwischen den Bretterwänden von Kirche und Gemeindesaal hindurch. Mit kleinen Schritten schlittert sie auf dem hartgefrorenen Boden, der unter den Stiefeln der beiden Männer, die ihr folgen, widerhallt. Zwei andere Hunde kommen hinzu, die um sie herumlaufen und an den Gittern und Kreuzen schnuppern, als sie über den an die Kirche grenzenden Friedhof gehen. Am Kopfende jedes Grabes steckt ein weiß oder grau gestrichenes Holzkreuz. An vielen blättert schon die Farbe ab. Die Grabhügel sind von großen, flachen Steinen umrandet, einige wenige auch von ebenfalls weiß gestrichenen Brettern. Eines der letzten Gräber ist von einem schwarz-goldenen Bettgestell aus Metall umgrenzt. Die einzelnen Stäbe sind mit Draht verbunden, in den man Tannenzweige gesteckt hat.

Nichts zeigt das Ende des Friedhofs an. Hinter den Gräbern erstreckt sich ein mit Büschen und Gras bewachsenes

Landstück, das bis zum Waldrand reicht, wo die Lärchen wie altgoldene Kegel vor dem Schwarz-Grün der Rottannen aufgereiht sind. Immer noch mit demselben zittrigen, unsicheren Schritt, aber ohne jegliches Zögern wendet sich die Hundertdreijährige nun leicht nach Norden. Die Männer sind stehengeblieben, um ihr ein wenig Vorsprung zu lassen. Sie geht auf einen Steinwall zu, der unter den Bäumen beginnt und sich wie ein langes bemoostes Horn in leichtem Bogen über die freie Fläche zieht. Innerhalb des Steinwalls, etwa dreißig Schritte vom Wald entfernt, bleibt die Alte stehen. Die beiden Männer treten zu ihr.

»Genau hierher wollte ich gehen«, sagt Mestakoshi.

»Das Wiesel hat manchmal ein ebenso scharfes Auge wie der Luchs«, bemerkt der Schamane.

Sie sehen sich voller Freude an. Ohne eine Spur von Trauer antwortet die Hundertdreijährige:

»Das Wiesel muß wissen, wo es stirbt.«

Ohne die Sohlen ihrer Mokassins merklich anzuheben, dreht sie sich langsam um sich selbst und sieht sich um. Mit der Spitze ihres Stocks klopft sie genau vor ihrem linken Fuß auf den harten Boden und sagt:

»Hier ist der Platz für die Feuerstelle.«

Mestakoshi geht zu dem Steinwall und wählt einen schön geformten flachen Stein, der zwei gerade und in etwa parallele Seitenflächen hat. Er bringt ihn und legt ihn an die Stelle, die die Alte, die jetzt den Schamanen fragend ansieht, bezeichnet hat. Der Schmane nickt. Er scheint tief in Gedanken versunken, während er den Stein betrachtet. Die beiden anderen beobachten aufmerksam sein knochiges Gesicht, dessen Haut im Wind zittert. Nach einer langen Weile sieht der Schamane sie an und fragt:

»Und wenn andere sich uns anschließen wollen?«

Als die Alte mit ihrer Stockspitze auf den Raum zwischen dem gerade niedergelegten Stein und dem Waldrand deutet, seufzt der Häuptling. Er zuckt leicht mit den Schultern, schüttelt den Kopf und sagt:

»Niemand wird kommen ... Niemand!«

Ganz so, als wäre sein Einwurf bedeutungslos, erklärt die Alte:

»Der Platz ist sehr gut. Dies ist bestimmt der Ort, an dem die ersten sich niederließen. Ich bin ganz in der Nähe geboren.«

Mit ihrem Stock deutet sie auf einen Punkt zwischen der Stelle, an der sie stehen, und den ersten Gräbern. Dann sinkt er wieder auf den Stein.

»Hier stand der Wigwam des Häuptlings.«

Ihre Stimme ist weniger sicher als ihre Gesten, und ihr Blick ist hinter den zitternden Augenlidern verborgen. Zu leise, als daß die beiden anderen es hören könnten, fügt sie hinzu:

»Hier war es.«

Und wieder klopft der Stock kraftlos auf den Stein.

KAPITEL 21

Sie sind überall und nirgends in diesem Herbst, über den gerade der erste Frost hereingebrochen ist. Diejenigen, die ein Haus in Matagami gemietet haben, legen sich schnell Ölöfen, Zeichenbretter, Pantographen, Fotokopierer, Projektoren, Vergrößerungsgeräte, Schreibmaschinen, Taschenrechner und viele Telefone zu. Diese Männer sind keine Schreibstubenhocker. Es sind Bürokraten, die es eilig haben. Immer in Bewegung und unterwegs, vom Flugzeug ins nächsten Schiff, vom Lastwagen in den Hubschrauber oder auf den Motorschlitten. Sie müssen sich um die Belange all derjenigen kümmern, die sie an hundert verschiedene Punkte der Taiga geschickt haben.

Für ein so weites Gebiet sind einhundert Standorte sehr wenig. Aber an manchen Stellen öffnet sich schon der Wald. Lange Schneisen lassen den Boden bluten, reißen den Torf auf und machen selbst vor den Felsen nicht halt. Hier wird eine Straße entstehen, weiter unten eine Baustelle und noch weiter entfernt ein Dorf mit einem Flughafen. Das Land der Wilden muß sich den Weißen erschließen.

Maschinen, die, in Einzelteile zerlegt, von Hubschraubern hergebracht wurden, sind am Werk. Manche davon roden den Wald mit derselben Leichtigkeit wie eine Mähmaschine eine Weide mäht. Der Felsen, der von großen Bohrern ausgehöhlt wurde, explodiert und zersplittert in kleine Steinchen, die in alle Himmelsrichtungen fliegen. Staub steigt auf, der Wind treibt ihn über die Taiga, wo das Wild die Flucht ergreift.

Um Lager zu errichten, braucht man Leute. Leute aus den verschiedensten Berufen. Holzfäller ebenso wie Bauingenieure. Von überall her sind sie gekommen: vom

Lac Saint-Jean, aus Bas-du-Fleuve, aus den Gegenden im Osten, aus der Bauce, Quebec, Trois-Rivières, Montreal und Chicoutimi. Kräftige, mutige Männer, die harte Arbeit und den Kampf mit dem Wald gewohnt sind.

Anfangs wohnten sie in Zelten. Als die Kälte einbricht, werden eilig Baracken aus Spanplatten und extra dickem Metall errichtet, große Eisenbahnwagons ohne Räder für Züge ohne Bahnhof und ohne Gleise werden für die vom Rest der Welt abgeschnittenen Männer aufgestellt.

Alles, was diese Arbeiter tun, wird ihnen von anderen vorgeschrieben, die in Montreal arbeiten, in mit Karten und Plänen vollgestopften Büros, in denen eine Welt erdacht und geplant wird.

Obwohl die Indianer normalerweise äußerst verschwiegen sind, geht das Gerücht um, daß es den Wabamahigans nicht gelungen ist, ihren alten Häuptling Paul Mestakoshi davon zu überzeugen, sich den anderen anzuschließen, um eine gemeinsame Verteidigungsstrategie für ihre Gebiete zu entwickeln.

Dennoch hat sich eine Abordnung von Amerindianern in Begleitung zweier Anwälte zu einem Treffen mit dem Bundesminister für Indianerangelegenheiten nach Ottawa begeben, der ihnen seine volle Unterstützung zusicherte.

Nun steht noch eine Zusammenkunft mit dem Premierminister in Quebec bevor. Da die großen Bauvorhaben das wichtigste Thema seiner Wahlkampagne sind, kann man davon ausgehen, daß er alles Menschenmögliche unternehmen wird, um die Indianer und die Inuit an den Verhandlungstisch zu bringen.

Aber wie sollen Verhandlungen zu einem Abschluß gelangen, wenn die Wabamahigans von der Longue Ile nicht daran teilnehmen? Ihre Anwesenheit in diesem Gebiet, dem durch die Arbeiten eine Erosion droht, ist ein schier unüberwindliches Hindernis. Man weiß, daß Paul Mestakoshi und die einflußreichsten Mitglieder seines Ältestenrats sich jedem Zugriff auf ihr Territorium heftig widersetzen.

Die Abgesandten der Wabamahigans haben versichert, wenn Paul Mestakoshi nicht nach Saint-Georges gekommen sei, dann nur deshalb, weil ihm sein hohes Alter eine solche Reise verbiete. Aus Kreisen, in denen man den alten Häuptling gut kennt, verlautet hingegen die Auffassung, daß er persönlich erst an den Verhandlungen teilnnnehmen will, wenn sie sich im fortgeschrittenen Stadium befinden.

Die Amerindianer sollen Anspruch auf mehr als 1,8 Millionen Quadratmeilen erhoben haben, das ist fast die Hälfte

Kanadas. Diese Gebiete verfügen über einen beachtlichen Reichtum an Wäldern, Erzen und Energieressourcen. Allein in der Provinz Quebec wäre über 132 000 Quadratmeilen zu verhandeln, falls eine Übereinkunft mit den 6000 Indianern und 4000 Inuit ausgearbeitet werden sollte. Es wäre ein Abkommen vorstellbar, das den Eingeborenen das Eigentum an ihrem Land beließe, von dem sie dann bestimmte Gebiete an die mit der Nutzung beauftragten Gesellschaften verpachten würden. Darüber ereifern sich einige Nicht-Indianer, die die Ansicht vertreten, der Grund und Boden gehöre der Nation. Die Eingeborenen hingegen verweisen auf das Privateigentum der Weißen und erinnern daran, daß sie die ersten waren, die ihren Fuß auf kanadischen Boden gesetzt haben.

KAPITEL 22

Die trockene Kälte hat sich gehalten. Die Erde wird langsam hart und fällt in einen tiefen Schlaf. Wo das Wasser still und seicht ist, bildet sich eine Eisschicht. Der Wind fegt über das Gras und beugt die Rottannen nieder. Birkenblätter werden hoch durch die Luft gewirbelt, um dann auf den Fluß zu sinken.

Mestakoshi, der Schamane, der Blinde und Kinoje gehen zum Anlegesteg. Sie sind allein. Die anderen Alten spielen im Gemeindesaal Dame. Es hat sich eine Spaltung vollzogen. Ohne Worte, ohne Erklärungen. Ohne daß er etwas hätte sagen müssen, haben die anderen die Absichten des Häuptlings erraten. Als die Vier am Montagnachmittag nebeneinander im Schutz eines umgelegten und mit dem Kiel in den Wind gerichteten Kanus sitzen, kommt Djiwan zu ihnen. Ehe er zu sprechen beginnt, betrachtet er sie eine Weile schweigend. Ihr Blick ist auf die Taiga gerichtet. Auf einen weit entfernten Punkt jenseits des Stroms.

»Ihr müßt das verstehen. Die Kinder werden nie mitmachen ... Die Mädchen sprechen sogar schon von Elektrizität. Sie sind in Saint-Georges. Sie werden dort alles sehen ... Meiner Frau geht es nicht gut ... das wißt ihr.«

Lange spricht er so weiter, zwischen den Sätzen herrscht drückendes Schweigen. Immer wieder führt er dieselben Gründe an. Niemand sagt etwas, niemand sieht ihn an. Schließlich hört er auf zu reden. Er bleibt noch eine gute Weile, betrachtet den Fluß, dann kehrt er ins Dorf zurück.

Drei Tage verbringen die Vier auf diese Weise, von Zeit zu Zeit immer wieder flußaufwärts schauend. Am Abend des vierten Tages taucht endlich das Boot auf. Es ist Ebbe. Schnell nähert es sich dank der Kraft der zwei Männer, denen die Strömung zu Hilfe kommt. Bisweilen sieht man hinter Makwas massiger Gestalt den Arm oder die Schulter Nepeshis, dessen Paddel sich von selbst zu bewegen scheint. Langsam erhebt sich Mestakoshi. Die anderen folgen seinem Beispiel. Alle vier gehen sie zum Anleger hinab, der Blinde hat eine Hand auf die Schulter des Schmanen gelegt. Der Häuptling und Kinoje helfen beim Ausladen der Säcke und der aufgerollten Zeltplanen. Sie laden auch Forellen aus und vier große Hasen, deren Fell noch eher rötlich als weiß ist, sowie etwa zwanzig Haselhühner mit feinem Schwanz, die an den Füßen zu zwei Bündeln zusammengebunden sind. Das ist das erste, wovon Makwa erzählt:

»Wir hätten Hunderte erlegen können. So was habe ich noch nie gesehen. Bestimmt haben die, die unser Land stehlen wollen, sie aufgescheucht.«

Nepeshi steigt auf den Anleger. Als ihn der Häuptling fragend ansieht, macht er eine unbestimmte Geste:

»Man weiß es nicht. Es könnte auch eine kleine Vogelwanderung gewesen sein ... Aber es stimmt schon, daß sie recht verwirrt wirkten.«

Mestakoshi untersucht die Vögel, als könne ihm das beige-weiße Gefieder ein Geheimnis enthüllen.

Sie machen sich auf den Weg zum Dorf. Mestakoshi geht mit Nepeshi voran. Hinter ihnen folgen Makwa und Kinoje, die beide gleichzeitig sprechen.

Kinoje berichtet, was sich auf der Insel zugetragen hat, der Hüne erzählt von der Reise. Mestakoshi sagt nur:

»Um in Ruhe reden zu können, gehen wir besser zu Shigoci.«

Als er zu Hause vorbeigeht, um Ade abzuholen, muß er die Stimme heben, um Vincent zu befehlen, bei seiner Mutter und bei Louise zu bleiben, die bemerkt:

»Ich hoffe, René kommt bald zurück, um ein Auge auf den da zu werfen.«

»Der da ist mein Sohn. Ich brauche deinen Mann nicht, um ihn zu erziehen.«

»Mein Mann ist sein Großvater, und wenn du ihn nicht hättest, um deinen Jungen zu ernähren ...«

Der Häuptling will nichts mehr hören. Häufig kommt es zwischen den beiden jungen Frauen zu Streitereien, denen er zu entgehen versucht.

Nepeshi, der seinen Sack nach Hause gebracht und seine Frau abgeholt hat, erreicht das Haus der Hundertdreijährigen im gleichen Moment wie der Häuptling und Ade. Zusammen treten sie ein. Die anderen sitzen schon auf den auf dem Boden ausgebreiteten Fellen und Decken. Es gibt keine Sitzgelegenheit bei der Alten, die, abgesehen davon, daß sie einen Ofen besitzt, hier immer wie in einem Wigwam gelebt hat. Zum ersten Mal sind so viele Menschen bei ihr versammelt. Nachdem sie ihren Blick in die Runde hat schweifen lassen, bemerkt sie:

»Den Ofen können wir aber nicht in die Mitte stellen.«

Alle lachen. Mestakoshi nimmt den Tonfall des Häuptlings an und erklärt:

»Mögen uns die, die aus dem Hochland zurückkommen, sagen, was sie zu sagen haben. Nepeshi soll als erster sprechen.«

Nepeshi zündet seine Pfeife an, nimmt drei lange Züge und beginnt:

»Den Bibern geht es gut. Es gibt viele. Die Fallen ...«

Eine Weile lang berichtet er vom Wild und vom Zustand des Waldes. Alle warten gespannt darauf, daß er endlich von den Arbeiten der Weißen erzählt, doch niemand stellt eine Frage. Und in demselben ruhigen Ton, in dem er von den Biberburgen gesprochen hat, sagt er schließlich:

»Oberhalb des dritten Landweges für die Kanus sind Leute. Sie haben eine Fläche gerodet, die doppelt so groß ist wie die Insel. Sie haben vierzehn Baracken errichtet und eine Metallgarage aufgestellt. Sie haben ein Wasserflugzeug und zwei Hubschrauber. Sie haben auch kleine Lastwagen. Ich glaube, sie sind dabei, eine Flugzeuglandebahn zu bauen.«

Er schweigt. Alle Blicke bleiben auf ihn gerichtet. Als Makwa seine riesige Brust aufbläht, um zum Sprechen anzusetzen, gebietet ihm der Häuptling mit einem Zeichen zu schweigen. Nepeshi beobachtet sie. Sie sitzen da und warten darauf, daß er mehr erzählt. Die Frage ist unausgesprochen. Sie schwebt zwischen ihnen in dem flackernden Schein, der durch das Ofengitter fällt. Durch das kleine Fenster und die beiden Scheiben in der Tür kommt kein Licht mehr herein. Es ist Nacht geworden. Der Himmel ist unsichtbar. Man kann die Gesichter kaum mehr erkennen, doch weder das Schweigen noch die Worte brauchen Licht, beide tragen sie Licht und Schatten in sich.

Nach einer langen Pause, während der sich Odosi, eine kleine, rundliche und lebendige Frau, erhoben hat, um Holz nachzulegen, spricht Nepeshi weiter. Sie haben auch eine andere Baustelle an einem anderen Fluß gesehen. Und noch eine an einem kleinen See und auch eine vierte. Er beschreibt sie alle ganz genau. Für jede hat er sich die Anzahl der Baracken, der Lastwagen und der Maschinen gemerkt. Er hat sogar die Männer gezählt, aber er weiß nicht, wie viele in den Häusern waren. Als er schließlich wieder schweigt, kann der Schamane nicht mehr an sich halten:

»Was glaubst du, was daraus wird?«

Nepeshi nickt lange. Er hebt seine kräftigen Hände, die auf den Knien liegen, und läßt sie wieder sinken.

»So gesehen, kann viel daraus werden. Natürlich wird es lange dauern, bis das, was sie zerstören, wieder gewachsen sein wird. Aber ich kann mir nicht vorstellen, daß sie Berge versetzen können. Es sind nicht viele. Sie sind weit von uns entfernt. Auch noch recht weit von unseren Fallen.«

Der Häuptling wartet eine Weile, doch da Nepeshi das Gitter des Ofens betrachtet und keine Anstalten macht, weiterzusprechen, wendet er sich an Makwa. Die großen Hände heben sich, die eine ballt sich zur Faust.

»Ich bin nicht der gleichen Meinung. Es werden andere kommen. Sie werden die Berge nicht versetzen, aber sie werden es versuchen. Sie werden auch versuchen, den Fluß zu stauen. Etwas hat Nepeshi nicht gesagt, da er sich schämt, es zu sagen.«

Er hört für einen Moment auf zu sprechen, so als wolle er seinem Gefährten Gelegenheit geben, noch etwas hinzuzufügen, doch Nepeshi scheint ihm nicht mehr zuzuhören. Also fährt der Riese, dessen Fäuste in der Luft jemanden zu erwürgen scheinen, fort:

»Sie haben Indianer bei sich. Als Führer. Damit sie überall dort hingehen können, wo sie Unheil anrichten können. Indianer, die man ...«

Der Häuptling unterbricht ihn mit einer Geste und einem Blick.

»Sind es Wabamahigans?«

»Nein.«

»Dann hast du nichts zu sagen. Besänftige deinen Zorn. Laß deine Kräfte ruhen, morgen wirst du sie brauchen.«

Jetzt ist die Reihe an Mestakoshi zu berichten, was in Abwesenheit der beiden Trapper im Dorf vorgefallen ist. Er tut es in unbeteiligtem Ton. So wie Nepeshi von den Weißen berichtet hat. Und ebenso ruhig fügt er hinzu:

»Wir haben auf euch gewartet, um den Wigwam zu errichten.«

KAPITEL 23

Von jeher, seit die Weißen die ersten Handelskontore an den Ufern unseres Landes errichtet haben, hat es Indianer gegeben, die auf sie gehört und sich in ihren Dienst gestellt haben.

Indianer, die sich nicht damit zufriedengaben, bei ihnen Felle gegen Schließpulver und Patronen einzutauschen. Es hat immer einige gegeben, die für Firlefanz, Tabak, Alkohol und sogar für Geld bereit waren, ihre Vergangenheit zu vergessen und ihre Überzeugungen zu verraten. Mit der Zeit wird es vielleicht immer mehr geben.

An einem Spätsommertag vor langer Zeit hatten Weiße, die aus dem Süden kamen, beim Handelskontor der Grande Baie angelegt, und die Angestellten des Handelskontors teilten uns mit, daß sie mit uns sprechen wollten. »Ein Fuchsfell kaufen wir euch für etwa zwölf Piaster ab, aber für ein lebendes, unverletztes Fuchspaar können wir euch bis zu hundert Piaster zahlen.«

Diese vergifteten Worte haben einen großen Wahn über uns gebracht.

Ich höre noch, wie uns der Schamane und der Häuptling, mein Großvater, und alle anderen Alten erklärt haben, daß Geld nicht alles ist und daß man nie den Geist der Toten beleidigen darf, indem man die überlieferten Traditionen mit Füßen tritt. Der Häuptling hat die Jagd auf lebende Füchse verboten, aber die Jäger haben es dennoch heimlich getan. Zu jener Zeit gab es mehr Wabamahigans als heute und der Ältestenrat konnte gar nicht wissen, was jeder einzelne tat. Die Trapper begannen, die Fangvorrichtungen ihrer Fallen mit Fellen, Gräsern und Stoffen zu umwickeln. Im Handelskontor kauften sie schmale Schaufeln von guter Qualität, mit denen sie den Eingang der Fuchsbaue erweitern konnten. Einige krochen weit in die unterirdischen Gänge. Ein Junge, der heute in meinem Alter wäre, kam ums Leben, als ein Bau einstürzte. Andere wurden verletzt. Wieder andere verbrannten sich die Augen mit den Knallkörpern, die sie in die Baue warfen. Für die gefangenen Füchse bekamen sie noch mehr Geld, als der Angestellte des Kontors versprochen hatte. Also hörten die Männer nicht mehr auf die Alten und jagten immer mehr. Einige Füchse wurden verletzt, und niemand wollte sie mehr, dann starben sie zu einer Jahreszeit, in der ihr Fell nichts wert war.

Unsere gesamten Jagdgründe wurden geplündert, die Fuchsbaue zerstört, umgegraben, geöffnet. Jahrelang war das Gebiet, in dem wir unsere Fallen aufstellen, arm an Beute. Denn wenn es keine Füchse mehr gibt, verlassen auch viele andere Tiere die Gegend. Zu jener Zeit haben wir viele Dinge erlebt, die es zuvor nie bei uns gegeben hatte. Sogar Indianer, die sich untereinander um einen Fuchs prügelten.

Doch die Weißen wissen nicht, wie man einen Fuchs pflegt, und die Füchse, für die sie so teuer bezahlt hatten, starben in den Käfigen. Niemand wollte mehr Füchse kaufen, und der Wahnsinn ging vorbei – doch zuvor hatte er großen Schaden angerichtet.

KAPITEL 24

Gleich nach Sonnenaufgang verläßt der alte Häuptling sein Haus. Unter dem linken Arm trägt er seine Axt, den Schleifstein hat er in die Tasche seines Anoraks gesteckt. Ade geht mit ihm vor die Tür, die sie hinter sich halb geschlossen hält. Leise sagt sie zu ihm:

»Wir hätten Tee kochen können, ohne jemanden aufzuwecken.«

»Amo wird schon welchen gemacht haben.«

»Sag ihr, daß ich mit ihr nachkommen werde.«

Er macht sich auf den Weg. Der Wind bläst nun direkt von Norden, schneidend wie eine Sichel. Drei Hunde kommen freudig auf Mestakoshi zugelaufen, doch er geht eilig weiter. Beim Schamanen brennt Licht und etwas weiter bei Kinoje auch. Der Häuptling zieht den Wind tief in seine Brust ein. Er blickt in den klaren Himmel, der über ihm die kalten, von Rosa in Grün übergehenden Farben der Nacht ausbreitet. Er betrachtet dieses Nachtlicht, und plötzlich fühlt er sich, als sei er wieder jung. Ein Mann nähert sich ihm vom anderen Ende des Dorfes her. Er winkt ihm zu. Es ist Makwa, der schwerfällig wie ein Bär auf ihn zukommt. Er trägt eine große Rolle unter dem Arm. Mestakoshi erwartet ihn vor Nepeshis Haus.

»Bringst du schon dein Bett mit?«

»Ich habe keine Frau, die es für mich trägt.«

»Du hast drei verbraucht, eine vierte findest du nie!«

»Sei unbesorgt, ich suche bestimmt keine mehr!«

Sie treten ein. Der Raum riecht nach kräftigem Holzfeuer und heißem Fett. Amo hat soeben Fladen gebacken, Mehlbrei und Tee zubereitet. Nepeshi steht am Fenster und schärft seine Axt. Makwa sagt zu Amo:

»Weiter den Strom hinauf, nach Süden hin, stehen schöne Bäume zum Entrinden.«

Sie sieht ihn lächelnd an. Ihre Augen verschwinden in den vielen Fältchen.

»Jetzt, wo du keine Frau mehr hast, die du herumkommandieren kannst, kommandierst du die Frauen der anderen herum.«

Sie essen. Makwa und Nepeshi, die noch Zähne haben, sind schneller fertig als die anderen.

Sobald sie ihren Tee getrunken haben, verlassen sie das Haus. An der Ecke zur Kirche warten schon Kinoje, Odosi und der Schamane auf sie. Als er Odosi sieht, sagt der Häuptling:

»Die Frauen kommen später nach.«

Odosis rundes Gesicht mit der platten Nase ist unter der Wolfsfellkapuze verborgen. Ein kleines Lächeln entblößt ihre breiten Zähne:

»Ich gehe jetzt schon mit.«

Das sagt sie mit großer Bestimmtheit. Auch sie hat eine Axt dabei, die jedoch kleiner ist als die der Männer. Mestakoshi geht voran, dann kommt der Schamane, der sich auf seinen langen, entrindeten Stock stützt. Über seiner Schulter hängt an einem Lederriemen die Axt. Ihm folgen Nepeshi, dann Makwa, Kinoje und Odosi. Sie gehen langsam, mit gemessenen Schritten, als hätten sie einen weiten Weg vor sich. Der Boden zwischen den Gräbern ist steinhart.

Als sie zu dem Stein kommen, den Mestakoshi fünf Tage zuvor an der erwählten Stelle niedergelegt hat, sagt der Schamane:

»Es ist gut, bei den Toten zu sein. Wir wachen über sie, und sie wachen über uns.«

Die anderen sind ein paar Schritte von ihm entfernt stehengeblieben. Ganz ruhig warten sie, während der Schamane bedachtsam mit der Spitze seines Stocks einen laufenden Wolf auf den Boden zeichnet. Daraufhin geht er einen Schritt zurück und sagt: »Wabamahigan, dein Geist weile immer unter uns, im Leben wie im Tod. Er helfe uns, unser Land zu behalten, in dem die Gebeine unserer Vorfahren ruhen und in dem auch unsere Gebeine bald ihre Ruhe finden werden.«

Der Schamane wendet sich um und nickt den anderen zu.

Der Morgen ist sehr klar. Der Wind singt in den Bäumen, doch die Männer und die Frau bleiben ernst. Sie gehen zum Wald hinüber, ihren Schritten haftet fast etwas Erhabenes an. Als sie die ersten Bäume erreichen, trennt sich Odosi von ihnen. Sie geht nach rechts, am Waldrand entlang.

Der Schamane und der Häuptling untersuchen die Rottannen. Sie wählen eine aus, dann noch eine. Makwa schlägt die erste, Nepeshi die zweite. Es dauert eine Weile, bis die dritte ausgesucht ist, und Kinoje beginnt unverzüglich damit, sie zu fällen. Als der erste Stamm auf dem Boden liegt, geht der Häuptling zu Makwa, um ihm zu helfen. Sorgsam behauen sie den Fuß des Baumstamms. Sobald sie fertig sind, schultert Makwa den Baumstamm und trägt ihn weg. Dann kommt er zurück, um den zweiten zu holen. Als der dritte fertig ist, übernehmen Kinoje und Nepeshi seinen Transport. Der Häuptling und der Schamane folgen ihnen. Bei dem Stein angelangt, legen die Männer die drei Rottannen ab, zwei auf den Boden, die dritte darauf. Der Häuptling zieht einen starken Riemen aus Karibuleder aus der Tasche. Mit Hilfe des Schamanen bindet er die drei schlanken und geraden Stämme ein paar Zoll unterhalb der Spitzen zusammen. Makwa wäre in der Lage, das, was jetzt zu tun ist, allein zu bewerkstelligen, doch alle gemeinsam richten sie die Stämme auf, ziehen sie am unteren Ende leicht auseinander und setzen sie am Boden ab. Dann treten sie zurück und betrachten ihr Werk.

»So ist es gut«, meint der Schamane.

Makwa umfaßt den Fuß eines Stamms, Mestakoshi einen zweiten, Nepeshi und Kinoje den dritten.

»Jetzt!« befiehlt der Häuptling.

Sie entfernen sich in drei Richtungen. Der Schamane steht etwas abseits und beobachtet das Geschehen. Mit einer Handbewegung bedeutet er Makwa als erstem stehenzubleiben, dann hält er die anderen an.

Sie lassen die Stämme los, der Schamane geht zu dem Stein und schaut in den Himmel, um zu sehen, ob sich die Spitze der drei Rottannen genau darüber befindet. Die anderen warten und verfolgen aufmerksam jede seiner Gesten. Er geht zu Nepeshi und Kinoje. Mit der Stockspitze weist er auf eine Stelle am Boden, einige Zoll vom Stamm entfernt. Die beiden Männer ziehen den Stamm bis zu diesem Punkt. Nun stellt sich der Schamane in Richtung Süden, genau in die Mitte zwischen zwei der drei Stämme. Auf den Boden zeichnet er zwei Striche, dort wird sich später der Eingang befinden. Dann hebt er seinen Stock und deutet auf den Wald.

Die Männer wissen, daß sie noch zehn Rottannen schlagen müssen, denn dreizehn müssen es sein, damit der Wigwam den Regeln der Vorfahren entspricht. Doch die restlichen Stämme kann jeder von ihnen selbst aussuchen. Hell klingen die Äxte durch den beginnenden Tag. Die Luft ist trocken. Der Winter hat seine eisige Pranke schon auf das Land gelegt.

Die Männer arbeiten noch an dem Gerüst für den Wigwam, als sie die Frauen und den Blinden über den Friedhof kommen sehen. Ade und Amo gehen zu Odosi, während die Hundertdreijährige und der Blinde auf die Männer zugehen. Zunächst führt die Hundertdreijährige den Blinden zu dem Stein in der Mitte, auf dem er sich niederläßt. Dann tritt sie ein paar Schritte zurück, betrachtet das Gerüst, geht um es herum, berührt jeden Stamm mit der Hand und bleibt an der Stelle, wo der Schamane den Eingang vorgesehen hat, stehen. Sie blickt nach Süden. Zwischen den Büschen und Erlen am Ufer blinkt der Strom. Die Sonne steht nun genau gegenüber. Die Alte nickt:

»Am Tag des kürzesten Sonnenlaufs, werden die Strahlen der Sonne den Boden des Wigwams berühren. Am Platz des Häuptlings.«

»An jenem Tag kann es aber auch bewölkt sein oder ein Schneegestöber geben«, wirft der Häuptling ein.

»Vielleicht, aber dennoch wird der Blick der Sonne auf diese Stelle fallen. Gegen Mittag muß an diesem Tag der Wigwam geöffnet werden, egal wie das Wetter ist.«

Die Männer machen sich wieder an die Arbeit. Jetzt schlagen sie gerade gewachsene Äste, die sie an den aufgerichteten Stämmen festbinden. Darauf werden dann die Rinden befestigt, die die Frauen bringen werden. Anschließend schaffen sie Nadelzweige herbei, mit denen der Boden ausgelegt wird, damit sie vor der Kälte und der Feuchtigkeit, die aus der Erde aufsteigen, geschützt sind. Der Blinde und die Hundertdreijährige wollen auch Zweige holen.

»Man darf nur auf einem Lager schlafen, das man selbst bereitet hat«, sagt der Blinde, »sonst stören die bösen Geister den Schlaf.«

Bald taucht Odosi auf, ihr Rücken ist unter der großen Last aufgerollter Birkenrinden gebeugt.

»Heute abend«, meint die Hundertdreijährige, »werden wir hier schlafen können.«

»Nein«, sagt der Häuptling, »dazu wird es im Wigwam noch zu windig sein.«

»Heute abend«, wiederholt Shigoci trotzig wie ein Kind.

Alle beeilen sich, die Rinden zu befestigen. Die Frauen gehen noch einmal fort, um zusammengerollte Tierhäute, Kochgeschirr und einen Kessel zu holen. Trotz des Windes ist ihnen warm. Die Hundertdreijährige, die lange nach den anderen atemlos zurückkehrt, lacht und sagt:

»Ich fühle mich wie zwanzig.«

KAPITEL 25

Wenn die alten Karibus die Herde verlassen, dauert es nicht lange, bis die Wölfe sie holen!»

Ein junge Mutter ruft dies von weitem und zerrt ihre zwei Töchter mit sich fort. Auch andere Mütter sind gekommen, auf der Suche nach ihren Kindern, die nach der Schule neugierig zu dem Wigwam gelaufen waren. Vincent schrie und krallte sich an der Jacke des alten Häuptlings fest. Ade mußte Jeanne helfen, ihn zu beruhigen, und er ging erst mit, als man ihm versprach, daß er eine Nacht dort schlafen dürfe.

Man sieht sie kaum, wie sie an den Gräbern vorbei wieder auf die Lichter des Dorfes zugehen. Trotz des heftigen Windes hört man das Brummen der Generatoren.

Die Alten nutzen die letzten Strahlen der untergehenden Sonne, um alles in den Wigwam zu schaffen, was die Frauen herbeigetragen haben. Dann beschweren sie die Rinden und Lederbahnen, die den Wigwam bedecken, auf dem Boden mit Steinen. Makwa sagt:

»Das können wir besser machen, wenn Schnee gefallen ist. Es wird angenehmer im Wigwam, wenn erst der Schnee da ist.«

Sie gehen wieder zu den Frauen, dem Blinden und dem Schamanen hinein und bauen ihre Schlaflager. Der Häuptling liegt gegenüber dem Eingang, die anderen neun verteilen sich radspeichenförmig, die Fußenden zum Zentrum gerichtet. Auf der Eingangsseite ist noch Platz frei. Sie sehen es, aber niemand sagt etwas.

Nachdem sie ihre Lager auf der dicken Unterlage aus duftenden Rottannenzweigen fertiggestellt haben, setzten sie sich um das Feuer. Die Flammen streben zum Rauchloch hinauf. Funken stieben unruhig flackernd in die Höhe. Nur der Blick des Blinden bleibt starr. In seinen toten Augen tanzt der Widerschein der Flammen. Die anderen scheinen alle etwas zu suchen. Sie sind zwar an die kleinen Wigwams gewöhnt, die sie während der Jagdzeit im Wald bauen, doch das hier ist etwas ganz anderes. Nicht nur wegen der Größe. Es ist das Gefühl. Hier wollen sie leben, vielleicht sogar sterben. Das Feuer flackert zwischen den großen, flachen Steinen, die Makwa um den Stein herumgelegt hat, der das Zentrum markiert. Mit der Zeit werden sie sich mit einer Schicht aus Ruß und Fett überziehen.

Schon haben sich drei Hunde bei den Steinen niedergelassen, denn die Tiere spüren, daß sich das wahre Leben hier abspielt. An den drei tragenden Stämmen hat Ade ihren großen Kessel aufgehängt. Der daraus aufsteigende Dampf duftet nach geräuchertem Fisch.

Als alle Platz genommen haben, bewegt sich nur noch das Feuer, es tanzt und singt. Niemand wagt es, als erster zu sprechen. Dieser Ort, den die klare Nacht umhüllt, umhüllt sie mit seiner Geborgenheit.

Dreimal ist Ade schon aufgestanden und hat in ihrem Kessel gerührt, ehe sich der Schamane entschließt, das Wort zu ergreifen:

»Jetzt, Häuptling Mestakoshi, mußt du uns sagen, was du unter diesem Wigwam in deinem Herzen empfindest.«

Der Häuptling schließt die Augen. Sein Gesicht wirkt angespannt. Man sieht ihm eine große Anstrengung an. Schließlich beginnt der Alte zu sprechen. Seine tonlose Stimme erinnert weder an die, die man bei Unterhaltungen, noch an die, die man in Ratssitzungen von ihm gewohnt ist.

»Das Leben in den rechteckigen Häusern konnte nicht gut für uns sein, auch nicht das Leben in einem Dorf, das sich nicht um den Feuerplatz herum ausbreitet.«

Seine Hand zittert ein wenig, als er sie hebt und einen großen Kreis in die Luft malt. Die anderen folgen seiner Handbewegung mit den Augen und nicken wohlwollend.

Selbst der Blinde, der die Geste nicht gesehen hat. Der Häuptling fährt fort:

»Früher kam alle Kraft des indianischen Volks aus dem Heiligen Kreis. Ein leuchtender Kreis, wie ein blühender Baum in der Sonne. Aber die Weißen sind gekommen und haben den Kreis zerstört. Der blühende Baum ist tot.«

Er schweigt und sieht den Schamanen fragend an. Dieser hebt seinen Stock und malt seinerseits ebenfalls einen Kreis in den Feuerschein.

»Der blühende Baum ist tot, Häuptling Mestakoshi, weil die vier Viertel des Kreises, die ihn ernährten, auseinandergefallen sind, als der Kreis zerbrach. Der Osten mit der Helligkeit der aufgehenden Sonne brachte ihm Jugend und Frieden. Der Süden spendete die Lebenswärme der hoch am Himmel stehenden Sonne. Die von Westen kommenden Wolken des Sonnenuntergangs stillten den Durst der Blätter und Wurzeln. Der Norden schenkte dem Baum die Kraft, in den eisigen Wintern zu singen, und er schenkt sie auch uns.«

Der Schamane läßt seinen Stock sinken, und Mestakoshi schweigt lange, ehe er hinzufügt:

»Alles ist rund. Das ganze Universum ist im Kreis enthalten.«

Noch einmal malt der Häuptling mit der Hand einen Kreis in die Luft, die anderen folgen seiner Geste mit den Augen und wiederholen:

»Das ganze Universum ist im Kreis enthalten.«

»Der Himmel um uns ist rund. Die Erde ist rund. Wenn man sich auf der Stelle dreht und in die Ferne blickt, beschreiben die Augen einen Kreis. Der Mond ist rund. Der Wind ist rund, er weht um die Erde. Der Hund dreht sich um sich selbst, bevor er sich zum Schlafen zusammenrollt. Für seine Küken baut der Vogel ein rundes Nest. Selbst das Tageslicht und die immer wiederkehrenden Jahreszeiten beschreiben einen Kreis um uns.«

Mestakoshi schweigt. Er wirkt erschöpft. Dann seufzt

er. Seine Brust fällt ein, er läßt die Schultern hängen, und sein Rücken scheint sich unter einer ungeheuren Last zu beugen. Die anderen beobachten still sein verschlossenes, dem Feuer zugewandtes Gesicht. Seine Augen sind nur noch zwei schmale Schlitze, in denen bisweilen ein Funkeln aufleuchtet, nicht breiter als eine blitzende Messerklinge. Jetzt richtet er sich halb auf, um weiterzusprechen. Die anderen halten den Atem an. Seine Stimme klingt noch schwächer:

»Wie konnten die Wabamahigans all das vergessen? Und ich, ihr Häuptling, wie konnte ich es vergessen?«

Er richtet sich ein wenig mehr auf. Er öffnet die Augen halb, läßt seinen Blick langsam über die Runde schweifen, bis er beim Schamanen zu seiner Rechten angekommen ist. Seine Stimme wird wieder kraftvoll:

»Ich bin es nicht mehr wert, euer Häuptling zu sein.«

Gemurmel wird laut. Köpfe drehen sich, Oberkörper neigen sich, Hände heben sich. Jeder scheint den anderen befragen zu wollen. Die krächzende Stimme der Hundertdreijährigen läßt alle verstummen:

»So etwas darfst du nicht sagen, Häuptling Mestakoshi. Wir alle haben die große Macht des Kreises vergessen, als wir in die eckigen Häuser der Weißen zogen ... verdammt seien diese häßlichen, seelenlosen Kästen. Die Seele unseres Volkes befindet sich hier im Wigwam. Du, Mestakoshi Okik, du bist der erste, der sich dessen erinnert hat. Wir wollen keinen anderen zum Häuptling.«

Während sie sprach, hat sich Mestakoshi langsam aufgerichtet, und sein Blick hat wieder an Stärke gewonnen. Jetzt, da alle gespannt darauf warten, was er sagen wird, bleibt sein Mund geschlossen, und er blickt auf einen Punkt irgendwo über dem Feuer. Vielleicht sieht er etwas, was niemand anderer je zu entdecken versucht hat, in weiter, weiter Ferne, irgendwo im Süden, wo sich am Rande des Erdkreises der Nordwind auflöst. Noch lange sind das Heulen des Nachtwindes und das Knacken der Holzscheite die einzigen Geräusche, bevor er wieder das Wort ergreift. Seine Stimme hat ihren tiefen Klang wiedergefunden:

»Der Wigwam ist rund wie in früheren Zeiten der Kreis unseres Volkes. Er ist rund, und auch der Kreis unseres Ältestenrates muß rund bleiben. Es kann sein, daß der Kreis zerbricht, wenn der letzte von uns gestorben ist und die Jungen ihn nicht erhalten. Doch haben wir nicht das Recht, tatenlos mitanzusehen, wie er sich verformt ... Ich habe gesprochen.«

Wieder ist leises Gemurmel zu hören, alle lächeln und nicken zustimmend. Der Schamane hebt seinen Stock, und alles schweigt:

»Wenn die Jungen mit uns hier leben wollten, würde das bedeuten, daß sie sich vom Leben der Weißen abgewandt haben. Dann würden sie die Namen vergessen, die ihnen der weiße Priester gegeben hat und wieder ihre indianischen Namen annehmen wie wir.«

Er deutet mit seinem Stock auf Ade:

»Du, Frau des Häuptlings, die der Priester Ursule getauft hat, bist Ade.«

»Ich bin Ade, weil ich die Stimme einer Krähe habe.«

Es wird leise gelacht, doch der Blick des Schamanen bleibt ernst. Sein Stock weist auf Ades Nachbarn, Nepeshi:

»Dich hat man Léon getauft, doch bist du Nepeshi Neko.«

»Ich bin Neko, weil ich beim Kampf selbst dem Stärksten wie Sand durch die Finger rinne.«

Alle Augen richten sich auf Makwa und seine riesigen Hände. Der nickt lächelnd und tut, als versuche er vergeblich, eine Handvoll Sand festzuhalten.

So weist der Stock des Schamanen so lange auf jeden einzelnen im Kreis, bis dieser ihm geantwortet hat:

»Ich bin nicht mehr Adrienne, sondern Amo, weil ich Vorräte sammle wie eine Biene.«

Der Stock zeigt nun auf den Blinden, der den Schamanen mit seinen toten Augen fixiert, als könne er ihn sehen. Dieser fährt fort:

»Du kannst seit Monden nicht mehr sehen, niemand außer dem Priester nennt dich Abel. Du bist Ockijik Anibach.«

»Ich bin Ockijik, seit ich das Augenlicht verloren habe. Man nennt mich Ocki, das ist kürzer.«

Alle lachen, nur der Schamane nicht, der sich an den nächsten im Kreis wendet:

»Dich, Makwa, hat nie jemand Oscar genannt. Diesen Namen mußte ich aus den Tiefen meines Gedächtnisses hervorgraben.«

»Ja, ich bin Makwa, denn ich bin stark wie ein Bär, aber ich weiß, daß ich nicht so schlau bin wie er. Die Menschen werden mich nie so hoch achten wie ihn.«

»Und nie wirst du so geschickt und so geduldig Preiselbeeren sammeln wie er«, ruft die Hundertdreijährige, die nun an der Reihe ist. Der Schamane meint zu ihr:

»Du, die du so viel redest, die du mehr als hundert Jahre zählst und schon so viel gesehen hast, dich hat man auf den Namen Marie getauft, aber du bleibst Shigoci.«

Die Alte mit dem pechschwarzen Haar und der pergamentenen Haut nickt. Die funkelnden Augen verschwinden völlig in ihren Falten, als sie lächelt:

»In meinem Alter nimmt man keinen neuen Namen an. Ich hätte auch gar nicht mehr die Zeit, mich daran zu gewöhnen. Sicher ähnele ich dem raschen Wiesel nicht mehr, trotzdem bleibe ich Shigoci.«

Alle stimmen ihr zu, und der Schamane weist nun mit dem Stock abwechselnd auf Kinoje und Odosi:

»Du, Kinoje und du, Odosi, ihr seid schon immer der Hecht und der Karpfen gewesen. Wir brauchen uns nicht die Mühe zu machen, nach euren christlichen Namen zu suchen. Niemand kann sich an sie erinnern«.

Jetzt macht der Schamane eine Pause. Auf Mestakoshi

kann er nicht mit dem Stock deuten, denn er sitzt zu dicht bei ihm. Gemessen richtet er den Blick auf ihn und sagt ernst:

»Du wirst nie mehr Häuptling Paul sein. Du, Okik, bist kraftvoll wie eine Zypresse, du bist Häuptling Mestakoshi, so wie Nepeshi Nepeshi ist, denn die Mitglieder des Ältestenrats müssen mit ihrem wahren Namen unterzeichnen können. Du bleibst Häuptling Mestakoshi.«

»Danke, Schamane. Du bist und bleibst Depaga, denn ich kann mir nicht vorstellen, daß es etwas gibt, was dich jemals dick machen könnte.«

Ade lacht herzlich. Dann steht sie auf, beugt sich über den Topf und hebt den Deckel an. Schon läuft allen das Wasser im Mund zusammen. Die Nasenlöcher beben und die Augen glitzern wie das Feuer.

Der Wind wird stärker, je dichter die Nacht wird, die sich über dem Strom erhebt. Heulend fährt er durch die Wipfel der Rottannen. Soll er nur wütend blasen, der Wigwam hält ihm stand, denn er wurde von Menschen gebaut, die das wahre Leben nicht vergessen haben.

KAPITEL 26

Tief in unserem Innern haben wir die von Tiska ererbte Geduld, denn sie konnte Monde lang Wabamahigan, dem weißen Wolf, folgen. Wir können bis zum Ende aller Zeiten auf unserer Insel wohnen, ohne etwas an unserer Lebensweise zu ändern. Ohne fremde Hilfe.

Manche der jüngeren Mitglieder des Ältestenrats sind der Ansicht, unsere Kinder bräuchten Schulen, um zu lernen, sich gegen die Weißen zu verteidigen. Sogar manche Weiße sagen das. Wir verstehen nicht, warum Weiße den Indianern unbedingt Waffen in die Hand geben wollen, die sich gegen sie selbst richten. Wenn uns niemand unser Eigentum wegnehmen wollte, bräuchten wir uns nicht zu verteidigen.

Die Cree, die uns in diesem Sommer besucht haben, erzählten uns, daß die Weißen dabei sind, unseren Boden zu durchsuchen. Sie kratzen ihn auf wie Tiere mit ihren Pfoten, um unsere Vergangenheit aufzudecken. Sie graben die Gebeine unserer Vorfahren aus, suchen nach ihren Waffen und Werkzeugen und tragen sie in die Stadt. Es reicht ihnen nicht, unser Wild und unsere Bäume zu stehlen, sie nehmen uns auch noch unseren wertvollsten Besitz.

Alles, was sie jetzt ausgraben, war noch mit Leben erfüllt, bevor sie mit ihren Häusern, Kirchen und Schulen kamen.

Wir wissen besser als die Weißen, was unsere Kinder brauchen, um erwachsen zu werden. Nicht in den Schulen lernen sie es, sondern mit uns in der Taiga.

Die Taiga ist alles andere als eine sanfte Gegnerin. Doch unser Kampf ist fair. Deshalb gibt uns die Taiga immer, was wir zum Leben brauchen.

Wenn die Weißen uns beibringen wollen, wie wir ihnen den Zugang zu unserem Land versprerren können, so ist etwas in ihren Köpfen, was wir nicht verstehen können. Irgend etwas, was mit unserer Art zu denken, nicht vereinbar ist.

Wir Alten glauben immer noch, daß die Lehren des Waldes für uns nur einen Sinn haben, solange ihn uns niemand stehlen will. Und das Wissen des großen Stroms kann nur von Nutzen sein, solange ihn niemand umzuleiten gedenkt.

Nie werden wir verstehen, was sich im Geist jener Menschen abspielt, die sich einerseits unsere Gebiete aneignen und uns andererseits Mittel an die Hand geben wollen, um genau das zu verhindern. In dieser Denkweise sehen wir etwas Teuflisches, das uns mehr Angst einflößt als ein Krieg.

AUSZUG AUS EINEM ARTIKEL DER ZEITUNG VON SAINT-GEORGES

Die undankbaren Indianer

... die Indianer, die sich gegen die großen Arbeiten in der James Bay zur Wehr setzen, vergessen, was sie uns zu verdanken haben ... Allein im Gesundheitswesen: Man kann mit gutem Gewissen behaupten, daß ihr Volk ohne das Eingreifen der Weißen schon lange ausgestorben wäre. Impfungen und kostenlose Untersuchungen haben sie vor allen Epidemien bewahrt ...

AUSZUG AUS EINEM ARTIKEL DER »REVUE MEDICALE«

... Als die Einwanderer in den Norden des Landes vordrangen, kannten die Ureinwohner weder Diphterie noch Grippe, Masern, Pocken oder Thyphus. Vermutlich gab es bei ihnen nur selten Fälle von Tuberkulose und überhaupt keine Geschlechtskrankheiten. Im Gegensatz zu den seit Generationen an diese Krankheiten gewohnten Weißen, waren ihre Körper den Erregern schutzlos ausgeliefert.

Während und nach dem Krieg zwischen Engländern und Franzosen starben zahlreiche Indianer und Inuit an den Krankheiten, die die Truppen eingeschleppt hatten, insbesondere an den Pocken. 1780 suchte eine furchtbare Pockenepidemie den ganzen Norden des Landes heim. Man mutmaßt, daß drei von fünf Indianern an dieser Krankheit starben, gegen die es damals kein Heilmittel gab.

KAPITEL 27

Noch nie sind die Dorfkinder so schnell gerannt. Jeden Mittag und jeden Abend nach der Schule gehen sie zu den Alten in ihrem Wigwam. Sie sind nur noch zwölf, seit einige Familien nach Saint-Georges umgezogen sind, und es ist Vincent, der die Bande anführt. Nicht, daß er der älteste oder der stärkste wäre, aber er ist der Urenkel von Häuptling Mestakoshi.

Während der ersten Tage haben die Mütter geschimpft und nach Schulschluß auf ihre Kinder gewartet. Doch es dauert nicht lange, und ihr natürlicher Gleichmut überwiegt. Vor allem, als es zwei Tage nach der Vollendung des Wigwams stark zu schneien beginnt. Pulverschnee, den der Nordwind durch die Lüfte treibt, als sei es schon Winter geworden.

Sobald die Kinder eintreffen, setzen sie sich um das Feuer und hören zu. Es sind sieben Mädchen und fünf Jungen, doch lauschen die Mädchen nicht weniger aufmerksam den Geschichten über das Jagen und Fischen, die alle schon hundertmal gehört haben. Jeder von den Alten hat seine »Spezialität«. Der Häuptling erzählt von der weiten Wanderung Tiskas, der Mutter aller Wabamahigans. Der Schamane spricht von der Erschaffung der Welt. Er schildert, wie die Sonne eingefangen und vor die Erde gespannt wurde, damit sie sie durch das All geleite und ihren Weg erleuchte. Alle Kinder rufen:

»Und vorher? Depaga, was war, bevor es die Erde gab?«

»Das wißt ihr doch.«

»Ja! Überall war Wasser.«

»Der große Hase Michabou war der Häuptling der Tiere. Er trug dem Biber auf, ins Wasser zu springen und die Erde zu suchen, doch der Biber war viel zu fett und konnte nicht tief genug tauchen. Der Otter tauchte auch, doch der war zu faul. Wißt ihr noch, wer es geschafft hat?«

»Die Moschusratte!«

»Genau. Sie brachte unter ihren Krallen ein paar Sandkörner herauf, und der schlaue Michabou hat daraus die Erde erschaffen.«

Der Schamane überläßt es meistens dem Blinden, von dem kleinen Jungen zu erzählen, der im Schnee Fallen auslegte, um die Sonne einzufangen.

Während die Hundertdreijährige zu Makwa hinüberschaut, der brummend und tapsend einen Bären nachmacht, berichtet sie von der Bärenjagd.

»Damals aß man Bären, um ihre Kraft und ihre Geschicklichkeit zu erlangen. Wie ihr wißt, hält er sich aufrecht wie ein Mensch. Er fischt Lachs und sammelt Früchte. Deshalb nennen wir Makwa manchmal bei einem anderen Namen. Wißt ihr noch, welcher das ist?«

Die Kinder schreien:

»Moukouchoum! Moukouchoum!«

»Wenn wir im Winter Dampf aus einem Schneeloch aufsteigen sahen, wußten wir, daß dort der Bär schlief. Wir bildeten einen Kreis um ihn, und was riefen alle?«

»Moukouchoum! Moukouchoum!«

Es ist wie ein Fest, doch immer fragt eine kleine Stimme:

»Und was ist jetzt?«

Dann antwortet die Hundertdreijährige weniger fröhlich:

»Heute frißt Moukouchoum den Dreck der Menschen. Er geht nach Süden und frißt ihre Abfälle. Sein Fleisch gibt heute weder Kraft noch Wendigkeit oder Klugheit. Und wenn sich die Weißen erst über den ganzen Norden ausgebreitet haben, wird es noch schlimmer sein.«

In solchen Momenten schauen die Dame spielenden Männer und die Frauen, die Mokassins nähen, auf. Alle Augen, die kindlich geleuchtet hatten, verdüstern sich.

Doch die Schüler sind nicht hergekommen, um Trübsal zu blasen. Und schnell wird erzählt, wie der neugierige Moukouchoum aus seinem Loch stieg, um zu sehen, wer da so viel Lärm machte.

»Man tötete ihn. Jeder half, ihn abzuhäuten. Aber Achtung! Man tötete ihn nicht, wenn er freundlich auf die Menschen zuging. Man tötete ihn nur, wenn er fliehen oder beißen wollte.«

Nepeshi berichtet von den Abenteuern des Hasen, der den Nordwind suchte, während Kinoje nur Geschichten über das Fischen und die Fische kennt. Die Kinder lachen, wenn er sein Maul vorschiebt und den Hecht nachmacht, der ihm seinen Namen gab.

Heute abend jedoch verstreichen die Stunden, ohne daß die Kinder sich zeigen. Die Alten sagen nichts und warten. Ade rührt die *sagamité*, die anderen Frauen nähen und die Männer spielen Dame, bis auf den Schamanen und den Blinden. Der Schamane blättert wie immer in seinem Katalog, der Blinde sitzt aufrecht da, die Hände auf den Knien, und starrt mit leerem Blick ins Feuer.

Plötzlich erheben sich die Hunde. Sie entfernen sich vom Feuer und gehen, ohne zu knurren, zum Eingang, der aus über zwei Stöcke gespannten Lederbahnen besteht. Männerstimmen nähern sich. Die Hunde wedeln mit den Schwänzen. Der Blinde sagt:

»Das sind René und Damien ... Aber sie sind zu dritt. Der Dritte spricht nicht ... Vielleicht ist es Hervé.«

Die Männer verstummen. Die Schritte erlahmen, der harte Schnee knirscht noch unter den Sohlen. Die Lederbahnen werden zur Seite geschoben. Herein tritt René, gefolgt von Damien und Hervé, die den Eingang wieder sorgfältig schließen. Sie ziehen ihre Anoraks aus. Alle drei tragen sehr farbenfrohe karierte Hemden. René ist etwa ebenso groß wie sein Vater, doch nicht so breit gebaut. Man begrüßt sich. René küßt Ade und den alten Häuptling, und Ade sagt schlicht:

»Ihr habt lange gebraucht.«

»Alles braucht seine Zeit«, erwidert Damien.

Die drei Männer setzen sich auf die freien Plätze im Kreis, mit dem Rücken zum Eingang. René sitzt in der Mitte, Damien rechts von ihm und Hervé zu seiner Linken. Der Häuptling wartet, bis sie ihre Pfeifen gestopft und angezündet haben, dann blickt er seinen Sohn an und fragt:

»Nun?«

»Alle sind wieder zurück.«

In den Augen aller anwesenden Männer und Frauen glimmt ein Funken Interesse auf. Odosi hebt die Hand und fragt:

»Soll das heißen, daß auch meine Kinder mit ihren Kleinen heimgekehrt sind?«

»Alle, das habe ich doch gesagt.«

René Mestakoshi sieht seinem Vater ähnlich, doch ist sein Gesicht weniger scharf geschnitten und nicht so faltig.

»Warum sind sie nicht bei den Cree in Saint-Georges geblieben?«

Die Abgesandten haben sich auf alle Fragen vorbereitet, und René zögert nicht mit der Antwort. Er muß nicht nach Worten suchen wie so oft in den Ratssitzungen:

»Es ging ihnen gut bei den Cree. Aber es mangelte ein wenig an Platz. Und da hier augenblicklich keine Gefahr besteht, macht es ja auch keinen Sinn, wegzugehen.«

»Keine Gefahr, sagst du?«

René sieht seinen Vater fest an. Er lächelt nicht wirklich, doch über sein Gesicht huscht so etwas wie Triumph. Er wiederholt, daß keine Gefahr besteht und wendet sich an Hervé zu seiner Linken, der alles erklären soll.

Damit man nicht denkt, es mangele ihm an Wissen oder an Intelligenz, fügt René nach einer kurzen Pause hinzu:

»So haben wir es vorher ausgemacht. Jeder hat euch etwas zu sagen.«

Hervé hat seine Ausführungen sicher ebenfalls vorbereitet, doch bei ihm wirkt es weniger so, als sage er etwas auf. Mit seiner tiefen, warmen Stimme erläutert er:

»Im Augenblick ist die Lage recht klar. Wir waren alle drei in Ottawa, zusammen mit den Abgesandten der Cree und der Inuit. Der Bundesminister für Indianerangelegenheiten hat uns empfangen. Unsere Anwälte haben gesagt, daß wir unser Land nie aufgeben werden. Wir werden vor Gericht gehen.«

Er bricht ab und wartet auf eine Frage, die niemand stellt. Seine beiden Begleiter hören zu und schauen sich im Wigwam um, als wollten sie ein Inventar erstellen. Hervé fährt fort:

»Die Gerichtskosten und die Honorare der Anwälte werden von der Bundesregierung übernommen.«

Drückendes Schweigen breitet sich aus. Auch Hervé blickt sich nun im Wigwam um. Die Alten warten auf Fragen zu diesem Thema. Die Jungen warten auf Fragen zu den Bauarbeiten. Doch niemand schwingt sich zu einer Frage auf. Schließlich sagt Hervé:

»Die Arbeiten gehen im Moment zwar noch weiter, doch nach dem Gerichtsprozeß werden sie eingestellt werden. Da sind die Anwälte ganz sicher.«

Da Hervé wieder schweigt, richtet sich René Mestakoshi auf, sieht seinen Vater mit gewichtigem Blick an und wirft ein:

»Die Provinz ist bereit, viel Geld zu bezahlen. Wir haben gesagt: Unser Land ist nicht zu verkaufen. Schluß und aus.«

Jetzt richtet sich der große Damien auf und fügt hinzu:

»Wir haben ihnen gesagt: Wir wollen auf unserem Land in Ruhe gelassen werden und unsere Jagdgründe behalten.«

Der alte Häuptling nickt. Lächelnd sagt er leise:

»Ihr habt eure Sache gut gemacht und euch wie richtige Häuptlinge verhalten.«

Hervé bleibt ungerührt, genauso wie die Alten, doch

René und vor allem Damien können ihre Freude über das Lob nicht verbergen. Sie sehen einander vielsagend an. Der alte Häuptling schweigt, doch da keiner von ihnen zum Reden ansetzt, ergreift er erneut das Wort:

»Ihr habt gut gesprochen ... Wenn die Bauarbeiten abgebrochen werden und keine Weißen mehr auf unserem Gebiet sind, dann habt ihr euch das Recht verdient, Häuptlinge zu werden.«

Auf den Gesichtern der beiden Männer läßt sich Enttäuschung ablesen. Hervé bleibt unbewegt. Die Augen der Alten leuchten.

Wieder vergeht eine Weile. Man hört nur den Wind, der über das Rauchloch hinwegfegt, und leises Klappern, als Ade den Kessel vom Feuer nimmt. Manche seufzen, dann erheben sich die drei Besucher und verlassen langsam das Zelt. Ein kalter Windzug durchströmt die angenehme Wärme im Wigwam.

PRESSEAUSZÜGE

... die Indianer und die Inuit verweigern jeden Kompromiß. Sie sind gegen die Bauarbeiten und fordern die Bundesregierung auf, ihre Verteidigung zu ergreifen. Ihr Sprecher hat den Minister für Indianerangelegenheiten mit folgenden Worten an seine Pflichten erinnert: »Die kanadische Verfassung sieht vor, daß Ihre Regierung über die Rechte der Indianer wacht. Als Treuhänder der Rechte der Ureinwohner müssen Sie deren Rechte wahren. Der Wille der Regierung von Quebec, einen großen Teil der Indiandergebiete in ihren Besitz zu bringen, stellt eine Verletzung der Rechte der Indianer dar. Es ist an Ihnen, diese Rechte zu schützen.«

Einmal mehr werden sich wegen der Indianer, die den Staat ohnehin schon viel Geld kosten, die Provinz Quebec und die Zentralregierung in einem Prozeß gegenüberstehen, der zu nichts anderem führen wird als zur Verschwendung öffentlicher Gelder.

MÜSSEN WIR WEGEN DER INDIANER AUF KERNENERGIE UMSTELLEN?

Im Namen des Tier- und Pflanzenschutzes wollen die Ureinwohner und andere Verfechter ihrer Rechte den Bau der großen Staudämme in der James Bay verbieten lassen. Ohne unsere Leser mit Zahlen ermüden zu wollen, die sie den Berichten der Experten entnehmen können, fassen wir in Kürze die Schlußfolgerungen dieser Berichte zusammen. Aus ihnen geht klar hervor, daß es Zeit wird, den anachronistischen Kämpfen Einhalt zu gebieten:

Wenn die Gerichte den Ureinwohnern recht geben, dann würde die Schließung der der Baustellen verheerende Konsequenzen haben. Um die an den Staudämmen vorgesehenen

Kraftwerke zu ersetzen, die »saubere Energie» produzieren würden, wird man gezwungen sein, eine ganze Reihe von Kernkraftwerken an den Ufern des Sankt-Lorenz-Stroms zu bauen. Aus allen ernstzunehmenden Gutachten geht hervor, daß eine solche Lösung das Gleichgewicht der Umwelt erheblich mehr belasten würde als die Arbeiten in der James Bay. Insbesondere würde das Wasser des Stroms aufgeheizt, was für die Wasserfauna und die Flora des Tals ernsthafte Schäden zur Folge haben würde.

Die Natur mehr als nötig schützen zu wollen, bedeutet, das Gleichgewicht der Natur in Gefahr zu bringen.

AUSZUG AUS DEM »JOURNAL DE LA NATURE«

Wenn die Indianer und die Inuit im Norden Quebecs angesichts der Konsequenzen beunruhigt sind, die der Bau eines ganzen Systems von Staudämmen auf die Flora und Fauna in ihren Gebieten haben wird, so sind sie nicht die einzigen. Mehrere Wissenschaftler kanadischer Universitäten haben die Ergebnisse einer Untersuchung veröffentlicht, die belegt, daß vor allem den Karibus, dem Hauptnahrungsmittel der Ureinwohner, Schaden zugefügt werden wird. Insbesondere weil:

– die Sommer- und Winterstandorte überschwemmt werden

– die Plätze, an denen die Muttertiere kalben, ebenfalls unter Wasser gesetzt werden

– sich die Migrationswege verändern werden

– die Tiere in großer Zahl ertrinken werden, da sie auf ihren Migrationswegen viel mehr Wasserflächen zu überqueren haben

– bestimmte Lager- und Nistplätze durch die Anwesenheit vieler Menschen und Maschinen zerstört werden

– sich die Gefahr von Waldbränden erhöhen wird

– sich die Todesrate erhöhen wird, da es auf manchen We-

gen aufgrund der Wasserabsenkung zur Entstehung von Erdspalten kommen und dies zu vermehrten Stürzen führen wird

Es ist bedauerlich, daß dieser Bericht erst nach Baubeginn veröffentlicht wurde.

KAPITEL 28

Der Winter hat begonnen. Er umfängt den Wigwam mit seiner ächzenden Kälte, die durch die Öffnung dringt, sobald jemand Holz hereinschafft oder in den Wald geht, um seine Notdurft zu verrichten. Behagliches Leben pulst rund um das Feuer, das Tag und Nacht brennt und das wieder zum Mittelpunkt des Alltags geworden ist.

Die Kinder, die am Abend der Rückkehr der Kanus von ihrem Besuch abgehalten worden waren, kommen jetzt wieder regelmäßig. Sie bringen auch andere Kinder mit, die bei den Cree in Saint-Georges gelebt haben. Auch sie lauschen nun den Geschichten der Alten, doch hin und wieder erzählen sie selbst. Ihr Aufenthalt bei den Cree hat sie vieles gelehrt, und nun gehören sie schon zu denen, die etwas zu erzählen haben.

Mestakoshi, der Schamane und der Blinde lassen sie sprechen. Die anderen, vor allem die Frauen, beschränken sich nicht darauf zuzuhören. Sie stellen Fragen. Sie wollen wissen, wie es in einem richtigen Reservat, ganz nah bei der von den Weißen bewohnten Stadt zugeht. Die Kinder lassen sich nicht lange bitten und warten mit zahlreichen Einzelheiten auf. Ihre Augen glänzen, wenn sie von den elektrisch beheizten und beleuchteten Häusern berichten, die ohne ratternde Generatoren auskommen und ohne Benzinkanister, die ständig gefüllt und geschleppt werden müssen.

Die Autos. Die Straßen der Stadt mit den Schaufenstern im Lichterglanz und dem riesigen Warenangebot. Alle haben Geschenke mitgebracht. Alle haben eine Welt gesehen, in der nicht mehr der Wald, der Fluß und der Himmel den Gang des Lebens und den Lauf der Zeiten bestimmen.

Unter den Jungen und Mädchen, die die Longue Ile

nicht verlassen haben, gibt es einige, die dieses Land und dieses andere Leben kennenlernen wollen, andere, wie Vincent, runzeln die Stirn und entgegnen, daß die Wabamahigans ein Volk der Taiga, der Seen und Flüsse sind. Die Alten nicken und tauschen untereinander Blicke aus. Wenn Holz geholt werden muß, so tun es die großen Kinder. An einem sehr kalten Abend, als der Nordwind besonders streng bläst, sagt ein Mädchen, das gerade mit ein paar Holzscheiten wieder hereinkommt:

»Meine Mutter meint, daß wir eines Tages in einem Reservat an der Straße wohnen werden. Wir leihen den Weißen unsere Flüsse, und sie geben uns dafür Elektrizität und Geld. Dann bleiben nur noch ein paar Verrückte in der Taiga, die wie die Wölfe leben wollen.«

Vincent und seine gleichgesinnten Freunde werden wütend. Der alte Häuptling und der Schamane müssen ihre Stimme erheben, damit wieder Ruhe einkehrt. Die darauf eintretende Stille hat nichts von der Friedlichkeit, die sonst hier herrscht. Irgend etwas ist zerbrochen. Jeder fühlt es, doch keiner wagt es, darüber zu sprechen. Der Blinde versucht, etwas zu erzählen, doch er spürt, daß niemand richtig zuhört. Ade erhebt sich:

»Kinder, es ist Zeit, nach Hause zu gehen.«

Die Jungen und Mädchen verlassen das Zelt. Man hört den Frost unter ihren Schritten knirschen wie Glas. Und sehr bald läßt sich ein lauter Streit bis in den Wigwam vernehmen. Die Alten lauschen, wie die Stimmen leiser werden. Still sitzen sie da und starren ins Feuer. Nachdem die Kinder schon lange gegangen sind, murmelt Mestakoshi seufzend:

»Die Welt wird nie mehr so sein, wie sie war.«

KAPITEL 29

Früher wohnten die Wabamahigans nirgendwo. Rastlos zogen sie von einem Ende ihres Gebietes zum anderen. Das hätten sie auch weiterhin tun sollen. Die Alten, die ihr Wissen wiederum von den noch Älteren hatten, erzählten uns von diesen Nomadenzeiten.

Es war die große Hudson's Bay Company, die unsere Existenz vergiftete, als sie an der Küste Handelskontore einrichtete. Die Indianer haben nicht mehr nur für ihren eigenen Bedarf gejagt, sondern für den Pelzhandel, und das hat unter ihnen die Saat des Übels aufgehen lassen. Um in der Nähe der Handelsposten zu bleiben, von denen sie nun abhängig waren, wurden sie seßhaft. Sie selbst haben sich das Grab geschaufelt, in das die Weißen sie hineinwarfen, indem sie sie in Reservate steckten. Die Indianer, die Trapper, waren schutzloses Freiwild geworden und liefen direkt in die Falle der Weißen.

Die Angestellten der Handelsgesellschaft sagten: »Vergeudet eure Zeit nicht mit der Jagd auf Fleisch, wir haben Besseres gegen die Pelze zu tauschen.« Und wir haben die Winter damit zugebracht, Pelze heranzuschaffen und die Felle von Füchsen, Bibern, Mardern, Moschusratten und anderen Tieren zu reinigen und zu präparieren. All diese Arbeit hat das Gleichgewicht der Natur gestört und die Kassen der Handelsgesellschaft mit Gold gefüllt. Wir aßen immer weniger Biber, Trappen, Fische oder wilde Beeren. Unsere Kinder verloren das Gefühl für die Zusammenstellung unserer Nahrung, die aus den Seen, Flüssen und Wäldern kam und die die Kraft des Windes, der Sonne und des Himmels enthielt. Sie haben von den Nahrungsmitteln der Weißen gegessen und sind nicht mehr so stark und widerstandsfähig wie wir es waren. Unsere Kinder sind schon nicht mehr die gleichen Menschen wie wir, und die Kinder ihrer Kinder werden den Lebenssaft, der aus unserem Boden in Hülle und Fülle strömt, nicht mehr in sich aufnehmen.

Heute wird in den Handelskontoren der Hudson's Bay Company kein loser Tee mehr verkauft, kein Zucker oder Mehl in großen Säcken, gesunde Produkte sind nicht mehr im Angebot. Jetzt verkaufen uns die Weißen Pudding, aromatisierten Tee in kleinen Beuteln, abgepacktes, schimmelndes Brot, Seven-Up-Dosen, gefärbte Säfte und alle möglichen Konserven. Die Mütter und Großmütter wissen nicht, was für ihre Kinder gut ist. Und ihre Kleinen stopfen sich mit Kartoffelchips und Hundekuchen voll, denn die Weißen stellen besonderes Gebäck für Hunde her, und das verkaufen sie uns.

Früher wußten alle Frauen, was ihren Kindern guttut. Niemals hätten sie ihnen das Fleisch von Nerzen, Füchsen oder Luchsen gegeben, noch weniger die Leber des Eisbären, das schlimmste Gift. Die jungen Frauen wissen all das nicht mehr, denn sie haben nicht gelernt zu erkennen, was von den Lebensmitteln auf den Regalen des Kontors ebenso giftig sein kann wie Bärenleber.

AUSZUG AUS EINEM UNDATIERTEN BRIEF EINES MISSIONARS

Die Wilden haben wirklich Glück, daß sie uns haben, und daß wir sie so gern haben. Unsere Leute von den Handelskontoren verhalten sich ihnen gegenüber ungemein freundlich und aufopferungsvoll. Aber die Wilden verdienen es gar nicht, daß man sich derartig um sie bemüht.

Stellen Sie sich vor, der Verwalter des Kontors hatte festgestellt, daß sie Kartoffeln mögen und sich die Mühe gemacht, ihnen beizubringen, wie man sie anpflanzt. Nun, ihre Kinder haben die Saat ausgegraben und gegessen. Man wollte ihnen zeigen, wie man Hühner zieht, doch sie haben sie von den Füchsen holen lassen. Die Höhe war jedoch mitanzusehen, wie wenig Wert sie auf das Fleisch der Wildgänse legen, das wir in Mengen gesalzen und in schönen Holzfässern eingelegt hatten. Wir wußten, daß sich die Gänse während der Mauser leicht fangen lassen, weil sie keine Federn mehr haben und nicht fliegen können. Man hätte sie wie Federvieh halten können und so in schlechten Zeiten immer etwas zu essen gehabt. Doch die Wilden sind zu faul, und es interessiert sie überhaupt nicht, was wir alles für sie tun. Sie haben sich nicht richtig um die Gänse gekümmert, und die armen Tiere sind eingegangen.

AUSZUG AUS DEM BRIEF EINES ANDEREN MISSIONARS AUS DERSELBEN ZEIT

Ich frage mich, ob die Abgesandten der Handelsgesellschaft eines Tages wissen werden, wer diese Wilden sind und was man tun kann, um ihnen zu helfen.

Die Wilden sind Jäger und werden nie Bauern sein. Das zeigt sich vor allem darin, daß sie auf vielen Gebieten besser Bescheid wissen als wir. Wie kann man auch ein Land bebauen wollen, wo der Boden karg ist, wo der Wind alles davonträgt, wo der Winter ewig dauert und es selbst im August frieren kann? Doch genau das haben sich manche Angestellte der Handelskontore in den Kopf gesetzt: Sie wollen aus Jägern Gärtner machen. Natürlich ist das vergebliche Liebesmühe.

Die Wilden haben schon immer Gänsefleisch getrocknet und geräuchert. Um ihr Salz und ihre leeren Tonnen zu verkaufen, haben die Leute der Kontore ihnen beigebracht, wie man dieses Fleisch pökelt. Doch die Wilden mochten diese neue Geschmacksrichtung nicht. Ich habe beides gekostet und bin mit den Indianern einer Meinung. Man hätte es dabei belassen können. Aber nein! Stur und borniert wie die Engländer nun einmal sind, träumen sie von nichts anderem, als der ganzen Welt ihre Kultur, ihre Sprache und ihre Lebensart aufzuzwingen.

Ein Schiffskapitän hatte die glänzende Idee, Wildgänse einzufangen und aufzuziehen. Aus England ließ man für viel Geld riesige Rollen Drahtgeflecht kommen und zwang die Wilden, unter der Leitung von ein paar Weißen riesige Käfige zu bauen. Während der Mauser können diese Vögel nur laufen und schwimmen. Die Wilden sind ebenso geschickt auf dem Wasser wie auf dem Land, und sie trieben die Wildgänse zu Herden zusammen, wie bei uns die Schäfer mit ihren Hunden die Schafe. Das war sehenswert, und man muß dabeigewesen sein, um zu ermessen, wie ungemein geschickt, findig und schlau sich die Wilden dabei angestellt haben. Sie brachten es rasch und ohne größere Schwierigkeiten fertig, tausende dieser Vögel in die Käfige zu sperren. Nur sind diese Gänse, auch wenn sie der gleichen Familie wie unsere Gänse angehören, von ganz anderer Art. Sie ertragen die Gefangenschaft nicht. Es war traurig anzusehen, wie sie, als ihre Federn nachgewachsen waren, versuchten, davonzufliegen und mit aller Wucht gegen das Drahtgeflecht schmetterten. Die Maiskörner, die man ihnen hinstreute, rührten sie nicht an. Manche Wilde wollten sie töten und ihr Fleisch räuchern, andere wollten ihnen die Freiheit zurückgeben, doch die Engländer ließen das nicht zu. Ihre Herrschsucht mußten selbst die Wildgänse erdulden. Sie rechneten damit, daß der Hunger sie gefügig stimmen würde. Doch die Gänse gaben nicht auf und flogen solange gegen das Geflecht, bis ein Tier nach dem anderen kläglich vor Erschöpfung einging.

Das sind also die Lektionen, die manche Weiße den Wilden erteilen, während wir uns alle Mühe geben, ihnen beizubringen, wie groß die Güte unseres Gottes ist, der alle Lebewesen achtet.

KAPITEL 30

Eine große Kältewelle fegt über den hohen Norden. Aus allen Himmelsrichtungen treibt sie dicke graue und weiße Wolken zusammen, die dann wieder aufreißen und den strahlend blauen Himmel freigeben. Der Wind stürmt immer öfter von den Höhen auf den Boden nieder und wirbelt den feinen Pulverschnee auf. An manchen Stellen fegt er sogar das Moos frei und trägt den Schnee weiter, um ihn zu riesigen Verwehungen aufzutürmen.

Scharfe, eisige Klingen sausen pfeifend um den Wigwam. Manchmal stieben ihre längsten Spitzen in die Feuerstelle, und die lodernden Flammen ächzen auf.

Die Abende sind lang. Die Kinder haben sich in zwei Gruppen gespalten. Vincent bringt nur noch drei oder vier seiner Kameraden mit, und an manchen Abenden kommt er sogar allein. Die Lehrerin war auch dreimal da. Jedesmal setzte sie sich dem alten Häuptling gegenüber. Sie sprachen über das Wetter, die Schule, die Leute. Geruhsame Gespräche mit langen, nicht enden wollenden Pausen, in denen man nur das Heulen des Windes hört. Tagsüber sind die Männer draußen. Sie fischen und jagen, doch sie entfernen sich nicht sehr weit von der Insel. Der Strom ist noch nicht zugefroren, nur an den Ufern kräuselt sich schon das Eis. Die Frauen verlassen den Wigwam lediglich, um Holz oder Wasser zu holen. Auch die Hundertdreijährige trägt ihren Teil bei. Ganz selbstverständlich. Sie geht langsamer, trägt weniger schwere Lasten, doch sie hilft mit, und niemand wundert sich darüber.

Heute nacht hustet sie öfter als sonst. Amo, die davon wach wird, steht auf und sagt:

»Du bist krank, deine Stirn ist ganz feucht.«

»Gib mir von meinem Schachtelhalm. Meinem Vater, der hundertacht Jahre alt wurde, hat er immer geholfen.«

Amo sucht in einem großen Sack aus Karibuhaut, in dem die alte Frau ihre persönliche Habe und jede Menge Plunder verstaut hat. In einem kleinen, verschnürten Beutel aus Elchblase findet sie den getrockneten Schachtelhalm, den sie zu einem starken Sud aufkocht. Die anderen sind ebenfalls wach geworden, bleiben aber liegen und sehen ihr zu. Sie richtet die alte Frau auf, lehnt sie gegen einen Ballen Karibuhäute, die zu Mokassins verarbeitet werden sollen, und flößt ihr den Trank ein.

»Es geht mir schon besser«, meint die Alte.

Ihr Gesicht ist wächsern. Und die anderen suchen in ihren eingefallenen Runzeln den Schatten des Todes.

Von diesem Moment an verfällt sie in eine anhaltende Benommenheit, aus der sie nur hin und wieder ein Röcheln oder ein langer, starker Hustenanfall herausreißt. Im Wigwam breitet sich eine Stille aus, die anhält, so als wolle sie den tosenden Tagen und den endlosen Nächten lauschen.

Am Morgen des siebten Tages schlägt das Wetter um. Der Wind pfeift zwar noch immer, wenn er sich in den Wipfeln der höchsten Rottannen verfängt, doch es ist nur noch ein harmloses Spielen. Die Felle und die Birkenrinde des Wigwams ächzen unter dem Druck des Frosts. Als der alte Häuptling hinausgeht, spürt er, wie seine Brust von neuer Kraft erfüllt wird. Am liebsten würde er aufbrechen. Gestern haben die Trapper das Dorf verlassen. Er hat das Knattern der Motorschlitten gehört, und diese Nacht hat er von einem Hundegespann und langen Märschen durch die Jagdgründe des Hochlands geträumt.

Es ist drei Jahre her, daß er das letzte Mal zum Fallenstellen gegangen ist. Doch er fühlt, daß er noch die Kraft dazu hätte. Werden die Jungen tatsächlich diesen Winter viele Fallen aufstellen? Werden sie die Tradition achten und mit den Alten teilen? Mestakoshi sieht, wie es heller wird und wie die blauen Schatten vom Schnee entweichen, der glänzend und hart ist wie Marmor.

Im Wigwam wird die Hundertdreijährige erneut von einem heftigen Hustenanfall geschüttelt. Mestakoshi geht wieder hinein. Sowie die Alte völlig außer Atem zu husten aufgehört hat, verkündet er:

»Wir werden ein paar Tage lang schönes Wetter haben.«

»Sicher habe ich das Unwetter nötig«, meint die Alte mit rauher Stimme. »Es gehört zu meinem Charakter. Meine Familie hat es mir oft genug gesagt ... und ihr auch.«

Sie will nichts anderes zu sich nehmen als Schachtelhalmtee. Die anderen essen schweigend. Die Alte schläft nicht, doch sie hat die Augen geschlossen und ihre dürren Finger umklammern das Bärenfell, mit dem sie zugedeckt ist.

Als die Hälfte des Vormittags verstrichen ist, bittet sie Nepeshi, ihrer Familie zu sagen, daß sie nun bald von dieser Welt abtreten wird. Kurze Zeit später kommt er mit dem dreiundachtzigjährigen Sohn der Hundertdreijährigen zurück, gefolgt von fünf Frauen, vier Männern und vier Kindern, ihrer gesamten Nachkommenschaft. Sie setzen sich um das Feuer. Josée, die um die Dreißig ist, zetert händeringend:

»Warum haben sie sie bloß hierhergebracht? Das war ihr Tod! Es ist ein Verbrechen. Die Wabamahigans werden von Wahnsinnigen angeführt.«

»Schweig still, du verfluchte Schmeißfliege!«

Shigocis Sohn hat diese Ermahnung in schneidendem Ton vorgebracht. Eine so kraftvolle Stimme hätte man dieser zusammengekrümmten Gestalt mit dem kleinen Kopf, dessen lederne Haut so straff ist, daß die Knochen sie zu durchbohren scheinen, kaum zugetraut.

Die junge Frau schlägt die Hände vors Gesicht und bricht in Tränen aus. Shigoci, die das Sprechen große Anstrengung kostet, sagt:

»Sie soll mit dieser Komödie aufhören. Es ist sicher schon zwanzig Monde her, daß sie das letzte Mal bei mir war. Sie wußte nicht einmal, daß es in mein Bett regnet ... Und das Holz. Wenn ich nicht Freunde gehabt hätte, die mir geholfen haben ...«

Sie muß husten und kann nicht weitersprechen. Schließlich meint ihr Sohn:

»Es ist meine Schuld. Ich hätte dich nie allein lassen dürfen. Es war wegen der Kleinen ... Ich wollte mit ihnen zusammensein.«

Er spricht von seinem Egoismus. Er erinnert sich an seine Kindheit. Die Alte schließt die Augen. Ihr Atem wird immer ruhiger. Ihr Gesicht sieht mehr und mehr aus wie ein alter, vom Wind zerzauster Buchsbaum. Es zeigt keine Regung mehr, so als habe der Tod sein Werk schon vollbracht. Sicher hört sie mit einiger Genugtuung ihrem Sohn zu, der sich an die Zeit erinnert, als sie eine junge Mutter war. Er spricht davon, wie hübsch sie war, und über die schöne Kindheit, die sie ihm gegeben hat. Die anderen sagen nichts. Josée hat aufgehört zu jammern. Die Gesichter sind angespannt, doch sie zeigen keinen Schmerz.

Als der Sohn schweigt, wird es still. Jeder scheint auf eine Antwort der alten Frau zu warten. Die Zeit verstreicht, und es dauert lange, bis sie schließlich zu sprechen beginnt, ohne die Augen zu öffnen. Mit einer ruhigen Stimme, die jünger klingt als die ihres Sohnes, sagt sie:

»Ich fühle mich gut ... Bei Sonnenaufgang werde ich in den ewigen Schlaf fallen. Das ist noch viel Zeit, die zu all der Zeit hinzukommt, die ich schon habe verstreichen sehen ... Ich werde euch in der Welt der Geister wiedersehen.«

Sie schweigt. Eine ihrer Enkelinnen meint:

»Aber es gibt doch Medikamente.«

Die Hundertdreijährige verzieht das Gesicht, als wolle sie lächeln.

»Ich bin hundertdrei Jahre alt ... Für mich gibt es keine Medikamente mehr.«

Ein tiefer Seufzer hebt das Bärenfell, das ihre knöchernen Finger noch immer umklammern.

»Nun, meine Kinder, müßt ihr gehen.«

Sie öffnet nicht die Augen, um zu sehen, wie ihre Familie den Wigwam verläßt. Ihr Sohn, der als letzter noch bei ihr ist, kniet unter Mühen nieder. Er legt seine Hand, die genauso mager ist wie die der alten Frau, auf ihre feuchte Stirn. Er murmelt ein paar Worte, die keiner der anderen versteht. Er richtet sich auf und geht hinaus, ohne sich noch einmal umzudrehen.

KAPITEL 31

Seit die Erde die ersten Samenkörner zum Keimen und die ersten Pflanzen zum Wachsen brachte, wächst auch der Schachtelhalm. Am Anfang war er so klein, wie er heute ist. Sehr schnell wurde er größer. Mit seinem hohlen Stamm und seinen langen Nadeln beherrschte er bald den Wald. Zweimal so groß wie die höchsten Rottannen, war er höher als die anderen Bäume. Viele sind in seinem Schatten verkümmert.

Damals bedeckten noch Gletscher das Land, in dem wir leben. Als sie zu schmelzen begannen, folgte die Vegetation ihrem Rückzug in den Norden. Das Grün breitete sich wellenartig aus, ähnlich wie die Wogen des Meers, wenn sie in die Flußmündung strömen.

Und auch hier gehörte der Schachtelhalm zu den ersten Pflanzen. Wie schon auf dem Boden des Südens übernahm er auch hier die Vorherrschaft. Sein Schatten wölbte sich über die anderen Pflanzen des Waldes.

Seit jeher sind die Wabamahigans mit der Pflanze des Lebens verbunden. Sie folgten ihr nach Norden, als sie von anderen Völkern aus dem Süden vertrieben wurden.

Im Lauf der Zeit hat der Schachtelhalm zu der Größe zurückgefunden, die er bei der Entstehung der Welt hatte. Unsere Väter erinnern sich noch daran, daß diese Pflanze früher größer war als heute.

Drei Handbreit, doch sie kann noch größer werden, wenn die Biber einen Damm bauen, der das Wasser ansteigen läßt. Wenn der Schachtelhalm die Kraft hat, über das Wasser hinauszuwachsen, dann deshalb, weil er nichts von seiner Kraft eingebüßt hat. Diese Kraft ist es, die in unseren Adern fließt, wenn wir seinen grünen Sud trinken.

Mag auch viel Zeit vergangen sein, er hat sich dennoch

seine Reinheit bewahrt. Deshalb heilt er alle Übel und gibt den Kranken Kraft.

Die Menschen unserer Rasse, die über hundert Jahre alt werden, haben alle Schachtelhalmtee getrunken. Er ist die Pflanze der Götter. Er tränkt den Körper mit all den Reichtümern, die er aus der Erde, dem Wasser, dem Licht der Sonne und des Mondes schöpft. Man sieht niemals blühenden Schachtelhalm, denn die Blüte wächst unsichtbar im Innern des Stengels, so wie ein feiner Geist im Innern des Herzens blüht.

Wir, die wir das Wissen unserer Vorfahren so sorgsam hüten, fürchten, daß unsere Kinder es verlieren werden und nicht mehr zur gleichen Rasse gehören werden wie wir. Denn wir wissen, daß niemand ein echter Abkömmling des weißen Wolfs sein kann, der nicht die Geheimnisse der Taiga bewahrt.

KAPITEL 32

Der Tag geht langsam über dem Wald zur Neige. Es ist fast dunkel, als Mestakoshi und Nepeshi mit vier Schneehühnern zurückkehren. Die Alte öffnet für einen Moment die Augen, nickt kaum merklich mit dem Kopf und bewegt die Fingerspitzen.

Die beiden Männer ziehen sich die Schuhe und die Anoraks aus. Sobald sie ihren Platz eingenommen haben, kehrt wieder Stille ein. Alle sitzen reglos da, mit aufrechtem Oberkörper, die Hände auf den Knien, den Blick auf dieses ausgezehrte Gesicht gerichtet, aus dem das Leben weicht wie das Wasser der Flußmündung, wenn die Flut sinkt. Ihre Augen sind geschlossen und ihr runzliges Gesicht sieht heute jünger aus als am Tag zuvor.

Ungefähr eine Stunde verstreicht, in der nur das Heulen des Windes zu hören ist und der rauhe Atem, der noch immer die Brust unter dem Bärenfell wölbt. Ade steht auf, um Holz nachzulegen und geht zu der Sterbenden. Mit einer liebevollen Bewegung streicht sie eine schwarze, glänzende Haarsträhne aus ihrer schweißnassen Stirn. Die Augenlider öffnen sich ein wenig. Aus den Pupillen ist die Farbe gewichen, der Blick erinnert an den Schimmer eines trüben Gewässers. Ihre Stimme, ein Hauchen, ist kaum vernehmbar, und alle Köpfe beugen sich über sie, um sie besser verstehen zu können.

»In den eckigen Häusern trägt man die Toten zur Tür hinaus, und dann wissen die Toten nicht, wohin sie gehen sollen. Ich weiß, wohin ich gehe. Ihr werdet den Wigwam auf der Seite der untergehenden Sonne öffnen, um meinen Leichnam hinauszutragen.«

Sie schließt die Augen. Das Bärenfell hebt sich schneller. Etwas Speichel läuft aus ihrem Mundwinkel. Ade wischt ihn weg. Als ihr Atem ruhiger geht, fährt die Alte fort:

»Ihr werdet meinen Leichnam auf die Pfähle legen und dort werde ich zusehen, wie der Winter verstreicht. Wenn dann der Frost vorüber ist, werden meine Knochen bei den Vorfahren ruhen. Wenn der durch die Arbeiten der Weißen wütend gewordene Strom unsere Insel überschwemmen sollte, werden meine Knochen schneller verwesen und mein Geist wird die Weißen verfluchen.«

Tief in ihrer aufgewühlten Brust, in der ein geheimer Zorn wütet, ringt sie eine Weile um Atem.

»Ihr werdet dem Priester sagen, daß ich in das Land der Götter aufgebrochen bin. Die Menschen säen untereinander Zwietracht, und die Götter leben in Frieden.«

Sie schließt erneut die Augen. Unfähig, sie wieder zu öffnen, murmelt sie:

»Wir werden uns wiedersehen.«

Der Schmerz verzieht ihr hohlwangiges Gesicht bis in die tausend Runzeln, die die Sonne um ihre Lippen eingebrannt hat. Ihr Mund wirkt noch eingefallener, so als wolle die Haut zwischen ihren zahnlosen Kiefern verschwinden.

An diesem Abend essen die Wabamahigans nichts. Sie trinken schweigend ihren Tee und rauchen ihre Pfeifen, deren Rauch mit der Hitze des Feuers nach oben steigt.

Odosi geht nach draußen, um Holz zu holen. Man hört ihre Mokassins auf dem gefrorenen Schnee knirschen. Als sie mit den Scheiten auf dem Arm wieder hereinkommt, verschiebt sich durch das Öffnen des Wigwams ein Rindenstück. Eine Eisplatte rutscht ab und das schabende Geräusch hallt durch die Stille.

Die Zeit scheint stillzustehen. Zweimal erhebt sich Ade, weil Shigoci das Atmen immer schwerer fällt. Sie versucht ihr einen Trank einzuflößen, den der Schamane für sie gebraut hat. Er besteht aus Biberöl, dem er neun zu Pulver zerstoßene Kräuter der Taiga und einen Extrakt aus Erlenrinde beigemengt hat. Er hat die Mischung durch ein feines Tuch gefiltert, damit nur die Essenz der Erde und des Windes zurückbleibt. Der Trank ist klar, doch die Sterbende kann nichts mehr bei sich behalten. Ade gibt es auf.

Die Nacht ist fast ruhig. Der Wind treibt sie ächzend durch das Rauchloch herein. Von Zeit zu Zeit erreicht er das Feuer, und einige Funken stieben auf. Mitunter erhebt sich einer der Hunde und streckt sich, dreht sich einen Augenblick lang um sich selbst und legt sich zusammengerollt wieder zum Schlafen hin.

Als Mestakoshi hinausgeht, um sich zu erleichtern, folgt ihm der größte Hund. Wie alle anderen kommt er aus dem Dorf. Er gehört niemandem, doch er hatte häufig bei Shigoci gebettelt und vor ihrer Tür geschlafen. Er ist ein lieber Kerl mit dichtem rötlichem Fell und einer gutmütigen Bärenschnauze. Ein paar Schritte vom Wigwam entfernt legt er sich schlafen. Die Sichel des abnehmenden Mondes erhellt die Nacht durch einen Schleier, der die meisten Sterne verhüllt. Mestakoshi murmelt:

»Es wird bald wieder schneien«, und geht hinein.

Der Hund bleibt draußen. Der Luftzug läßt das Feuer auflodern und weckt den Schamanen, dessen Kopf auf die Brust gesunken war. Er richtet sich auf und betrachtet Shigoci. Die Zeit verstreicht, und alle Blicke sind eindringlich auf das Gesicht der Hundertdreijährigen gerichtet. Seit sie das letzte Mal gesprochen hat, hat sie sich nicht mehr geregt. Ihr Atem ist schwächer geworden. Es klingt, als würden in der Tiefe ihrer Brust kleine Kieselsteine rollen.

Oft heben sich die Augen des einen oder anderen zum Rauchloch, um zu sehen, ob der Morgen schon graut. Doch es scheint, als wolle die Nacht nicht weichen.

Das Feuer wird schwächer, aber Ade wartet, bis nur noch die Glut übrig ist, bevor sie zwei Holzscheite nachlegt, aus denen zischend das Harz austritt.

Shigocis Mund öffnet sich leicht. Ein schwaches Röcheln läßt ihre Lippen erzittern. Es dauert an, dann hört es mit einem Mal auf. Der Unterkiefer sackt nach unten. Luft entweicht aus dem Brustkorb.

Das Bärenfell hat aufgehört zu atmen.

Niemand rührt sich. Einige Minuten verstreichen, dann hört man, wie draußen vor dem Wigwam der große Hund zu jaulen beginnt. Die beiden anderen Hunde erheben sich. Mestakoshi läßt sie hinaus und folgt ihnen. Sie setzen sich neben den Dicken und stimmen in sein Geheul mit ein. Ihre Schnauzen sind dem verblassenden Mond zugewandt. Aus dem Dorf antworten andere Hunde.

Der Wind weht nur noch schwach. Das fahle Licht glänzt über den Schnee. Riesengroß und rund geht die Sonne hinter den schwarzen Spitzen der Rottannen auf.

AUSZUG AUS EINEM ARTIKEL IM »ECHO« VON SAINT-GEORGES-D'HARRICANA

Die Pioniere von 1971 ehren die Pioniere der dreißiger Jahre

Als die Bulldozer und Kettensägen beim Bau der Straße zur James Bay die Überreste des Abschnitts von Val Cadieu erreichten, mußten die Holzfäller und Straßenbauer ihre Arbeiten unterbrechen.

Auf Ersuchen von Monsieur Robillard, dem Bürgermeister von Saint-Georges, hat Madame Garnaud allen Pionieren von Val-Cadieu posthum den Orden »Pionier des Nordens» verliehen, eine Auszeichnung, die der Bürgermeister ins Leben gerufen hat und deren Schirmherr er ist. An dieser Stelle sei daran erinnert, daß Stéphane Robillard, der heute vierundsiebzig ist, noch ein kleines Kind war, als seine Eltern sich hier niederließen, um unsere schöne Stadt zu gründen.

Gestern hat Robillard in Begleitung einiger Siedler der ersten Stunde etwas Erde von der Parzelle geholt, die bis zuletzt von Cyrille Labrèche bestellt wurde, der auf so tragische Weise ums Leben kam. In einem versiegelten Glasbehälter wird diese Erde im Rathaus von Saint-Georges aufbewahrt. Später soll sie dann einen Platz im Museum über die Geschichte der Kolonisierung bekommen, das in unserer Stadt geplant ist.

Sichtlich bewegt hielt Stéphane Robillard eine kleine Rede. Dann ging er mit Tränen in den Augen zu den Überresten der Kirche, unter deren Trümmern Cyrille Labrèche den Tod fand. Hier las er ein Stück von der Glocke auf, die zu Bruch ging, als sie den Unglücklichen erschlug. Robillard möchte diese Reliquie zur Erinnerung an die Mühen der ersten Siedler in Ehren halten.

Als der Bau der Straße nach Norden beschlossen wurde, hatte sich Robillard bekanntlich mit Nachdruck dafür eingesetzt, daß die Ruinen der Häuser und der Kirche abgebrannt werden, bevor die Trassierungsarbeiten beginnen. Darüber hinaus sollte der Verlauf der Trasse so geändert werden, daß die Gräber der Siedler auf dem Friedhof von Val-Cadieu nicht betroffen wären.

DRITTER TEIL

DER MINISTER

KAPITEL 33

Das Unwetter kommt gegen Mitternacht auf. Der Schnee, der über der Taiga niedergeht, fällt ungewöhnlich dicht und wird vom Nordwind über das ganze Land gepeitscht. Der Sturm beginnt in weiter Ferne, auf dem Packeis vor Grönland. Er überquert das Baffin-Meer und die Baffin-Insel, fegt über die Hudsonstraße und die Ungava Bay, um schließlich den hohen Norden zu erreichen, wo er mit überraschender Wucht und außergewöhnlicher Zerstörungswut zuschlägt. Die Tiere haben sein Herannahen gespürt und sich Schlupfwinkel gesucht. Auch die Inuit und die Indianer haben mit ihm gerechnet, doch die Weißen trifft das Unwetter völlig unerwartet. Eine ähnliche Sturmwut bringt Mitte November den Winter, wie eine donnernde Ohrfeige bricht er mit einem Schlag über das Land herein. In den Dörfern verkriecht sich alles in die warmen Häuser. In ihrem Wigwam lauschen die alten Wabamahigans dem Wüten des Himmels und sorgen dafür, daß ihr Feuer nicht ausgeht, das die Holzscheite gierig verschlingt.

Auf allen Baustellen rund um die James Bay kämpfen viertausend in der Taiga verstreute Männer gegen den Tornado und versuchen, das Material und die Gerätschaften vor dem Schlimmsten zu retten. Vielerorts können Lastwagen nicht weiterfahren, werden Maschinen gestoppt, und Konvois rollen blind im Schrittempo, bis sie schließlich mitten im Wald anhalten müssen. Kein Flugzeug, kein Helikopter kann starten.

Eine weiße Wand ist mit einem Mal aufgezogen und ragt von der Erde bis zu den grauen, nicht sichtbaren Wolken hinauf.

In Saint-Georges-d'Harricana herrscht fast völlige Dunkelheit. Nur ein paar Autoscheinwerfer sind im Schneegestöber auszumachen. Die Stromversorgung ist unterbrochen, Strommasten sind umgefallen, die Telefonleitungen tot.

Bis ins Tal des Sankt-Lorenz-Stroms bahnt sich der Orkan seinen Weg, indem er den Wald niederwalzt. In Montreal wie in Quebec, in Trois-Rivières wie in Ottawa gehören die Straßen ganz den wütenden Elementen. Dennoch fahren Autos, und Menschen, die sich gegen das Unwetter stemmen, strömen eilig in Hauseingänge. Diejenigen, die hoch oben in den Wolkenkratzern leben oder arbeiten, können die Lichter unten auf der Straße nicht mehr erkennen. Sie haben nichts als dieses schwindelerregende, irrsinnige Schneetreiben vor Augen.

In ganz Labrador, im gesamten hohen Norden, in Quebec wie in Ontario sind die einzigen, die nichts von dem Unwetter sehen, die Bergwerksarbeiter und die Männer auf den großen Baustellen, die schon riesige Stollen in das Felsgestein gebohrt haben. In diesen Gewölben, in die man Kathedralen hineinbauen könnte, kämpfen Maschinen, groß wie dreigeschossige Wohnhäuser, gegen den Berg an. Kräne füllen bis zu dreihundert Tonnen Gestein auf Lastwagen, die ihre Ladung draußen abladen. Die Fahrer haben schon so viele Unwetter erlebt, daß sie ihr Tempo kaum verlangsamen. Wenn die Wagen leer wieder in den Tunnel fahren, fällt der Schnee in dicken Klumpen von der Karosserie, und die Räder, die mannshoch oder noch höher sind, verwandeln den Boden in einen morastigen Untergrund. Die Arbeiter, die blaue Helme über ihren wollenen Mützen tragen, fahren mit ihrer Arbeit ungerührt fort. Diejenigen, die draußen arbeiten, bemühen sich nach Kräften, zu reparieren, was die immer heftiger werdenden Böen an Schäden angerichtet haben. Radioantennen und Relais sind weggeweht worden und die Telefonleitungen defekt.

Doch eine Nachricht gelangt – keiner kann sich erklären wie – von Montreal in die unendliche Eiswüste. Sie verbreitet sich von Baustelle zu Baustelle, von den Baracken in die Schlafsäle, von den Büros zu den Lastwagen, als wäre es einem Wind von Süden aus gelungen, sich gegen den Tornado durchzusetzen. Ein paar Wortfetzen, die niemand richtig verstanden zu haben glaubt und die niemand weiterzusagen wagt, so unsinnig klingen sie: »Sofortiger Baustop! Sofortiger Baustop ...«

Tausende von Arbeitern sehen sich fragend an.

»Das kann nicht sein!«

Gegen Mittag, als das Grau der Morgendämmerung dem Grau der Abenddämmerung Platz zu machen scheint, gelingt es den Männern, die stundenlang gegen den beißenden Schnee und den tosenden Wind angekämpft haben, eine Telefonverbindung herzustellen. Die Leiter aller Baustellen hören mit. Sie warten auf die Botschaft, die ein Mann, der selbst durch das Unwetter festgehalten wurde, aus einem Büro in Montreal weitergeben wird.

»Gerichtsbeschluß. Anordnung, sofort alle Arbeiten einzustellen. Davon ausgenommen ist lediglich die Wartung der Gerätschaften und die Verpflegung der Männer vor Ort.«

Kaum ist die Nachricht angekommen, reißt eine Bö, die noch stärker ist als die vorherigen, eine Handvoll Bäume aus der Taiga mit sich, und wieder sind Strommasten umgeknickt und die Leitungen tot.

Nur der Wind spricht weiter.

KAPITEL 34

Mit seinem Stock deutet der Schamane zur Nordseite des Wigwams.

»Ich mache mir keine Sorgen, ein Wigwam ist stabiler als ihre verfluchten Häuser.«

Trotz des Sturms, der draußen tobt, verstreicht der Tag im Innern des Wigwams fast ebenso still wie gewöhnlich, bis plötzlich ein gewaltiger Windstoß das Balkengerüst mit seiner Abdeckung aus Rinde und Fellen erschüttert. Die alten Wabamahigans, die sich um das Feuer versammelt haben, bringt das nicht aus der Ruhe. Sie wissen, daß dieses Wetter drei, sechs oder neun Tage andauern wird. So verhält es sich gewöhnlich mit dem Nordwind. Und es ist nicht der erste Orkan, den sie miterleben, auch wenn der Sturm, der seit Mitternacht sein Unwesen treibt, wohl der schwerste von allen ist.

Lediglich zu den Versammlungen des Ältestenrats sind sie bisher ins Dorf zurückgekehrt. Bei diesen Gelegenheiten haben sie festgestellt, daß drei ihrer früheren Häuser bereits eingestürzt sind. Wahrscheinlich haben sich die Jungen einige Bretter oder Dachsparren genommen, doch die Hauptarbeit haben wohl der Schnee, die Regenschauer und der Wind besorgt.

Die Männer flechten Körbe aus Weiden- und Lärchenzweigen. Der Blinde ist der Geschickteste bei dieser kniffligen Arbeit, und Makwa mit seinen großen Pranken hat die größten Schwierigkeiten. Die Frauen bereiten gerade die *sagamite* für das Abendessen zu, als plötzlich das Knattern eines Motorschlittens durch die Sturmböen dringt. Die Hunde stehen auf, aber sie knurren nicht. Direkt vor dem Eingang wird der Motor ausgemacht, und Makwa steht auf, um den Riemen zu lösen, mit dem der fellbespannte Eingang verschlossen ist. Der Wigwam öffnet sich einen Spalt, gerade weit genug, daß eine dick vermummte, gebückte Gestalt hineinschlüpfen kann. Ihr folgt eine zweite, dann schließt Makwa eilig wieder die Öffnung.

Die mit Wolfspelz besetzten Kapuzen werden zurückgeschoben und die Anoraks ausgezogen. Die Lehrerin und der große Damien strahlen beide über das ganze Gesicht. Der Kopf der jungen Frau ist hochrot. Der Fahrtwind und die kalte Nacht haben ihre runden Wangen gepeitscht, über die eine Träne läuft.

Beide setzen sich dorthin, wo für gewöhnlich die Besucher Platz nehmen. Sie sehen erst die Alten an, dann tauschen sie untereinander einen Blick aus. Wer von ihnen soll sprechen? Die junge Frau macht Damien ein Zeichen, der daraufhin mit etwas zu lauter Stimme triumphierend ruft:

»Wir haben es geschafft! Wir haben gewonnen!«

Er ist so außer Atem, als sei er den ganzen Weg zu Fuß gelaufen. Er holt drei- oder viermal tief Luft, bevor er genauso laut fortfährt:

»Denise Rafard ist zu mir gekommen. Sie hatte es mittags im Radio gehört. Dann ... nichts mehr. Der Empfang war plötzlich gestört ... Wir waren nicht sicher ... Sie ist zum Unterricht gegangen, und ich habe den ganzen Nachmittag über an ihrem Radio gesessen. Sie hat das beste im ganzen Dorf. Gerade haben wir es noch einmal gehört.«

Er sieht Denise an, die ihr Einverständnis gibt. Da klatscht er sich auf die Schenkel und ruft:

»Die Arbeiten werden eingestellt. Es ist vorbei ... Wie gern wäre ich in jenem Moment in Montreal bei René, Hervé und den anderen Abgesandten gewesen ... Die sind sicher vor Freude außer sich!«

Da die Alten unentschlossen wirken, dreht er sich zu der jungen Frau um, die daraufhin das Wort ergreift:

»Es stimmt tatsächlich. Ich habe es auch gehört. Das

Gericht in Montreal hat ein Urteil gefällt, das den sofortigen Stop aller Arbeiten verhängt. Es wurden mehrere Erklärungen abgegeben. Selbst der Minister für Indianerangelegenheiten sagt, er sei zufrieden.«

Sie sehen sich einen Augenblick lang schweigend an, dann fährt Damien fort:

»Ich glaube, wir müssen alle Bewohner zusammenrufen, um ihnen diese Neuigkeit mitzuteilen. Du mußt kommen, Häuptling Mestakoshi. Der Schamane auch, und du Nepeshi, weil du im Rat bist.«

»Es ist schon spät«, meint Denise Rafard. »Das hat auch Zeit bis morgen.«

»Nein«, entgegnet Damien. »Das müssen alle erfahren. Wenn Häuptling Mestakoshi nicht kommen kann, werde ich es verkünden.«

Mestakoshi, dessen Gesicht keinerlei Regung erkennen läßt, erhebt sich langsam. Die anderen tun es ihm nach. Damien zieht seinen Anorak an.

»Ich werde alle schon mal benachrichtigen.«

Als er sich zur Lehrerin umdreht, bedeutet sie ihm zu gehen. Die anderen machen sich fertig. Die Frauen ersticken das Feuer, indem sie die Glut mit feuchter Asche bedecken. Die Silhouetten bewegen sich langsam im Halbdunkel, das nun den Wigwam erfüllt. Man hört kaum die Tannenzweige unter den Sohlen knacken. Da das Feuer nur noch schwach glimmt, ist der Geruch der Körper und der Felle stärker wahrnehmbar. Der Häuptling geht als erster hinaus, dann der Schamane und der Blinde. Nepeshi läßt der Lehrerin den Vortritt. Die anderen folgen. Makwa verläßt als letzter den Wigwam und verhängt die Öffnung mit Fellen, die er mit einem großen Birkenklotz beschwert.

Die Nacht ist sehr dunkel. Die Lehrerin macht eine Taschenlampe an. Im hellen Lichtstrahl erkennt man nur, wie dicht der Schnee fällt. Mestakoshi, der sich seine Schneeschuhe angeschnallt hat, meint:

»Mach dein Licht aus. Ich finde den Weg besser im Dunkeln. Du hast keine Schneeschuhe, also gehst du als letzte.«

In einer Reihe hintereinander ziehen sie los, die Dunkelheit scheint fast greifbar. Die Lehrerin folgt Ade, an deren Umschlagstuch sie sich festhält. Als sie schon die Mitte des Friedhofs erreicht haben, können sie die ersten Lichter des Dorfes erkennen. Ihre Helligkeit läßt den wogenden Vorhang, den der Wind um sie webt, noch dichter erscheinen. Das Heulen des Waldes ist leiser geworden, da sich die Windböen an den Dächern der nahen Häuser brechen, wo das Pfeifen des Windes schriller ist.

Als die Alten den Gemeindesaal fast erreicht haben, wundern sie sich, daß sie den großen Generator nicht hören. Hinter den Fensterscheiben sieht man einige Kerzen flackern. Leute kommen herbei. Einige haben Taschenlampen bei sich. Laute Stimmen sind zu hören:

»Der Generator ist kaputt!«

»Wir haben mindestens zwanzigmal versucht, ihn anzuwerfen. Er funktioniert nicht.«

Mestakoshi bahnt sich einen Weg, die anderen aus dem Wigwam folgen ihm. Im Saal riecht es nach Heizöl. Ein Mann kommt schimpfend herein:

»Der ist hin! Ein Stück Blech ist auf das Rohr gefallen, das von den Tanks zum Motor führt. Beide Tanks sind leer und das Rohr ist gebrochen.«

»Man sieht doch genug mit den Kerzen.«

Es herrscht allgemeines Durcheinander. Rufe werden laut, Kinderlachen und ein paar Flüche sind zu hören. Der Häuptling bittet um Ruhe. In diesem Augenblick kommt Damien herein. Der Blinde fragt in die Runde:

»Brauchen Worte Licht?«

»Setzt euch und schließt die Tür«, fordert Damien die Anwesenden auf.

Es dauert etwas, bis schließlich Ruhe eingekehrt ist. Das lange Gebäude ächzt wie ein altes Schiff bei stürmischem

Seegang. Ungefähr zwanzig Kerzen werden in die Luft gehalten. Vier stehen auf einem Tisch hinter dem die Mitglieder des Ältestenrats Platz genommen haben.

»Ist Denise Rafard da?« will Damien wissen.

In der Nähe der Tür regt sich eine Gestalt und die Lehrerin antwortet:

»Ich gehe, wenn du möchtest oder falls du mich nicht brauchst.«

Damien dreht sich zu Häuptling Mestakoshi, der der jungen Frau ein Zeichen macht.

»Ich habe dich gebeten, mitzukommen. Wir halten heute keine Ratsversammlung ab. Und außerdem wissen alle Wabamahigans, daß du eine Freundin bist.«

Es spielt sich noch einmal das gleiche ab wie zuvor wie im Wigwam und fast mit denselben Worten. Doch als der große Damien hier die Neuigkeit verkündet, die im übrigen alle schon kennen, entsteht ein so großer Radau, daß die Scheiben klirren und das Unwetter übertönt wird. Als nach und nach wieder Ruhe einkehrt, verkündet Damien mit Siegermiene:

»Das ist der Beweis dafür, daß wir recht hatten, für unsere Sache zu kämpfen. Wenn unsere Abgesandten zurückkehren, sollten wir vielleicht ein großes Fest feiern.«

Er schaut zu Häuptling Mestakoshi, der zustimmend nickt und sagt:

»Wir werden ein großes Fest feiern. Doch dann sollten wir mehr Kerzen mitbringen.«

Großes Gelächter wogt durch den Raum und hält eine Zeitlang an. Dann, bevor er sich erhebt, meint der Häuptling noch:

»Bleibt zu hoffen, daß dieses Urteil, das von einem Gericht der Weißen gefällt wurde, auch ein echtes Urteil ist. Doch jetzt sollten wir besser alle schlafen gehen und darauf hoffen, daß die Nachricht der Wahrheit entspricht.«

Einige murren zwar, doch nach und nach stehen alle auf.

Das Rücken der Stühle und Bänke und das Scharren der Stiefel vermischt sich mit dem Rauschen des Windes, der diese verrückte Nacht von einem Ende des hohen Nordens zum anderen treibt.

AUSZUG AUS EINEM ARTIKEL IM »ECHO« VON SAINT-GEORGES-D'HARRICANA (16. November 1973)

Mit großem Erstaunen wurde das Urteil des Obersten Gerichtshofs von Montreal aufgenommen, das selbst für die Indianer und Inuit völlig überraschend ausfiel, die mit einer Entscheidung von dieser Tragweite nicht gerechnet hatten. Nun wurde die Begründung des 170 Seiten umfassenden Urteils veröffentlicht, das den Unternehmen, die auf den Baustellen rund um die James Bay tätig sind, mit sofortiger Wirkung untersagt, die Arbeiten fortzuführen, die mit dem Bau von Straßen, Dämmen, Talsperren, Brücken und allen damit verbundenen Vorhaben in dieser Region zusammenhängen.

Das Gericht benötigte elf Monate, um den Forderungen der 7000 Inuit und Indianer zu entsprechen, die sich gegen den Beginn der Bauarbeiten gewehrt hatten.

Doch die Baustellen existieren bereits, und in den vergangenen elf Monaten haben die Arbeiten nicht geruht.

Die befragten Verantwortlichen schätzen, daß bereits mehr als 300 Millionen Dollar ausgegeben wurden. Jeder Tag, an dem auf den Baustellen nicht gearbeitet wird, kostet die Unternehmen voraussichtlich 600 000 Dollar. Die endgültigen Kosten lassen sich jedoch noch nicht beziffern, da man nicht absehen kann, wie hoch die Schäden an Material und Maschinen aufgrund der Stillegung sein werden, die noch zusätzlich durch den Kälteeinbruch erschwert wird.

Der Sieg für die Sache der Ureinwohner führt wieder einmal zu Konflikten zwischen der Provinz Quebec und der Zentralregierung. Beobachter weisen darauf hin, daß der Bundesminister für Indianerangelegenheiten eine Subvention in Höhe von 500 000 Dollar bewilligt hat, damit die Ureinwohner ihre Sache verteidigen können.

Doch wie es scheint, ist der Rechtsstreit noch nicht beendet. Die Elektrizitätsgesellschaft der James Bay hat sofort Berufung gegen das Urteil eingelegt.

KAPITEL 35

Die alten Wabamahigans kehren wegen des Unwetters in ihren Wigwam zurück. Sie entfachen das Feuer, und der Schamane sagt:

»Selbst wenn wir soeben nur kurze Zeit in einem rechteckigen Gebäude zugebracht haben, liebe ich nun unsere runde Behausung noch mehr. Sie verträgt sich besser mit dem Wind.«

Niemand antwortet. Niemand sagt ein Wort über das Urteil der Weißen. Alle legen sich hin, decken sich mit ihren Fellen zu und lauschen der Stimme des Himmels, die hier weniger schrill und viel melodischer klingt als im Dorf.

Auch am nächsten Tag sagt Mestakoshi nichts. Ihr Leben geht weiter, als könne nichts seinen ruhigen Lauf erschüttern. Sie sind wie Pflanzen, die im Schutz der Rinden, der Felle und des Schnees, den der Wind rund um den Wigwam aufgetürmt hat, überwintern. Kein Luftzug dringt mehr herein. Sie müssen sogar, wenn das Feuer nicht mehr stark genug brennt, die Felle am Eingang ein wenig lüften, damit Zugluft hereinkommt und das feuchte Holz sich entflammen kann.

Während des drei Tage währenden schlechten Wetters sind nur die Lehrerin und Vincent gekommen, um ihnen die Neuigkeiten zu berichten. Im Radio wird weiter über das Urteil gesprochen, das die verschiedensten Raktionen ausgelöst hat.

»Ein wahrer Wirbelsturm«, sagt Denise Rafard.

Mestakoshi stellt nur lachend fest: »Ein Sturm, der nur wirbelnde Luft ist, hinterläßt keine Spuren.«

Makwa ruft:

»Ja, aber ehe dieser Wirbelsturm der Worte kam, haben sie das Land beschädigt. Die Wunden werden bleiben.«

»Ich bin zu alt, um noch zu erleben, wie sie verheilen, doch die Taiga vermag, alle Spuren zu tilgen. Solange die Flüsse nicht gestaut sind, ist nichts verloren.«

Vier Tage sind seit dem heftigen Schneesturm vergangen. Plötzlich kam Kälte über das Land. Sie umschließt den hohen Norden mit ihren eisigen Krallen. Sie ist von klarem Blau mit einem fast grünlichen Schimmer, der sich im Morgengrauen und bei Sonnenuntergang blutrot verfärbt, und sie taucht die nicht ganz schneebedeckte Taiga in einen violetten Schein. Nachts nimmt die Kälte noch zu, das Licht ist silbrig schwarz und in der Luft liegt ein metallener Klang. Unglaublich stark ist diese Kälte, und doch so angespannt, daß man meint, sie könne zerreißen.

Wenn Mestakoshi der Kälte lauscht, wie sie knarrt, wie sie die Bäume zerbersten läßt, den Schnee niederdrückt oder an einem Hindernis ächzt, erinnert er sich an die Winter, in denen er Fallen stellen oder jagen ging. Es fällt ihm schwer, sich die Weißen auf ihren festgefrorenen Baustellen vorzustellen. Er sieht nur die mit Schnee und Eis überzogenen Lastwagen vor sich, deren Bilder man ihm in den Zeitungen gezeigt hat. Werden diese Männer, die nichts von der Taiga verstehen, in der Lage sein, in dieser Abgeschiedenheit gegen eine solche Kälte anzukämpfen? Der alte Häuptling, der früher weiße Trapper gerettet hat, verbietet sich zu hoffen, der Winter möge die Männer auf den Baustellen töten.

Ohne ein Wort darüber zu verlieren, erwarten sie die Rückkehr der Abgesandten. Jetzt können die Flugzeuge fliegen. Das Packeis müßte hart genug sein, damit sie landen können. Schon dreimal war am Himmel ein Motorengeräusch zu hören gewesen, doch immer war es zu hoch. Zu weit entfernt. Jedesmal bleiben sie stehen, lauschen, sehen sich fragend an, doch jedesmal entfernt sich das Brummen des Motors, das das Knistern ihres Feuers für einen Moment übertönt hat.

Und dann, an einem Nachmittag – seit der Verkündung des Urteilsspruches sind sieben Tage vergangen – bringt Clément die Lehrerin auf seinem Motorschlitten zum Wigwam. Clément ist über fünfundfünfzig Jahre alt. Auch er ist im Ältestenrat. Er ist nicht mit in den Wigwam gezogen, weil er bei seinen Kindern bleiben will. Er setzt sich neben die Lehrerin, und sofort begreifen alle, daß sie keine gute Nachricht bringen.

Denise Rafards gerötetes Gesicht ist ernst. Cléments Blick wandert von ihrem runden Gesicht hinüber zum Feuer, so als würde er eine Fliege verfolgen. Er ist ein kleiner breitschultriger Mann mit kurzem Hals, der wenig spricht und immer nach Worten sucht. Schließlich sagt er:

»Denise Rafard wird es euch erklären, sie hat es gehört. Im Radio wird Französisch gesprochen ... Das verstehe ich nicht.«

Die Lehrerin atmet tief durch, die Brust hebt sich unter dem schwarzen Pullover mit dem grauen Fischgrätmuster. Mit unsicherer Stimme beginnt sie:

»Anscheinend hat das Berufungsgericht beschlossen, daß die Arbeiten wieder aufgenommen werden dürfen. Es handelt sich nur um eine vorläufige Entscheidung. Es wird ein anderes Urteil geben ... Aber inzwischen können sie weitermachen.«

Mestakoshis Gesicht zeigt nicht mehr Regung als in dem Augenblick, da er von dem Baustop erfuhr. Und wieder ergreift Makwa das Wort:

»Das habe ich mir gedacht! Und Damien ist nur gekommen, um sich lustig zu machen. Um zu sagen, daß die Alten ...«

Da er nach einem Wort sucht, beeilt sich der Häuptling, ihn zu unterbrechen:

»Auch Clément ist im Rat, genau wie Damien.«

Dann an Clément gewandt:

»Wir brauchen keine Versammlung. Die Leute werden es schon wissen.«

Der kleine Mann nickt mit seinem dicken Kopf, der direkt auf den Schultern zu liegen scheint. Er sagt:

»Wir werden mehr erfahren, wenn dein Sohn und Hervé zurückkommen.«

Dann sieht er die Lehrerin an, so als wage er es nicht, sich vor ihr zu erheben. Denise Rafard fügt hinzu:

»Ihr müßt wissen, daß nichts verloren ist. Manchmal ziehen sich Prozesse über Jahre hin.«

Mit einem scharfen Ton in der Stimme, den man von ihm nicht gewohnt ist, ruft Nepeshi:

»Wenn sie die Arbeiten erst verbieten, wenn unser Strom kein Wasser mehr hat, ist es zu spät.«

»Die Taiga wird sich verteidigen«, meint der Schamane.

Die Lehrerin erhebt sich und zieht ihren Anorak an. Clément folgt ihrem Beispiel, und sie gehen hinaus. Mestakoshi folgt ihnen, und man hört sie miteinander sprechen, ohne die Worte verstehen zu können.

Die anderen bleiben wie versteinert zurück. Nur der Widerschein des Feuers belebt ihre Augen.

KAPITEL 36

Kein Mensch versteht es, so starke Dämme zu errichten wie die Biber. Niemand kann so gut Kanäle bauen wie sie, um Holz über das Wasser zu treiben.

Seit Menschengedenken haben die Biber nie einen Baustop eingelegt. Ohne Unterlaß bauen sie Deiche und Hütten mit dem Holz des Waldes, dem Schlamm der Wasserläufe und dem Torf der Moore. Dennoch wachsen die Bäume weiter, dennoch folgen die Flüsse ihrem alten Bett, dennoch geht das verborgene Leben in der Tiefe der Torfmoore weiter und dennoch spielen Sonne und Wind in den Tälern.

Wenn wir an unser Fallengelände im Hochland denken, wie könnten wir uns vorstellen, daß das Wasser eines Tages bis zu den Baumwipfeln steigen würde, ohne daß das Ende der Welt gekommen wäre? Wie soll es den Menschen gelingen, aus dieser Erde wieder das zu machen, was sie vor dem Zurückweichen des Wassers war, ohne den Zorn der Götter zu erregen?

Wie sollen unsere Augen diese Dinge mitansehen, und wohin müssen wir fliehen, um das alles noch zu erleben?

Wie könnten wir uns auch nur vorstellen, daß ein einziger unserer Flüsse aufhören würde zu fließen?

Die Stromschnellen müssen in der hellen Sonne über die Felsen sprudeln, nur so kann sich ihr Zorn erschöpfen. Die Karibuherden, die auf Wanderschaft sind, müssen die Flüsse dort überqueren können, wo sie es seit Jahrtausenden gewohnt sind, die Lachse müssen ihren altvertrauten Weg wiederfinden, um zu ihren Laichplätzen zu ziehen.

Wie hätten wir uns vorstellen können, daß die Menschen uns eines Tages zwingen würden, das Gebiet zu verlassen, in dem die Wabamahigans seit so langer Zeit leben?

Wie hätten wir uns vorstellen können, daß eines Tages

jene Flüsse verschwinden würden, die so viele Generationen von Indianern mit ihren Kanus befahren haben und die uns seit der Ankunft unserer Vorfahren mit ihren Fischen ernährt haben?

Und wer wäre hochmütig genug, sich mit diesen Flüssen messen zu wollen?

Wir haben weder Kälte noch Schnee, weder Bären noch Wölfe, noch die Gewalt der Stromschnellen gefürchtet, und heute, so kurz vor unserem Tod, fürchten wir die Menschen und ihre Gesetze, die nicht die unseren sind. Wir haben Angst, daß uns unser Boden, den wir so fest unter unseren Füßen spürten, gestohlen wird.

KAPITEL 37

Vielleicht liegt es an dem klaren, schönen Wetter, daß die Anordnung, die Arbeiten wieder aufzunehmen, viel leichter zu den Baustellen durchdringt, als sieben Tage zuvor die Anordnung, den Bau zu stoppen? Ob sie per Radio, per Telefon, per Flugzeug, per Hubschrauber, per Lastwagen oder per Motorschlitten überbracht wird, überall löst sie große Freude aus. Die Männer aus Quebec, die hier arbeiten, gehören zum alten Schlag der Pioniere. Vom Bauleiter mit Ingenieurabschluß bis zum einfachsten Hilfsarbeiter – alle haben sie diese wilde Entschlossenheit im Blut, dem Boden all seine Reichtümer zu entreißen.

Dabei verdammen die Pressestimmen, die zu ihnen vordringen, fast einhellig dieses ungeheuere Abenteuer.

»Wir müssen gegen das Felsgestein kämpfen und auch gegen jene, die als erste die Früchte unserer Arbeit ernten werden.«

Sie scherzen. Aber sie fragen sich auch, ob sie gut daran getan haben, diese Herausforderung anzunehmen. Aber gerade weil es eine Herausforderung ist, gerade weil man ihnen ständig wiederholt hat, daß sie eines der größen Abenteuer unserer modernen Zeit miterleben, sind sie stolz darauf dabeizusein.

Einige leben noch in Zelten, andere in Baracken aus Spanplatten. Sie heizen mit großen Ölöfen. Tag und Nacht laufen die Generatoren, damit sie Licht haben. Ihre größte Furcht ist es, daß das Flugzeug, das ihnen das Benzin bringt, auf den zugefrorenen Seen nicht landen kann, über die ein heftiger Wind fegt, der urplötzlich Wolken von Pulverschnee aufwirbelt.

Wird einer von ihnen ernsthaft verletzt, gibt es nur einen Erste-Hilfe-Koffer. Keinen Arzt, selten einen ausgebildeten Krankenpfleger. Während sie auf ein Flugzeug oder einen Hubschrauber warten, müssen sich die Verletzten unter einem Zeltdach vor Schmerzen winden, weil ein Gesetz, das die Männer bei jedem Unfall verfluchen, den Besitz oder Gebrauch von schmerzlindernden Mitteln verbietet, sofern nicht ein Arzt anwesend ist, um sie zu verschreiben. Ein abgetrennter Daumen, ein von der Kettensäge zerfetzter Oberschenkel, ein vom Felsen zerquetschter Fuß, immer muß man, in zehn Decken gewickelt, auf dem eisigen Metallboden eines ungeheizten Flugzeugrumpfs bis Matagami geflogen werden.

Das Leben auf den Baustellen ist hart. Ein Mann sagt:

»Ich weiß nicht, ob die Siedler in den Zeiten Champlains so sehr gelitten haben.«

Die anderen lachen. Ein ölverschmierter Mechaniker erwidert:

»So weit braucht man gar nicht zurückzudenken. Mein Vater war 1934 Siedler in Abitibi, und ich kann dir sagen, das war noch schlimmer!«

Ihr Leiden macht diese Männer stolz. Auf der Baustelle LG2, der größten von allen, sind schon 150 Arbeiter beschäftigt. Unter ihnen ist auch ein »Alter«. Schon fast vierzig. Er gehörte schon zu der Mannschaft, die die ersten Erkundungen vornahm. Wenn er abends im Essenszelt, in dem sich fünfzig Männer drängen, erzählt, hängen alle an seinen Lippen. Man verlangt nach seinen Geschichten. Jeder Neuankömmling soll sie hören, und alle anderen hören noch einmal zu. Vergißt der Veteran eine Kleinigkeit, so erinnert sich gleich jemand an seiner Stelle:

»Und das, willst du ihm das nicht erzählen?«

Sie haben ihm so oft zugehört, daß sie den Eindruck haben, dieses Abenteuer von seinen schwierigen Anfängen an mit ihm zusammen erlebt zu haben. Der Kampf war noch härter, der Schmerz und die Gefahren noch schlimmer, aber welche Freude, später sagen zu können:

»Ich war als einer der ersten bei den Arbeiten in der James Bay dabei!«

KAPITEL 38

Der Winter hat sich über die Erde und das Eis des Nordens gelegt. Vincent kommt regelmäßig mit einigen Kameraden, um die Geschichten der Alten zu hören. Das offene Feuer auf einer richtigen Feuerstelle zieht sie ebenso an wie diese geheimnisvollen Menschen aus einer anderen Zeit, die ein Leben leben, das für sie wie ein abenteuerliches Spiel aussieht. An ruhigen, klaren Tagen nehmen Mestakoshi und Nepeshi sie manchmal mit, um Schneehühner zu jagen und die Schlingen zu inspizieren.

Auch der Priester kommt von Zeit zu Zeit. Aber die Lehrerin ist die treueste Besucherin.

Jedesmal, wenn das Flugzeug nach Poste-de-la-Baleine auf dem Packeis vor der Insel landet, fahren einige Männer auf ihren Motorschlitten hin, um zu hören, was es Neues gibt. Abends kommen René und öfter noch Hervé die Alten besuchen. Und jedesmal hören diese dasselbe, ohne je etwas dazu zu sagen.

»Unsere Anwälte kommen voran. Es wird ein neues Urteil geben.«

Der einzige, der sich nicht zurückhalten kann, ist Makwa. Er brummt wie ein verärgerter Bär:

»Mit Sicherheit werden die Maschinen, die die Berge zerstören, schneller vorankommen als die Anwälte.«

Ende Februar kommen die Trapper aus dem Hochland zurück. Keiner von ihnen zeigt sich im Wigwam.

Der Schamane bemerkt:

»Zu meiner Zeit wäre es undenkbar gewesen, daß ein Mann ins Dorf zurückkehrt, ohne dem Häuptling einen Besuch abzustatten.«

Mestakoshi sagt nichts. Makwa begegnet ihnen im Wald, ebenso begegnen ihnen Nepeshi, Kinoje und Odosi, seine Frau, die vieles von ihrer Tochter erfährt. Vincent bringt Zeitschriften, in denen Bilder von den Arbeiten zu sehen sind. Er übersetzt die Artikel so gut er kann, oft tut es auch die Lehrerin.

Die Alten pressen nur die Lippen zusammen.

Es wird Frühling. Das Packeis knistert, der Strom führt wie jedes Jahr große Eisblöcke mit sich. Aus den Sümpfen erheben sich Myriaden von Stechmücken. Ständig brennt ein Räucherfeuer vor dem Wigwam. Bald wird für das Fleisch der Wildenten, die die Jäger erlegen, das Feuer in der Räucherhütte entfacht.

Das Leben verläuft nach diesen uralten Bräuchen, die vergessen lassen, welche Bedrohung auf all dem lastet, was seit so langer Zeit besteht.

Kaum sind die Eisblöcke von der Mündung ins Meer getrieben, erfährt man aus dem Radio, daß sich ein Minister und sein Gefolge mit dem Flugzeug auf den Weg gemacht haben, um den Indianern der James Bay einen Besuch abzustatten. Sie wollen auch auf die Longue Ile kommen, wo die Wabamahigans leben.

Triumphierend verkündet es der dicke Damien Häuptling Mestakoshi:

»Siehst du, sie kommen. Das beweist, daß sie unsere Stärke erkannt haben. Sie haben Angst.«

»Wenn es wirklich ein wichtiger Minister ist, der zu uns kommt, dann bedeutet das, daß sie unser Land wollen.«

»Es ist ein wichtiger Minister, und du mußt ihn empfangen.«

»Das hängt davon ab, was er will.«

»Das erfährst du, wenn er es dir sagt.«

Mestakoshi läßt Damien stehen, ohne ihm weiter zu antworten. Dann kommen René und Hervé.

»Du mußt dabeisein.«

»Nicht bevor ich nicht weiß, woher der Wind weht.«

Sie diskutieren eine Weile, dann hebt der Häuptling die Stimme und erklärt mit beeindruckender Feierlichkeit:

»Ich bin der große Häuptling der Wabamahigans. Der Minister, der uns aufsuchen wird, ist für den großen Häuptling der Weißen das, was du für mich bist, mein Sohn. Du wirst mit ihm sprechen. Dann wirst du mir sagen, was er von uns will. Wenn sein Wunsch mit unserer Auffassung von der Erde und mit meiner Würde in Einklang steht, werde ich hingehen. Du hast selbst gesagt, daß sie uns nicht besuchen, um unsere Unterschriften einzuholen, sondern um uns Erklärungen zu geben. Die würde ich nicht verstehen. Meine Anwesenheit würde bei dem Zusammentreffen nur hinderlich sein.«

Er schweigt. Sie stehen im Qualm des Räucherfeuers vor dem Wigwam. Die Sonne ist warm. Es ist Mitte Juni.

Die Blicke der Alten ruhen auf Hervé und René, dessen Haltung zeigt, wie stolz er über den Auftrag ist, den Minister zu empfangen. Sein Vater schweigt lange, bevor er hinzufügt:

»Bitte auch Denise Rafard dabeizusein. Sie wird die Sachen in ihrem Heft aufschreiben. Wenn ihr zu mir kommt, soll sie euch begleiten.«

Hervé ist einverstanden. Er scheint mit dieser Entscheidung zufrieden. René hingegen weniger.

»Ich habe gesprochen«, sagt der alte Häuptling und wendet sich zum Eingang des Wigwams.

Die beiden Ratsmitglieder machen sich auf den Weg. Sie haben sich schon bis zur Mitte des Friedhofs entfernt, als Nepeshi sagt:

»Wenn du willst, kann ich hingehen.«

»Ich auch«, erklärt Makwa eilig.

Der alte Häuptling blickt in die Runde, so als wolle er daß seine innersten Gedanken tief in die Herzen der anderen eindringen. Dann sagt er in mildem Ton:

»Es kann hingehen, wer will.«

Niemand antwortet. Alle wissen, daß keiner von ihnen den Minister treffen will.

KAPITEL 39

Die Tage vergehen, ohne daß viel über den angekündigten Besuch gesprochen wird. Im Wigwam geht das Leben fast weiter, als sei nichts geschehen. Makwa geht oft ins Dorf. Der Bär braucht den Kontakt zu anderen. Manchmal scheint er hin und her gerissen zu sein zwischen dem Wunsch nach einem betriebsameren Leben und dem Bedürfnis, ein ruhiges Dasein zu führen, das den alten Traditionen entspricht. Doch in erster Linie ist er von neugierigem Natruell und an allem interessiert. Kinoje und Odosi besuchen von Zeit zu Zeit ihre Kinder.

»Ich brauche nicht ins Dorf zu gehen, um mir vorzustellen, was da los ist«, meint der Blinde. »Ich sehe zwar nichts, aber ich kann es euch ganz genau sagen. Sie sitzen alle auf glühenden Kohlen. Sie halten es vor Ungeduld nicht mehr aus und schmücken den Gemeindesaal wie zu Weihnachten.«

Am selben Abend erzählt Vincent voller Verachtung von den Vorbereitungen. Und er fügt hinzu:

»Wir haben auch einen Ältestenrat gebildet.«

»Wieviele seid ihr?« fragt Ade.

»Vier.«

»Wer ist der älteste?«

»Nun, ich.«

»Das ist nicht übel«, bemerkt der Schamane, »der älteste von allen ist elf Jahre alt.«

»Genau. Und wenn sie ihren Minister empfangen, dann kommen wir zu euch.«

»Nein«, entscheidet Mestakosi. »Ihr geht mit den anderen.«

Vincent antwortet nicht. Er sieht den Häuptling an, als wolle er sagen, das werde man ja noch sehen.

Am darauffolgenden Tag berichtet die Lehrerin:

»Wißt ihr, was Vincent mit seinen drei Ratsmitgliedern macht? Sie bauen einen Wigwam am anderen Ende des Dorfs.«

Keiner sagt etwas, doch in mehr als einem Blick ist Rührung zu lesen. Gleich am nächsten Morgen macht sich der Häuptling im Morgengrauen allein auf den Weg. Er geht durch den Wald zum Nordufer der Insel. Dieses Gebiet ist ein Dickicht, in das man sich, ausgenommen im Frühjahr und im Herbst, wenn Zugvögel geschossen werden, nur selten vorwagt. Schwärme von fliegendem Ungeziefer steigen von dem sumpfigen Boden auf. Mestakoshi hat seine wollene Kappe über die Ohren gezogen, als müsse er sich vor großer Kälte schützen. Er pafft seine Pfeife in tiefen Zügen. Häufig wischt er sich mit seinem inzwischen blutverschmierten Handrücken über die Augen.

Der Bau der Kinder ist nicht schwer zu finden. Damit man sie vom Dorf aus nicht sehen kann, haben sie sich dorthin zurückgezogen, wo der Wald am dichtesten ist. Sie haben so viele Rottannen geschlagen, wie sie für das Gerüst ihres Wigwams und für den Boden aus Astwerk benötigen, und haben so einen beachtlichen Platz freigelegt. Der Boden ist festgestampft. Sie haben Steine für eine Feuerstelle im Innern herbeigeschleppt und, als wollten sie auch eine Räucherhütte errichten, für eine zweite vor dem Wigwam.

Der sieht genauso aus wie der der Alten, nur daß er der Größe der Kinder entspricht. Das Dach aus Rinde ist schon zu drei Vierteln fertig. Mestakoshi nähert sich und untersucht es aufmerksam. Er bewegt sich vorsichtig, so als habe er Angst, etwas kaputtzumachen. Seine breite Hand prüft, ob alles solide ist.

Vincent und seine Freunde haben sich einige alte Elch- und Karibufelle beschafft. Der Häuptling erkennt die Lederriemen, die er in seinem Schuppen zurückgelassen hat. Diese abgenutzten, oft geflickten Riemen reichen aus, um vor den Augen des Häuptlings das Bild von acht prächtigen Schlittenhunden entstehen zu lassen, die um den Wigwam springen. Eine flüchtige, aber schmerzliche Vision.

Es ist nicht der erste Wigwam, den die Kinder bauen. Doch nie zuvor ist er so groß gewesen, und nie haben sie ihr Werk ganz zu Ende gebracht. Meistens blieben sie in der Nähe des Dorfes und benutzten altes Eisen, Konservenbüchsen, Plastikflaschen und Kanister für den nach allen Seiten geöffneten Bau. Diesmal hingegen haben sie nur Dinge aus der Natur benutzt.

Das Herz des alten Häuptlings ist schwer, als er sich voller Bedauern entfernt, ganz darauf bedacht, nur nichts zu verändern, was seinen Besuch verraten könnte.

Vier Abende vergehen, ohne daß Vincent den Alten besucht. Der Häuptling fragt sich ängstlich, ob der Junge nicht Wind von seinem Besuch bekommen hat. Als er schließlich kommt, fragt ihn Ade sofort, was geschehen sei.

»Ich hatte zu viele Hausaufgaben auf.«

Dann, nach einer Woche, die um so länger scheint, da niemand über die Angelegenheit spricht, ist der große Tag gekommen.

Mestakoshi verläßt den Wigwam nicht, der Blinde und der Schamane bleiben bei ihm. Doch die anderen sind schon eine gute Weile draußen neben dem Räucherplatz, als man das Wasserflugzeug hört. Zweimal kreist es über der Longue Ile, ehe es schließlich auf dem Strom landet. Das Wasser steht schon hoch. Der Nachmittag ist noch nicht zur Hälfte verstrichen, der Himmel ist klar, der Wald schweigt.

Der Häuptling ist, ebenso wie der Schamane und der Blinde, nicht im geringsten versucht, das Zelt zu verlassen. Es ist, als wollten sie nichts von all dem wissen, was um sie herum vorgeht. Hier können sie auch nichts hören. Doch schon bald kommt Ade, um ihnen zu erzählen.

»Auf alle Fälle ist er nicht allein, mindestens vier sind

mit ihm gekommen. Und ich glaube, auch im Flugzeug sitzen noch welche.«

Es ist, als würde sie zu einem Holzklotz sprechen. Sie zögert. Die anderen kommen herein, und Nepeshi verkündet:

»Ich gehe an der Spitze der Insel fischen.«

Makwa ruft:

»Ich komme mit.«

Sie gehen hinaus. Eine Weile hört man sie sprechen, während sie ihre Angelgeräte vorbereiten, dann herrscht Stille. Der Tag ist ruhig. Der Wigwam ist weit geöffnet, doch man sieht nur die Feuerstelle, hohes Gras und darüber die Spitzen der Rottannen, die in den Himmel ragen, an dem drei kleine weiße Wölkchen schweben. Kein Lüftchen regt sich.

»Sie werden nichts fangen«, bemerkt Kinoje.

»Das wissen sie«, entgegnet Mestakoshi lächelnd.

Kinoje deutet auf das Damespiel, der Häuptling nickt. Sie rücken näher ans Licht, setzen sich einander gegenüber und spielen. Die Frauen haben ihre Arbeit wieder aufgenommen. Ade und Odosi schneiden Lederriemen, Amo ist im Wald. Nur der Schamane und der Blinde bleiben noch hinten im Wigwam. Der Blinde erzählt von einer Karibujagd, bei der sein Vater und er einem weißen Trapper zu Hilfe kamen, der sich den Arm gebrochen hatte, als er in eine Fallgrube stürzte.

»Bis zu seinem Tod kam der Trapper uns jedes Jahr bei unseren Fallen besuchen. Er hat mir ein Messer gegeben und wollte ein ganz kleines Fell dafür. Das war nach seiner Auffassung nötig, damit das Messer unsere Freundschaft nicht zerschneidet.«

Die Tage sind schon lang, doch die beiden Fischer kommen erst nach Sonnenuntergang zurück. Sie haben nicht viel gefangen. Kaum haben sie ihre Angeln abgestellt, erheben sich die Hunde und sehen zum Dorf hinüber.

»Da kommt jemand«, sagt Makwa.

Mestakoshi und Kinoje kommen zu den anderen nach draußen.

»Es ist Denise Rafard. Sie rennt.«

Die Lehrerin ist ganz außer Atem. Ihr Gesicht ist noch mehr gerötet als sonst. Als sie sich den Schweiß von der Stirn wischt, zerquetscht sie auch einige Stechmücken, deren Blut sie bis zur Nase verschmiert. Mit abgehackten Worten wendet sie sich an den alten Häuptling:

»Du mußt kommen. Und der Schamane und die anderen auch.«

»Was ist geschehen?«

»Sie wollen den Minister nicht gehen lassen. Die Frauen und auch einige Kinder sind außer sich. Damien hat den Sekretär des Ministers geschlagen. Sie sagen, sie wollen ihn festhalten und ihm nur verdorbenen Fisch zu essen geben.«

»Kommt!«

Häuptling Mestakoshi hat zu allen gesprochen. Ohne sich Gedanken darüber zu machen, ob sie ihm folgen können, hastet er los. Denise Rafard beeilt sich, neben ihm herzulaufen.

»Dein Sohn und Hervé wollten den Saal nicht verlassen, um dich zu holen, sie sind sie die einzigen, die die anderen noch daran hindern, die Weißen zu verprügeln.

»Was haben sie denn gesagt?«

»Nicht viel. Keiner versteht den anderen. Die Frauen wollen auf der Stelle alles, andere fordern, daß die Arbeiten eingestellt werden. Sie sind sich untereinander nicht einig, und der Minister kommt nicht zu Wort.«

Mestakoshi schweigt. Als sie sich nähern, dringt lautes Geschrei zu ihnen herüber.

KAPITEL 40

Als Mestakoshi die Tür zum Gemeindesaal öffnet, hat das Durcheinander seinen Höhepunkt erreicht. Die wenigen, die ihn hereinkommen sehen, schweigen und setzen sich. Die anderen, von denen viele auf ihre Stühle gestiegen sind, brüllen weiter. Gegenüber auf einem Podium haben dicht nebeneinander die Ratsmitglieder und die fünf Weißen Platz genommen. Der Minister sitzt neben René. Alle haben sie ihre Krawatten gelockert und die Hemdkragen geöffnet. Ob braun oder weiß, die Gesichter glänzen vor Schweiß. Die Blicke sind wütend oder beunruhigt. Der Boden ist mit Papierkugeln übersät, von der Decke hängen abgerissene Girlanden. Auch an den Seiten, in den Fensternischen und in der Tür, drängen sich die Dorfbewohner. Zwei Schritte von Mestakoshi entfernt brüllt eine junge Frau mit schriller Stimme:

»Wir werden mit Gewehren auf eure Staudämme schießen!«

Mestakoshi tritt vor, legt seine breite Hand auf den Arm der Furie und drückt so fest zu, daß es ihr weh tun muß. Die Frau fährt, bereit zuzubeißen, herum. Der Haß in ihren Augen verwandelt sich in Furcht. Ihre Lippen zittern. Ruhig sagt der Häuptling:

»Setz dich hin.«

Sie zieht sich verlegen zurück. Wenige Augenblicke später entdecken alle den alten Häuptling, der von Nepeshi, Makwa und Kinoje gefolgt wird. Sofort herrscht angespannte Stille. Eine Stille, dicht wie der blaue Dunst, der unter den elektrischen Lampen hängt. Plötzlich ist nur noch das laute Brummen der Generatoren zu vernehmen. Dann kommen, ein wenig atemlos, die anderen Alten in Begleitung der Lehrerin. Mit belegter Stimme gibt René einen Befehl. In der ersten Reihe entsteht ein kurzes

Durcheinander, dann werden Stühle direkt vor das Podium geschoben. Hier nehmen die Alten Platz, nur der Häuptling, der Schamane und Nepeshi steigen auf das Podium. Der Minister und seine Leute erheben sich. Ehe er auf sie zugeht, wendet sich der Häuptling um, hält Ausschau nach Denise Rafard und macht ihr ein Zeichen, zu ihm zu kommen. Erst als sie bei ihm ist, geht er die beiden letzten Schritte auf die Weißen zu. Sein Gang und seine Bewegungen sind gemessen, wie durch das dichte Schweigen verlangsamt. Er schüttelt die Hände, die sich ihm entgegenstrecken.

Der Minister ist nur wenig kleiner als der alte Häuptling. Er hat ein volles Gesicht und eine hohe Stirn, das schwarze Haar ist zurückgekämmt. Die braunen Augen haben einen offenen Blick. Er lächelt. Sein Händedruck ist kräftig. Langsam erklärt er auf französisch:

»Mademoiselle Rafard hat uns schon sehr geholfen. Sie soll übersetzen. Sie kennt die Sprache der Wabamahigans besser als mein Dolmetscher.«

Der Mann mit der dicken Brille, der ein wenig abseits steht, erklärt in der Sprache Mestakoshis:

»Das stimmt, ich hatte nie das Glück, in Odenamanitak zu leben.«

»Du kannst kommen und bei uns leben«, entgegnet der Häuptling. »Denise Rafard wird dir bestätigen, daß das Leben hier gut ist.«

Sobald der Satz übersetzt ist, meint der Minister:

»Das Leben ist gut, wenn man die Gefangenen nicht zwingt, verdorbenen Fisch zu essen.«

Im Saal wird Gelächter laut, das jedoch verebbt, sobald Mestakoshi die Hand hebt. Die Gesichter werden ernst.

»Du bist kein Gefangener, du bist unser Gast. Wenn du Hunger hast, werden wir dir das Beste von unserem Besten geben. Du bist nicht den ganzen Weg auf deinem Vogel hierhergekommen, um mit Zorn empfangen zu werden.«

»Ich bin glücklich, die Alten zu treffen und festzustellen, daß es der Wahrheit entspricht, wenn man lobend von der großen Weisheit des Häuptlings Mestakoshi spricht.«

Als die Lehrerin übersetzt, erhebt sich Gemurmel. Mestakoshi bringt es zum Verstummen. Er nickt. Der Minister fährt fort:

»Ich bin zu dir gekommen, weil du von uns beiden der Ältere bist. Ich mußte die Reise auf mich nehmen, da du dich weigerst, dort hinzukommen, wo wir leben. Ich bin als Freund und voller Vertrauen gekommen. Ohne Polizeischutz. Ich bin hier, um mit dir zu sprechen und zu einer Übereinstimmung zu gelangen.«

Der Häuptling antwortet ruhig:

»Ich bin nicht gekommen, um mit dir zu sprechen. Ich bin gekommen, weil man mir gesagt hat, daß du nicht empfangen wurdest, wie es einem Besucher gebührt.«

Leises Gemurmel und Gelächter, das der Häuptling mit einem Blick zum Schweigen bringt, während die Lehrerin übersetzt. Der Minister lacht und sagt:

»Ich habe mir schon gedacht, daß ein solcher Empfang bei deinem Volk nicht Brauch ist. Aber ich möchte, daß du zuhörst und daß dein Volk zuhört, was ich zu den Arbeiten zu sagen habe.«

Noch ehe die Übersetzung beendet ist, schüttelt Mestakoshi den Kopf. Dann entgegnet er, noch immer mit derselben Ruhe und Überlegenheit:

»Ich weiß, daß ihr begonnen habt, Staudämme und Straßen auf unserem Land zu bauen. Das einzige, was ich sehe, ist, daß ihr das getan habt, ohne uns um Erlaubnis zu fragen.«

Im Saal erhebt sich ein unwilliges Brummen. Eine Woge erfaßt die Köpfe. Der Häuptling macht eine heftige Handbewegung, so als wolle er einen Hasen töten. Sofort kehrt Ruhe ein.

»Ich bin gekommen, um mit euch darüber zu sprechen«, sagt der Minister.

Häuptling Mestakoshi deutet auf das papierübersäte Podium, den Saal mit der zefetzten Dekoration und die wogenden Köpfe.

»An einem vom Zorn beschmutzten Ort spricht man nicht über wichtige Dinge. Wenn man geschrien und andere bedroht hat oder bedroht wurde, spricht man nicht über wichtige Dinge. Der Geist der Klarheit wohnt nicht mehr in den Köpfen.«

Der Minister beugt sich zu einem seiner Begleiter und spricht leise mit ihm, dann wendet er sich an Mestakoshi und sagt:

»In einer Stunde hat der Fluß nicht mehr genug Wasser, damit mein Flugzeug starten kann. Wenn du uns beherbergen und uns deinen Schutz zusichern kannst, bleiben wir hier.«

Ohne zu überlegen, antwortet Mestakoshi:

»Hier bist du in Sicherheit.«

Der Minister sieht ihn einen Augenblick prüfend an.

»Ich möchte unter deinem Dach schlafen.«

Vereinzeltes Gelächter.

»Mein Dach ist ein Wigwam.«

»Ich möchte in deinem Wigwam schlafen.«

Würdevoll erklärt der Häuptling:

»Es wäre eine große Ehre für mich und für mein Volk.«

AUSZUG AUS DEM BRIEF EINES BEAUFTRAGTEN FÜR INDIANERANGELENHEITEN AN DEN INDUSTRIEMINISTER

Die Inuit und die Amerindianer verfügen noch über die Geduld der Alten, die Jungen hingegen schon viel weniger, und es ist zu befürchten, daß ihre Kinder überhaupt keine Geduld mehr haben werden. Werden sie sich zu Terroristen entwickeln? Niemand weiß es. Sie haben sicherlich schon gehört, daß sie in Saint-Régis damit anfangen, Löcher in die Straße zu graben, wenn sie nicht zufrieden sind. Ich glaube, wir vertrauen viel zu sehr auf die ewig währende Geduld der Trapper. Die Jungen sind zumeist keine Trapper mehr und sehr viel weniger geduldig. Und sie werden noch weniger Geduld haben, wenn man ihnen erst das Land genommen hat, wo sie ihre Fallen stellen.

Wenn Sie die Hochspannungsleitungen durch ihr Land gelegt haben, um den US-Amerikanern Strom zu verkaufen, wird es den Amerindianern ein Leichtes sein, ihre Forderungen durchzusetzen, indem sie die Masten sprengen. Vergessen Sie das nicht. Und sicherlich wissen Sie auch, daß einige von ihnen schon behaupten, Sie hätten vor, ihr Land an die USA verkaufen.

AUSZÜGE AUS DEM BRIEF EINES JESUITENMISSIONARS

Ich gehe manchmal in ein Dorf der Wilden, wo einige Alte sehr stark an ihrem Glauben hängen und sich nicht bekehren lassen wollen. Und dennoch bietet mir gerade der härteste Gegener von allen, weil er der Häuptling ist und das schönste und größte Zelt bewohnt, für die Feier der Eucharistie seine Gastfreundschaft an, wenn es zu kalt ist, um die Messe im Freien zu lesen. Das beeindruckt mich jedesmal zutiefst. Ich habe das Gefühl, daß etwas sehr Schönes und Warmes geschieht, wenn ich unseren Gott an diesem Ort preise, wo man andere Götter verehrt. Es ist ein wenig, als würde ich etwas von der Reinheit des Stalles von Bethlehem wiederfinden. Es scheint mir, daß unser Herr, der bereit ist, sich bei diesen Heiden einzufinden, sich unter den Birkenrinden und Tierfellen wohlfühlen muß ...

KAPITEL 41

Ehe er den Saal verläßt, gibt Häuptling Mestakoshi einige Anweisungen. Makwa und Kinoje sollen am Anlegesteg ein Feuer machen, und dort die Nacht verbringen, um das Wasserflugzeug, in dem der Pilot und der Funker schlafen, zu bewachen. Hervé wird zwei der Berater des Ministers bei sich unterbringen, zwei weitere schlafen bei René. Alle verlassen den Saal unter den Blicken der noch immer schweigenden Wabamahigans. Auf manchen Gesichtern ist noch große Feindseligkeit zu lesen, doch die Autorität des Häuptlings hält sie zurück.

Als sie den Wigwam erreichen, ist es noch Tag. Die Lehrerin, die sie begleitet, fragt Mestakoshi, ob er noch Fragen zu stellen habe.

»Sag diesem Mann, daß mein Dach das seine ist. Die Wabamahigans sind es gewohnt, draußen am Feuer zu schlafen. Wenn er möchte, kann er die Nacht allein verbringen, wir werden ihm den Wigwam überlassen.«

Der Minister bricht in schallendes Gelächter aus:

»Im Gegenteil, ich bin sehr glücklich, bei euch zu sein. Wir werden gemeinsam von Brüderlichkeit träumen.«

Der Blinde wartet ab, bis Denise Rafard fertig übersetzt hat, ehe er sagt:

»Sag ihm, daß meine toten Augen ihn zwar nicht sehen können, doch daß mein Herz ihn durchschaut.«

»Du kannst bis auf den Grund meiner Seele schauen«, entgegnet der Minister, »meine Absichten sind lauter, ich habe nichts zu verbergen.«

Der Minister sagt der Lehrerin, sie könne sich jetzt ruhig zurückziehen.

Dann setzen sich die Alten wie immer um das Feuer. Odosi geht zu Kinoje und Makwa, um ihnen Fladen, Fisch und Tee zu bringen. Als sie zurückkommt, nimmt sie wieder ihren Platz ein. Alle schweigen. Die *sagamité* köchelt in dem schwarzen Kessel.

Nach einer Weile beginnt der Minister zu sprechen. Er behilft sich mit Gesten. Er deutet auf das Feuer, auf den Kessel und dann nach draußen auf den Strom. Mestakoshi kann genug Französisch, um zu verstehen, was der Mann ihm erklären will. Die Staudämme werden den Lauf der Flüsse nicht beeinträchtigen. Die Indianer werden weiterhin fischen und leben können, wie sie wollen. Der Gast spricht langsam und begleitet seine Ausführungen mit wiederholten Gesten. Mestakoshi läßt ihn zu Ende sprechen. Das Gesicht dieses Mannes ist vertrauenerweckend, aber im Handelskontor gab es auch Weiße mit sympathischen Gesichtern, die dennoch die Indianer bestehlen wollten. Mestakoshi nickt von Zeit zu Zeit, und wenn der Minister schweigt, macht er eine bedauernde Geste um zu bedeuten, er habe nichts verstanden.

Ade erhebt sich und verkündet, die *sagamité* sei fertig. Sie nimmt eine Kelle, füllt einen Emaillenapf und reicht ihn dem Minister. Amo gibt ihm einen Löffel. Der Mann hält den glühendheißen Napf einen Augenblick in der Hand, ehe er ihn vor sich auf den Boden stellt. Sobald alle versorgt sind, setzt sich Amo wieder auf ihren Platz, und es herrscht Stille. Alle Blicke sind unverwandt auf das Gesicht des Ministers gerichtet, der der Nacht zu lauschen scheint. Durch die halb geöffnete Tür dringt kühle Luft herein, sie strömt in das Zelt wie ein Quell, der sich über das Feuer ergießt und ihm neues Leben gibt.

Nachtvögel rufen sich von einem Ufer zum anderen zu, ihre Schreie dringen zum Wigwam herüber. Der Minister beobachtet alles aufmerksam. Die Hunde beschnüffeln ihn, und er streichelt sie mit verständiger Hand. Wenn sie versuchen, sich seinem Napf zu nähern, schiebt er sie bestimmt, aber ohne Heftigkeit beiseite. Sobald der alte Häuptling zu essen beginnt, tun es ihm alle nach. Nach zwei Löffeln sagt der Minister zu Amo:

»Das ist gut ... Sehr gut!«

Seine Mimik ist beredt genug, daß die anderen ihn auch ohne Worte verstehen können. Amo lächelt und nickt. Ihr Gesicht mit den vorspringenden Wangenknochen strahlt zufrieden. Dann zählt sie alles auf, was sie in die *sagamité* hineingetan hat, und der Minister nickt bei jedem Wort, so als habe er es genau verstanden.

Während sie essen, wird es langsam Nacht. Ade erhebt sich, um den Wigwam zu schließen. Sobald sie wieder Platz genommen hat, reichen Amo und Odosi geräuchertes Gänsebrustfilet auf Fladen herum, die sie am Morgen frisch gebacken haben. Dann folgen geräucherte Forellen.

Der Minister ißt mit Appetit. Oft wiederholt er, daß alles sehr gut sei, und die Frauen nicken und danken ihm lächelnd.

Als das Essen beendet ist und alle ihre Pfeifen herausholen, zieht der Minister ein Päckchen Zigaretten aus seiner Tasche. Er erhebt sich, um allen eine Zigarette anzubieten, doch nur Odosi nimmt eine, zerbröselt sie und stopft ihre Pfeife mit dem Tabak. Sie sagt auf französisch:

»Das ist gut.«

Alle lachen und der Minister fragt:

»Sprichst du Französisch?«

Odosi schüttelt den Kopf. In ihrer eigenen Sprache, aber von allerhand Gebärden begleitet, erklärt sie, ihre Enkel sprächen in der Schule Französisch. Sie kann sagen: »Guten Tag. Das ist gut. Es ist schön. Das Feuer. Der Vogel.« Sie ist jetzt zu alt, um noch mehr zu lernen.

Wie die Wabamahigans zündet der Minister seine Zigarette mit einem trockenen Strohalm am Feuer an. Er raucht in tiefen Zügen und spricht. Langsam erklärt er, daß die Staudämme die Flüsse nicht töten werden. Es sind viele Untersuchungen durchgeführt worden, und Fachleute für Flora und Fauna haben darüber gewacht, daß die notwendigen Schutzvorkehrungen getroffen werden. Die Wabamahigans nicken. Sie scheinen sehr interessiert an dem, was dieser Mann ihnen erzählt, der jetzt, beflügelt von seinen Ausführungen, immer schneller spricht. Als er nach einer langen Rede schweigt, macht Mestakoshi eine bedauernde Geste, um zu bedeuten, daß er nichts verstanden habe. Auch der Minister macht eine Geste, die sein Bedauern darüber ausdrücken soll. Nach einer Weile beginnt der Schamane zu sprechen. Er sagt, die Wabamahigans bräuchten keine Staudämme, keinen Strom und keine eckigen Häuser. Mit seinem Stock zeigt er mehrmals auf die runde Öffnung im Dach und erklärt ausführlich, das Universum sei ein Kreis, und dieser Kreis dürfe nicht zerstört werden.

Der Minister lauscht aufmerksam, ganz so, als würde er die Erklärungen des Schamanen genau verstehen. Mit derselben Aufmerksamkeit lauscht er Häuptling Mestakoshi, der lange von ihrem Leben, der Jagd und dem Fallenstellen spricht und von all dem, was sie nicht verschenken, verleihen und noch weniger verkaufen wollen.

Als der alte Häuptling schweigt, ist es schon spät. Alle gehen hinaus, um vor der Nacht ihre Notdurft zu verrichten. Die Frauen legen Holz und feuchtes Moos auf das Feuer in der Räucherhütte. Der abnehmende Mond ist nur noch eine schmale Sichel, die wenig Licht spendet. Die Sterne funkeln, als würden sie von einem heftigen Wind angefacht, doch am Boden spürt man nur die kühle Brise, die vom Meer aufsteigt.

Als die Männer zurückkommen, hat Ade, die unbemerkt mit dem leisen Schritt eines nachtgewohnten Tieres ins Zelt zurückgekehrt ist, ein Lager für den Gast vorbereitet. Drei Bärenfelle liegen auf einem Elchfell. Ein weiteres ist zusammengerollt und dient als Kopfkissen, zwei aus Hasenfellen genähte Decken sind halb aufgeschlagen. Während sich der Minister auskleidet und hinlegt, machen die anderen ihre Betten. Jeder rollt sein Fell aus, und Mestakoshi versteht sehr wohl, als der Minister bemerkt:

»Mein Bett ist besser als die anderen. Ich habe drei Bärenfelle ... Ihr habt weniger.«

Er tut aber so, als habe er nichts verstanden und erklärt:

»Ich hoffe, daß du unter unserem Wigwam Schlaf finden wirst und daß du gute Träume haben wirst, Träume von Menschen, die einander helfen und sich beistehen und die sich lieben, wie es sich für Brüder geziemt.«

Der Minister bedankt sich und wünscht ihm eine gute Nacht.

Der Häuptling, der Schamane, der Blinde und der Minister liegen schon seit einer guten Weile auf ihrem Lager, als die drei Frauen zurückkommen. Sie legen Holz auf das Feuer, um es noch einmal anzuheizen, schließen die Tür, nachdem sie die Hunde hinausgelassen haben, und gehen zu Bett. Heimlich betrachten sie den weißen Mann, von dem sie genau wissen, daß er nur vorgibt zu schlafen.

KAPITEL 42

Du wirst schönes Wetter haben, um nach Hause zu fliegen«, sagt Mestakoshi.

Die vier Berater des Ministers und die Lehrerin haben sich früh vor dem Wigwam versammelt, wo die Frauen Feuer gemacht haben, um Tee zu kochen und frische Fladen zu backen. Alle essen. Frauen und Kinder aus dem Dorf haben einen Kreis um sie gebildet. Keiner der Männer ist gekommen. Der bärtige Übersetzer mit der dicken Brille läßt die Lehrerin sprechen.

»Ich fliege nicht gleich nach Hause«, entgegnet der Minister. »Ich will nach Poste-de-la-Balaine, um deinen Freund Newata zu treffen, dann nach Wemindji, nach Estamain und nach Fort-Rupert.«

Bei der Aussprache einiger Namen lächeln die Wabamahigans. Er fährt fort:

»Ich hoffe, überall so höfliche Menschen anzutreffen wie dich, Häuptling Mestakoshi.«

Der Alte nickt, und der Anflug eines Lächelns huscht über sein Gesicht, als er antwortet:

»Ich hoffe, daß es überall Häuptlinge geben wird, die dich würdig empfangen werden und dir sagen werden, daß sie allein den Bibern die Aufgabe überlassen wollen, Dämme in unseren Flüssen zu bauen.«

»Ich bin sicher, daß das nicht dein letztes Wort sein wird, Häuptling Mestakoshi. Jetzt, da wir uns verständigen können, will ich dir erklären, was wir vorhaben und was meine Regierung im Gegenzug für die Nutzung des Wasser aus euren Flüssen und Seen vorzuschlagen hat. Du mußt wissen, daß ...«

Mestakoshi hebt die rechte Hand. Sein Blick ist voll Autorität. Der Minister schweigt. Der alte Häuptling läßt sich Zeit, nimmt einen Schluck Tee und sagt schließlich:

»Du hast mit uns im Wigwam geschlafen, du bist unser Freund. Ich möchte, daß du unser Freund bleibst. Und daß du nie unsere Freundschaft ausnutzt, um mich dazu zu verleiten, meine Mutter zu verkaufen. Ich brauche nichts von deinen Vorhaben zu wissen, aber du mußt wissen, daß ich nicht nachgeben werde. Ich werde auf dieser Insel sterben. Meine Gebeine werden neben denen meines Vaters und meiner Vorväter in der Erde von Kinomanitak ruhen. Wenn du versuchst, Sipawaban zu töten und die Longue Ile zu überfluten, dann hast du unsere Freundsschaft verraten und die Überlebenden meines Volkes werden wissen, daß du mit gespaltener Zunge gesprochen hast. Ich schenke dir meine Freundschaft und ich bitte dich, sie zu pflegen und zu erhalten.«

Während die Lehrerin übersetzt, nickt der Minister. Sein Blick ruht in den Augen Häuptling Mestakoshis. Als die Übersetzung beendet ist, hebt er die Hände und läßt sie wieder auf seine Knie zurücksinken:

»Ich kann dich nicht zwingen, mir zuzuhören. Ich kann nur für dich und dein Volk bedauern, daß du unser Angebot nicht einmal prüfen willst. Ich danke dir für deine Gastfreundschaft. Die größte Freude, die du mir machen könntest, wäre, mich zu Hause zu besuchen. Ich habe unter deinem Dach geschlafen, ich möchte, daß du auch unter dem meinem schläfst. Denk über meinen Vorschlag nach. Wenn du dich entschließt, ihn anzunehmen, wird Denise Rafard es mich wissen lassen. Dann wird dich ein Flugzeug abholen und ganz in der Nähe meines Hauses absetzen. Du wirst denselben Weg nehmen wie die Trappen, wenn sie zum Cap Tourmente fliegen.«

Der Minister schweigt. Mestakoshi dankt ihm, und alle erheben sich.

»Wir begleiten dich bis zum Strom.«

Mestakoshi und der Minister gehen voran, die Lehrerin zu ihrer Linken, der Übersetzer zu ihrer Rechten. Dann folgen die Alten und die Berater des Ministers, dahinter die Frauen und Kinder. Während sie durch das Dorf gehen, wird der Zug immer länger. Sobald der Strom in Sicht kommt, entdecken sie am Ufer, bei dem Feuer, das Kinoje und Makwa gemacht haben, einige Männer und Kinder. Der Pilot und der Funker unterhalten sich mit ihnen. Als der Minister ankommt, sagt der Funker:

»Ich habe gerade mit dem Polizeichef von Matagami gesprochen, er hat die Häuptlinge, denen wir einen Besuch abstatten wollen, nicht erreichen können. Sie sind alle beim Fischen. Er rät uns, nach Matagami zurückzukommen, bis er Kontakt mit ihnen aufgenommen hat. Er sagt, allein die Häuptlinge könnten unsere Sicherheit garantieren.«

»Nein«, sagt der Minister entschlossen, ich habe keine Zeit zu verlieren. Wir fliegen wie vorgesehen.«

Denise Rafard hat Mestakoshi alles leise übersetzt, und jetzt sagt er zu dem Minister:

»Bei uns muß man Zeit haben. Immer wenn es ein Jäger zu eilig hat, verliert er die Fährte, der er gefolgt ist. Warte, bis die Häuptlinge zurück sind. Ich ahne, daß sie bald vom Fischen zurück sein werden.«

»Du besitzt Weisheit«, sagt der Minister und ergreift die Hand des alten Häuptlings.

Als sie gerührt voneinander Abschied nehmen, reicht Ade Mestakoshi eine dicke Fellrolle, die mit Lederbändern zusammengeschnürt ist. Er übergibt sie dem Minister und sagt:

»Wenn du versucht bist, unsere Freundschaft zu verraten, schlaf auf diesem Bärenfell, auf dem du auch bei mir geschlafen hast. In der Stille der Nacht wird es die schlechten Vorhaben vertreiben, die der Lärm des Tages in deinem Kopf hat entstehen lassen.«

KAPITEL 43

Unsere Väter erinnern sich genau: Eines Tages kamen die Weißen. Die Wabamahigans und andere Indianer haben sie bei sich aufgenommen. Sie haben ihnen alles angeboten, was sie besaßen. Sie haben ihre Zelte und ihr Essen mit den Gästen geteilt, die ihnen die Ehre erwiesen, ihr Land zu besuchen.

Die Weißen sagten, um den Indianern für ihre Gastfreundschaft zu danken, wollten sie nun einigen von ihnen auch ihr Land zeigen. Mehr als fünfzig Wabamahigans waren bereit aufzubrechen. Es waren Männer, Frauen und Kinder. Nur wenige von ihnen sind zurückgekommen. Man konnte sie an zehn Fingern abzählen. Alle anderen sind gestorben.

In ihrem fernen Land, wo es viel wärmer war als hier, ließen die Weißen sie auf einem eingezäunten Gelände ihre Wigwams errichten. Sie gaben ihnen Holz für das Feuer und Essen. Tausende und Abertausende Besucher kamen, um sie zu sehen. Über den Zaun warfen sie ihnen eigenartige Nahrung zu, die die Kinder aßen. Das amüsierte die Weißen.

Die Weißen, die zu ihnen gekommen waren und sie eingeladen hatten, haben die Wabamahigans nie mehr gesehen.

Die Überlebenden brachten zahlreiche Krankheiten hierher, die die Schamanen nicht heilen konnten. Viele Kinder und auch Erwachsene starben. Seit jener Zeit ist das Volk der Wabamahigans viel kleiner geworden.

In unserer Jugend haben uns die Alten oft erzählt, welches Leid durch diesen Verrat der Weißen über unser Volk gebracht wurde. Sie sagten, wir dürften nie das heilige Gesetz der Gastfreundschaft vergessen, aber den Weißen gegenüber sollten wir immer Mißtrauen hegen.

Das haben wir an unsere Kinder und Enkelkinder weitergegeben, aber wir haben große Angst, daß sie nicht auf uns hören.

AUSZUG AUS DER GESCHICHTE DER EINGEBORENEN NORDKANADAS VON KEITH CROWE (1979)

1880 konnte der deutsche Händler Hagenbeck acht Inuit aus Labrador dafür gewinnen, sich auf einer Wanderausstellung zu zeigen und durch Europa zu reisen. Sie starben alle in Paris an den Pocken.

1893 nahm ein amerikanischer Geschäftsmann siebenundfünfzig Inuit – Männer, Frauen und Kinder – mit, um sie in Chicago auszustellen. Die Hälfte von ihnen starb dort, die anderen kamen krank und ohne einen Pfennig nach Hause zurück.

1898 überzeugte derselbe Mann dreiundreißig andere Inuit, ihn nach Europa, Afrika und Amerika zu begleiten. Bis auf sechs kamen sie alle ums Leben. Diese kamen 1903 nach Hause zurück, sie hatten sich an Diphterie, Typhus und Syphilis angesteckt und verbreiteten diese Krankheiten an der Küste von Labrador.

AUSZUG AUS DEM BRIEF EINES WEISSEN ARZTES (OKTOBER 1978)

Die Indianer beklagen sich über uns. Ich weiß wohl, daß wir ihnen große Hilfe bringen. Dennoch haben sie in gewisser Hinsicht recht. Einer von ihnen sagte mir zum Beispiel, wenn sie zum Fallenstellen gingen, könnten sie ihr Gewehr, ihre Fallen und ihre Kanus gefahrlos mitten im Wald oder am Ufer eines Sees zurücklassen. Niemand nähme sie weg. Dann fügte er hinzu: »Ich weiß nicht, ob es die Weißen sind, die stehlen, aber seit sie hier sind, kann man nichts mehr liegenlassen.«

VIERTER TEIL

DAS SANDKORN

KAPITEL 44

Unser Gebiet ist sehr weitläufig. Unsere Jagdgründe erstrecken sich über das gesamte Hochland an den Gewässern des Nordens. Hier entspringen Flüsse, die nach Norden, Osten, Süden und Westen fließen. Unser Land besteht aus der Taiga und der Tundra. Wir können auch noch oberhalb der Baumgrenze leben. Wir können am Ufer der Seen und im Winter auch auf den zugefrorenen Seen leben. Wir können in dem dichten Wald leben, der dort liegt, wo die Sonne am höchsten steht. Torfmoore, Sümpfe, felsige Ebenen, karger, vom Wind leergefegter Boden machen uns keine Angst.

Jahrhundertelang hat niemand versucht, uns unser Land zu nehmen. Allen war es zu unfruchtbar.

Der Wald war zu weit entfernt, als daß die Weißen Interesse daran gehabt hätten, ihn abholzen.

Nur die Trapper kamen hierher, und sie waren unsere Freunde. Diese Männer wissen, wenn man vom Wald leben will, muß man Sorge tragen, daß er am Leben bleibt.

Wer sich mit Fellen kleidet, muß darauf achten, daß es in seinem Gebiet Bären und Füchse gibt. Wer sich von Karibus ernährt, muß darauf achten, daß die Herden immer zahlreich bleiben.

Das Land, in dem wir leben, ist das schönste. Seine Seen sind großzügig. Sie geben ihr Wasser an alles Land und an alle Meere ab. Wir gehen zwar nie irgendwo anders hin, aber wir wissen, daß die meisten Länder an nur einem Meer liegen. Sie haben nur ein Ufer. Unser Land ist von Wasserläufen durchzogen, die wie Sonnenstrahlen in alle Richtungen ausgehen.

Unser Land ist rund wie die Sonne, die an einem Ende des Horizonts aufgeht, um am anderen Ende schlafen zu gehen.

Unser Land ist rund wie die Nacht, die es mit ihren Sternen und ihrem Mond umkreist.

Die Männer, die aus dem Land kommen, in dem alles eckig ist, werden es nicht ändern können, daß unser Land rund ist.

Sie können uns bis zum letzten Mann töten, der Große Geist wird bleiben. Er wird im Osten das Samenkorn aufnehmen, das die Sonne des Südens keimen läßt, das der Wind des Nordens stärkt, das der Regen, der von Westen kommt, mit Saft und Lebenskraft erfüllt.

Unser Land ist reich, und wenn die Weißen den Winter zu sehr fürchten, um hier zu wohnen, wollen sie doch so lange bleiben, bis sie dem Boden all seine Reichtümer entrissen haben. Die, nach denen wir nicht suchen. Denn sie gehören der Erde, und sie müssen weiterhin ihr gehören. Unsere Anwesenheit stört die, die diese Reichtümer an sich reißen wollen.

Wir wissen, was die Weißen eigentlich wollten. Was einige unter ihnen noch immer wollen. Sie wollen unseren Tod.

Da sie es nicht wagen, uns zu töten, haben sie Reservate eingerichtet. Sie wollten, daß Kinomanitak das Gefängnis der Wabamahigans wird, aber unsere Insel wird für uns nie ein Gefängnis sein, denn das Wasser, das sie umspült, ist mit uns. Niemand wird uns daran hindern, unsere Jagdgründe aufzusuchen. Selbst wenn die Weißen uns alles geben, was sich ein Mann an Nahrung, Komfort und Luxus wünschen kann, sie werden uns nie zur Gefangenschaft verurteilen können. Dazu müßten sie uns ausrotten.

Einige Missionare haben uns das zu lehren versucht, was sie *Seßhaftigkeit* nennen. In unserer Sprache gibt es kein Wort dafür.

Wer sollte uns daran hindern, uns auf unserem Boden zu bewegen? Wer würde es wagen, uns von den Tiefen der Wälder, von der Unendlichkeit der Tundra fernzuhalten?

Wir haben niemals einen Menschen oder ein Tier eingesperrt. Wir töten nur für unseren Lebensbedarf, und wir verurteilen niemanden zur Sklaverei.

Unsere Herden sind frei.

Die Trappen und die Wildgänse kommen jedes Frühjahr, um im hohen Norden zu nisten, und jeden Winter fliegen sie in den Süden.

Die Karibus ziehen frei über die Tundra und über die Taiga, von Osten nach Westen, von dort, wo sie kalben, dorthin, wo sie überwintern. Wir töten nur so viele, wie wir zum Überleben benötigen, doch nie ist einer unserer Vorfahren auf die Idee gekommen, sie hinter Gittern einzusperren. Darum glauben die Weißen, sie hätten das Recht, Tiere aus unseren Herden zu töten. Was würden sie sagen, wenn wir die Tiere töten würden, die sie hinter Gittern halten?

Unser Land ist groß, und wir wollen die Freiheit haben, uns auf ihm zu bewegen, so wie die Vögel die Freiheit haben in der unendlichen Weite des Himmels zu fliegen und wie die Herden die Freiheit haben, in den unendlichen Weiten unseres Landes umherzuziehen. Wie die Lachsschwärme die Freiheit haben, sich flußaufwärts und flußabwärts zu bewegen und die unendliche Weite des Meeres zu durchqueren. Wir wehren uns gegen die Staudämme, die den Weg der Lachse verbauen und unsere Flüsse töten würden, an denen die Biber leben, die unser Reichtum sind.

AUSZUG AUS DEM BRIEF EINES MISSIONARS

Wir fragen uns manchmal, woher ein gewisses Mißtrauen der Wilden uns gegenüber rührt: Für mich sind die Biber der wichtigste Grund. Früher war das Fell dieser Tiere der große Reichtum des Landes. Sie waren überall verbreitet, doch da sie erbarmungslos gejagt wurden, sind sie in den Norden an die großen Seen geflohen. Es gab eine Zeit, da wurden allein auf dem Markt von Montreal mehr als fünfzigtausend Felle pro Jahr verkauft und nach Europa verschickt. Für die Siedler bedeutete das Reichtum und Abenteuer. Zu jener Zeit gaben viele Bauern die Scholle auf und wandten sich dem Fallenstellen und dem Handel zu.

Es ist nicht übertrieben, wenn man sagt, daß es Zeiten gab, in denen Biberfelle die eigentliche Währung Kanadas waren. Doch das, was einige für ein unerschöpfliches Manna hielten, hat sich als recht unbeständig erwiesen. Die ersten, die unter der Verknappung der Biber zu leiden hatten, waren die Wilden. Da das Fallenstellen und die Jagd ihre Berufung sind, mußten viele von ihnen sich aufmachen und den Tieren folgen, von denen sie leben.

Und diese Leute, die wir oft für weniger intelligent halten, als sie sind, haben sehr wohl verstanden, wer für ihr Unglück verantwortlich war.

KAPITEL 45

Es ist der vierte Winter, in dem der Lärm der Maschinen über das weite Land der Indianer des hohen Nordens dröhnt. Seit zwei Jahren sieht man von Dezember bis zur Schneeschmelze riesige Lastwagen auf der Eisstraße fahren. Fast sechshundert Kilometer müssen sie auf der Grande Rivière von Matagami bis zur Baustelle LG2 zurücklegen.

Die schweren Gefährte, die mehrere hundert Tonnen schwere Maschinen und ganze Häuser transportieren, fahren über die kahlgeschlagene Taiga, über aufgeschüttete und mit Holz befahrbar gemachte Torfmoore, lassen die Brücken aus Eis erzittern.

Harte Männer haben den Weg gebahnt und kümmern sich um seine Instandhaltung. Oft sind sie von der Welt abgeschnitten, in nicht enden wollenden Stürmen isoliert und gefangen. Konvois von hundert Lastwagen halten sozusagen blind ihre Route, jeder Fahrer hat den Blick starr auf die Rücklichter des Wagens vor ihm gerichtet.

So schnell wie möglich fahren sie zu der Baustelle, die Unmengen von Material verschlingt: Maschinen, Werkzeuge, Zement, Eisen, Benzin und Lebensmittel. Dort arbeiten über fünfhundert Personen Tag und Nacht, die Mannschaften wechseln sich ab, führen ihre Gigantenarbeit im Scheinwerferlicht fort. Für diese Menschen, deren Zahl von Jahr zu Jahr zunimmt, hat man zwei Städte gebaut. Eine kleine, recht luxuriöse für das Stammpersonal und eine zweite, einfachere mit langen Baracken, in denen, jeweils zu zehnt, Fahrer, Kranführer, Sprengmeister, Köche und andere Angehörige der über einhundert Berufsgruppen wohnen.

Sie haben den Boden aufgegraben, Wälle aufgeworfen, die so hoch und so dick sind wie Häuser, sie haben Berge in Staub verwandelt und die Bäume gefällt. Sie haben Schneisen geschlagen, in denen jetzt die Flugzeuge landen können, Frachtmaschinen, aus deren Bäuchen tausende Tonnen von Waren kommen. Denn die Eisstraße, die bei Tauwetter verschwindet, reicht für die Transporte nicht aus. Im Sommer herrscht auf den Baustellen Hochbetrieb, und in dieser Zeit zwischen zwei Frostperioden muß alles durch die Lüfte transportiert werden, die Menschen wie die Maschinen.

Ein Bauleiter und eine ganze Gruppe von Ingenieuren leiten diese Arbeiten, die die Welt begeistern, von ihren Büros aus. Die größten Zeitungen und Zeitschrifen wie auch Fernsehstationen aus aller Welt haben ihre besten Journalisten vor Ort entsandt. Die Baugesellschaft der James Bay verfügt über eine erstklassige Presseabteilung. Sie gibt eine eigene Zeitschrift heraus und organisiert unzählige Besuchstouren. Die Bauarbeiten sind das Aushängeschild Quebecs. Sie haben ein solches Ausmaß erreicht, daß sich inzwischen fast niemand mehr fragt, ob sie eigentlich rentabel sind, ob sie für den einen oder anderen Nachteile bringen, nein – es herrscht nur allgemeiner Enthusiasmus. Die Welt beneidet dieses Land, das so reich an an Wasserkraft ist, dieses Volk von Pionieren, das sich ohne zu zögern in dieses Abenteuer gestürzt hat, das so viele große Geister zu Anfang verurteilt hatten.

Auf allen Baustellen, auf allen Ebenen spürt man die Begeisterung für die Arbeit. In den Adern dieser Männer fließt noch das Blut der ersten hartnäckigen Siedler.

Überall, wo sie arbeiten, öffnet sich die Taiga, wird der Boden aufgerissen, werden Tunnel in die Felsen gesprengt, die in Blöcke, in Steinchen und schließlich in Staub zerfallen. Deiche entstehen, deren Wälle so breit sind wie Dörfer, unendlich lang und schwindelerregend hoch. Das gesamte Land der Indianer raucht. Explosionen erschüttern es bis ins Mark.

Die Götter der Wälder und der Gewässer erschaudern.

Noch nie haben sie einen solchen Angriff von Menschenhand erlebt. Zwar hat man die Tiefen der Erde schon vorher durchwühlt, um ihr die Bodenschätze zu entreißen, doch noch nie ist sie in solchem Maße verletzt worden wie hier im hohen Norden.

Die Menschen, die über die angefangenen Deiche hinwegfliegen, haben den Eindruck, als bewege sich auf diesen Erdhügeln ein Heer von Ameisen. Aber hier wiegt jedes Staubkorn, das von diesen Insekten bewegt wird, mehrere Tonnen.

In der Taiga fliehen ganze Völker von aufgeschreckten Säugetieren, Schwärme von Insekten, Scharen von Vögeln voller Angst. Bis auf den Grund der Flüsse und Seen haben die Fische die Erschütterungen des Gesteins gespürt. Die Felsen schwingen wie Kristall. Der glühende Luftzug der Explosionen beugt die Rottannen. Gewitter, plötzlicher als die des Sommers, erschüttern zu allen Jahreszeiten das Land. Der Himmel grollt. Tag und Nacht erfüllt ihn das Dröhnen der Flugzeugmotoren. Für dieses riesige Feuerwerk aus Staub und aus Feuer, aus Lärmen und Heulen, sind Menschen verantwortlich. Winzig, schmächtig und furchtbar. Verloren in dieser endlosen Weite, die sie dennoch beherrschen. Tausende von Menschen, gegen die sich die Erde zu wehren versucht, die jedoch voll wilder Entschlossenheit sind.

KAPITEL 46

Nur der Mensch vermag dem Menschen Einhalt zu gebieten. Nur der Mensch kann das Sandkorn im Getriebe der Maschinen sein.

Die Angst, die die Leiter der Elektrizitätsgesellschaft quält, und die sich bald in den Büros der Verantwortlichen auf der größten Baustelle einnistet, ist nicht die Angst vor dem Wald, nicht die vor dem Winter, der Härte des Gesteins, den Entfernungen, der Abgeschiedenheit, dem gefährlichen Nordwind. Sie hat auch nichts mit den benachbarten Indianern zu tun, die den Arbeiten feindselig gegenüberstehen. Die größte Angst beruht auf einem vagen Verdacht, auf Gerüchten, die sich wie ein Windhauch zwischen den Häusern der leitenden Ingenieure und den Baracken der Arbeiter verbreiten. Seit Anfang Dezember ist häufig die Rede davon, daß sich einige Unruhestifter auf der Baustelle LG2 hätten anstellen lassen. Man nennt Namen, man untersucht Akten. Viele mehr oder weniger große Firmen haben Personal geschickt, das angeblich nicht immer gut ausgewählt war.

»Bestimmte Arbeitgeber lassen sich bei den Einstellungen von den Gewerkschaften beeinflussen.«

»Es gibt einige kräftige Kerle, die die Leute aufmischen.«

»Es sind nicht mehr als zehn oder zwölf, aber die können genug Unheil anrichten.«

»Sie werden immer Unzufriedene finden, die sich ihnen anschließen.«

»Anscheinend sind sie alle vorbestraft.«

Niemand weiß etwas Genaues, aber alle sprechen darüber. Furcht und Bewunderung mischen sich. Der Wunsch, in Frieden zu arbeiten und ein Gehalt einzustreichen, das man sonst nirgendwo verdient, liegt im Wettstreit mit Eifersucht und auch mit Bewunderung, die so mancher rauhe Mann für die Kräfte anderer hegt. Man deutet auf einen ehemaligen Boxer, einen Karatekämpfer, der einigen wohlbekannt ist und der hier nicht in die erste Schlägerei verwickelt ist. Diese Männer beginnen, die innere Ordnung der Baustelle in Frage zu stellen. Sie stiften ihre Kollegen an, sich nicht mehr daran zu halten. Die Spannung zwischen den Arbeitgebern und diesen eigenwilligen Unterhändlern, die damit drohen, ihre Forderungen mit Gewalt durchzusetzen, wächst.

»Da geht es ganz schön rund.«

»Einige sind heftig angegriffen worden.«

»Sie müssen sich im Büro beschweren.«

»Um sich danach die Fresse polieren zu lassen?«

»Der Bauleiter sagt, er kann nichts machen, weil er keine einzige schriftliche Beschwerde hat.«

»Man weiß ja nicht mal, was sie wollen.«

»Was sie wollen? Sie wollen ihre Anhängerschaft vergrößern, wollen alle Arbeiter unter ihren Einfluß bringen.«

Anfang März verschlimmert sich die Situation. Es gibt Prügeleien, einige Männer werden von der Baustelle verwiesen.

Eines Morgens dringen sie in das Büro des Bauleiters ein, nachdem sie zuvor die Telefonleitung durchgeschnitten haben. Ohne Begründung verlangen sie die Entlassung bestimmter Vorarbeiter. Sie drohen mit einem Generalstreik, für den sie ebenfalls keine Gründe anzuführen vermögen. Dann folgen die ersten Sabotageakte. Im Lager breitet sich eine beunruhigende Stimmung aus. Viele Arbeiter haben sich in ihre Zimmer zurückgezogen und warten dort ab. Der Streik bricht aus. Es ist ein Generalstreik, denn diejenigen, die eigentlich nicht daran teilnehmen wollen, unterwerfen sich aus Angst.

Als wäre diese riesige Maschine, die die Taiga zermalmt, das Wasser umleitet und die Berge aushöhlt, plötzlich von einer eigenartigen Krankheit befallen, hört sie auf, sich zu bewegen. Nach einigen Zuckungen liegt sie wie erstarrt da. Ihr Elan ist gebrochen.

Als könne er eine solche Stille nicht ertragen, steigt ein Mann, den plötzlich der Wahnsinn überkommt, in einen hydraulischen Stoßheber, der aussieht wie ein Monster aus Stahl. Der Motor heult auf, das Gefährt rast auf eine Wasserleitung zu, die mit Glaswolle vor der Kälte geschützt ist, und reißt sie auf. Wasser spritzt. Die Maschine dreht ab, sie zerstampft, zertrümmert, verwüstet alles. Die Baracken sind beschädigt, die Generatoren zerbeult. Es gibt keinen Strom mehr. Mehrere Tonnen schwere Transformatoren stürzen um. Auf dem Hügel oberhalb der Baustelle sind noch weitere Generatoren und vor allem auch Benzin- und Dieseltanks. Der wahnsinnige Stoßheber kriecht unter den Augen der erstarrten Männer, die nicht fassen können, was sie da sehen, schlingernd den Berg hinauf. Das Gefährt rammt immer wieder gegen die Benzintanks, bis es sie schließlich leckgeschlagen hat. Der Treibstoff läuft aus. Er entzündet sich, und eine Feuersbrunst rast auf das Dorf zu. Die, die einen Platz in einem der Lastwagen finden, fahren so schnell es geht zum Flughafen. Andere flüchten zu Fuß in dieselbe Richtung oder rennen einfach geradeaus, durch den schenkelhohen Schnee mitten in die Rottannen hinein, um den Flammen zu entkommen.

Innerhalb weniger Stunden ist das Ergebnis monatelanger Arbeit zerstört.

Schließlich macht der Stoßheber wie erschöpft an einem Bürogebäude halt, das bald darauf von den Flammen verschlungen wird. Der Mann, der im Führerhaus saß, steigt langsam die kleine Metalleiter hinab. Mit ruhigem Schritt entfernt er sich, ebenfalls in Richtung Flughafen. Die Feuersbrunst, die er entfacht hat, folgt seiner Spur wie ein treuer Hund. Der Mann wendet sich nur ein einziges Mal um, als er den kleinen Hügel erreicht hat, wo einige seiner

Freunde stehengeblieben sind, um auf ihn zu warten. Er betrachtet sein Werk.

Der Himmel ist strahlend blau. Ein kleines Flugzeug kreist unablässig über dem Brandherd. Dicker, schwarzer Qualm steigt in Wirbeln auf, die ein leichter Wind nach Osten treibt.

Mit einer Stimme die keinerlei Regung verrät, sagt der Mann:

»Das habe ich gemacht. Ich ganz allein!«

Bleich, doch mit gemessenem Schritt, geht er weiter zum Flughafen, wo ihn ein Polizeiflugzeug abholen wird.

KAPITEL 47

Häuptling Mestakoshi fährt mit Makwa, Nepeshi und Kinoje zum Nordufer des Stroms, um Stachelschweine zu töten. Sie kommen mit fünf Tieren zurück und erfreuen sich an dem Gedanken an das Festmahl, das sie erwartet. Der Schnee muß weggefegt werden, um die gute, lehmige Erde auszuschaufeln, mit der die Stachelschweine umhüllt werden, ehe sie in der roten Glut des Feuers gebacken werden.

Das Wetter ist plötzlich milder geworden. Selbst auf dem vereisten Strom hat sich Wasser gesammelt, das aus den tauenden Schneeverwehungen rinnt. Die Sonne ist fast warm, der Schnee strahlend weiß.

Makwa geht voran. In der Hand hält er eine Weidenstange, deren hinteres Ende Kinoje trägt. Daran hängen an ihren kleinen, zusammengebundenen Pfoten die Stachelschweine. Die Männer haben sie mit Stockschlägen getötet. Für diese Tiere, die nie fliehen, braucht man kein Pulver zu verschwenden. Außerdem ist das Fleisch besser, wenn es nicht geblutet hat. Nepeshi und der Häuptling bilden das Ende der Kolonne. Der schmelzende Schnee knirscht, wenn er unter den Schneeschuhen zusammengedrückt wird.

Kaum ist der Wigwam in Sichtweite, hören sie auch schon die Rufe der Frauen:

»Beeilt euch, es gibt Neuigkeiten!«

Sie sind aufgeregt wie kleine Mädchen, die gerade ihr erstes, mit bunten Perlen besticktes Kleid bekommen haben.

Der Blinde und der Schamane, der am erregtesten scheint, sind bei ihnen. Er, der sonst so bedächtig ist, wartet nicht einmal ab, bis sie da sind, und ruft ihnen zu:

»Die Götter haben sich erhoben! Sie haben das Herz der

Weißen mit Zorn erfüllt, und jetzt zerstören sie ihre Staudämme.«

Die Jäger legen das Wild ab, für das niemand einen Blick übrig hat. In ruhigerem Ton wiederholt der Schamane:

»Unsere Götter sind aus ihrem Schlaf erwacht. Die Weißen werden ihre Staudämme nicht bauen. Sie werden abziehen. Die Taiga vertreibt sie. Die Männer von der Baustelle an der Grande Rivière haben alles zerstört. Alles zerschlagen. Sie haben haben ihre Häuser angezündet. Sie haben ihre Maschinen zertrümmert.«

Er schweigt und wendet sich hilfesuchend zu den Frauen um. Man sieht ihm an, daß er nicht alles gesagt hat, weil ihm die Worte fehlen. Die Frauen müssen an sich halten, um nicht in Freudengeheul auszubrechen. Ohne sich darum zu kümmern, ob man sie versteht, sprechen alle drei zugleich:

»Sie haben alles zerschlagen.«

»Zerstört, aus reiner Zerstörungswut.«

»Vielleicht gab es sogar Tote.«

»Auf alle Fälle Verletzte.«

»Ein furchtbarer Brand.«

»Hoffentlich greift er nicht auf die Rottannen über!«

Der Häuptling läßt sie eine Weile gewähren, dann, als die ersten Anzeichen von Erschöpfung auftreten, fragt er:

»Woher wißt ihr das?«

»Aus dem Radio. René und ...«

»Angeblich übersteigt der Schaden eine Million Piaster.«

»Das ist eine riesige Summe!«

»Es war gar nicht nötig, sich so viele Gedanken um unsere Verteidigung zu machen.«

Die Frauen reden noch eine Weile weiter. Der Schamane und der Blinde versuchen, auch etwas dazu zu sagen, doch der ungezügelte Wortschwall hindert sie daran. Endlich kann der Häuptling einwerfen:

»Wir dürfen uns nicht zu früh freuen. Wir müssen abwarten. In einigen Tagen werden wir Genaueres wissen.«

Sogleich heben die Frauen wieder an:

»Damien ist mit dem Motorschlitten losgefahren ...«

»Und andere auch. Sie wollen nachsehen.

»Das ist ein weiter Weg«, bemerkt Häuptling Mestakoshi, »und der Schnee ist nicht gut.«

»In drei Tagen sind sie da.«

»Der Wärmeeinbruch wird nicht ewig anhalten.«

Die Jäger stehen in dem zertrampelten, schmutzigen Schnee, der sich mit Schlamm vermischt. Zwischen ihnen am Boden liegen die Stachelschweine, die noch immer an die Stange gebunden sind. Die Alten sehen sich an und sehen zum lichterfüllten Himmel hinauf. Sie wagen es nicht, sich wirklich zu freuen. Alle haben sie Bilder vor Augen, die sich vermengen und übereinanderschieben: ihr Strom, der sich Mitte Mai vom Eis befreien wird, die Taiga, die der Frühling wieder zum Leben erwecken wird, die Maschinen und die eckigen Häuser, zerstört, verwüstet, verbrannt. Sie können sich kaum vorstellen, wie eine solche Baustelle aussieht, mit ihrem Dorf, ihrem Krankenhaus, der Schule, der Sporthalle, dem Schwimmbad und all den modernen Einrichtungen.

Was sie sich hingegen gut vorstellen können, weil sie so viele Waldbrände erlebt haben, sind die riesigen Flammen, die schwarze Rauchwirbel in den Himmel stoßen, so hoch, daß sie Sonne und Mond verdunkeln. Alle haben sie schon so oft gezittert, wenn der Wald in Flammen stand, daß sie sich nicht zu freuen wagen. Das Feuer, das die Weißen entfacht haben, könnte den Wald erreichen und sich dort ausweiten.

»Die Weißen werden vielleicht gehen, doch sie werden ein Land zurücklassen, das für viele Jahre tot ist. Eine Gegend, in der wir nicht einmal mehr genug finden werden, um uns zu kleiden und zu ernähren.«

KAPITEL 48

In früheren Zeiten lebten die Indianer von der Jagd, vom Fischen und Sammeln. Manchmal erwies sich der Himmel als etwas geizig. Darum haben wir von klein auf gelernt, nichts zu verschwenden und die Trappen, unsere heiligen Vögel, zu ehren. Seit Menschengedenken hat nie ein Wabamahigan eine Trappe entheiligt. Nie hat er ihr Fleisch verwesen lassen. Nie hat ein Jäger auch nur eine einzige geschossen, die nicht zu seinem Überleben oder zum Überleben seiner Kinder nötig gewesen wäre. Denn wir wußten, daß es ein Unglück wäre, wenn sie sich nicht mehr in der Flußmündung niederließen, denn dann würden viele von uns vor Hunger sterben.

Als die Weißen die ersten Handelskontore einrichteten, haben sie die Indianer an den Tauschhandel gewöhnt, und ihr Leben veränderte sich. Wenn das Eis geschmolzen war, legten große Schiffe in der Bucht an. Sie brachten Dinge mit, die die Indianer noch nie gesehen hatten, und andere, die sie sich nur in geringem Maße durch ihren Tauschhandel mit den Waldläufern beschaffen konnten. Waren die Schiffe entladen, gab es in den Kontoren der Handelsgesellschaft Tee, Tabak und Zucker in Hülle und Fülle. Es fehlte an nichts: Mehl, Fett, Salz, Trockenfrüchte, Konserven, Schießpulver und Kugeln, Gewehre und Metallfallen. Und die Angestellten sagten, das alles könne man nur im Tausch gegen bestimmte Tierfelle bekommen. Die Felle der Elche und der Karibus interessierten sie nicht. Dabei ernährten sich die Indianer von jeher hauptsächlich von diesen Tieren. Doch nun begannen sie, ausschließlich Biber, Marder, Otter, Füchse und all jene Tiere zu jagen, für deren Fell die Weißen am meisten bezahlten. Unser Volk aß kein Wild mehr, sondern ernährte sich von dem, was es im Tausch von den Weißen bekam.

Doch manchmal geschah es auch, daß das Schiff nicht rechtzeitig kam. Entweder war es im Eis steckengeblieben oder an einen anderen Bestimmungsort umgeleitet worden, wo die Ladung mehr einbrachte, jedenfalls blieb es manchmal eine Saison lang aus. Dann waren die Kontore mit Fellen vollgestopft, aber es gab keine Lebensmittel. Und die Indianer, die ihre Zeit damit zugebracht hatten, Fallen zu stellen, um die Felle zu tauschen, hatten keine Fische gefangen, die sie hätten trocknen können. Sie hatten weder Wildgänse noch Karibus gejagt, um deren Fleisch zu räuchern. Blieben den Kontorverwaltern noch einige Säcke Mehl, so gaben sie sie gegen das Versprechen, später viele Felle dafür zu bekommen. Dann mußten die Indianer im nächsten Winter noch mehr Fallen stellen, um ihre Schulden bezahlen zu können, und weil sie keine Zeit mehr hatten, jagten sie noch weniger für ihr eigenes Überleben.

Zu jener Zeit starben viele Kinder, weil sie nichts zu essen hatten. Kinder und Greise, und selbst Frauen und Männer im besten Alter. Auch ein Weißer starb. Es war ein Missionar, der nicht essen wollte, weil die Indianer verhungerten. Dabei hieß es, ihm hätten die Männer vom Kontor genug zum Überleben gegeben.

Ja, all diese Erinnerungen sind in unserem Gedächtnis verhaftet, doch die Jungen wollen davon nichts mehr wissen.

Als die Indianer sahen, daß ihre Kinder verhungerten, und daß es in den Geschäften der Weißen noch zu essen gab, wollten sie sich etwas davon nehmen, um die Kinder zu retten. Aber die Weißen nannten das Diebstahl, und die Strafen waren furchtbar.

Wenn du wirklich Hunger hast und dir aus einer der Fallen in meinem Gebiet ein Tier nimmst, dann ist das kein Diebstahl. Ich werde nicht von dir verlangen, daß du vor Hunger stirbst oder deine Kinder ins Verderben stürzt, weil du bei der Jagd weniger Glück hattest als ich. Wenn du aber ein Tier aus meinen Fallen nimmst, um das Fell zu verkaufen, dann ist das Diebstahl.

Dann wird der Ältestenrat über dich richten. Du wirst aus der Gemeinschaft ausgeschlossen. Du wirst zum Schweigen verdammt. Man spricht kein Wort mehr mit dir, und man hört auch dein Reden, dein Rufen, dein Klagen und selbst dein Schluchzen nicht mehr.

Töten die Jäger einen Elch, so kommen alle, um das zu nehmen, was sie für ihre Familie brauchen. Dir bleiben nur die Knochen, um die du allein in der Nacht mit den Aasgeiern kämpfen mußt.

Ist der Diebstahl, den du begangen hast, schlimm, so kann deine Verstoßung lange dauern. Jeder fürchtet diese Strafe, da jeder weiß, daß das Schweigen und die Einsamkeit den Geist verwirren und zum Wahnsinn führen können.

Aber ein Indianer wird dich nie verhungern lassen, solange er noch selbst ein Stück Fladen hat, das er mit dir teilen kann.

AUSZUG AUS DEM BRIEF EINES JESUITEN, WINTER 1621/22

Wir wußten nicht mehr, was wir essen sollten. So schien uns der Aal, den uns die Wilden gegeben hatten, wie eine Gottesgabe. In der kältesten Zeit versorgten uns die Wilden mehrmals mit Elchen, die sie gejagt hatten, und die für uns ein wahrer Segen waren. Es ist sicher, daß ohne ihre Hilfe viele von uns verhungert wären. Diese Wilden haben ein Gespür für den Wald, das wir durch das Leben in den Städten verloren haben. Es bleibt zu hoffen, daß dieser Instinkt durch nichts verdorben wird, denn das könnte bedeuten, daß ihr Volk innerhalb kürzester Zeit aussterben wird. Und wenn wir in irgendeiner Hinsicht für ein solches Unglück verantwortlich wären, würden unsere Seelen mit Verdammnis gestraft, denn diese Wilden sind keine schlechten Menschen.

AUSZUG AUS DEM BRIEF EINES HANDELSKONTORSVERWALTERS

Das Schiff, das aus England kommen sollte, ist nicht angekommen. Ich bin zu einem Indianerhäuptling gegangen und habe ihn gefragt: »Wir werden verhungern, kannst du einige Leute in deinem Dorf aufnehmen und bis zum nächsten Sommer ernähren?« Er hat fünf Erwachsene und sechs Kinder aufgenommen.

AUSZUG AUS DEM BRIEF EINES ANGESTELLTEN DER HUDSON'S BAY COMPANY, UNDATIERT

Unser Handelskontor wurde durch eine Feuersbrunst zerstört. Das Feuer brach am hellichten Tag aus, und weder an diesem Tag noch am Vortag war ein Indianer gekommen. Der Brand ist unerklärlich. Doch ein befreundeter Wilder hat mir erklärt, daß der Schamane eines Stammes, dem wir Lebensmittel im voraus verweigert hatten, den »Großen Geist« angefleht habe, er möge alle Handelsniederlassungen und Kontore der Gegend zerstören. Natürlich behauptet der Priester, all das sei Unsinn, und die Schamanen hätten keinerlei Macht, aber uns überkam doch ein gewisses Unwohlsein. Diese Hexer stehen sicherlich in enger Verbindung zu dem geheimnisvollen Wald, der eine ständige Bedohung für uns ist. Sollte noch ein anderes Kontor abbrennen, so werden sicherlich mehrere von uns das Land verlassen wollen. Die Indianer bahaupten: ›Das Land verstößt euch‹, und manchmal glaube ich, daß etwas Wahres daran ist.

KAPITEL 49

Sie brauchen nicht lange zu warten. Schon am nächsten Morgen teilt ihnen die Lehrerin mit, die Elektrizitätsgesellschaft der James Bay habe die Baustelle wieder unter Kontrolle. Es heißt, der Mann mit dem rasenden Stoßheber sitze im Gefängnis von Saint-Georges-d'Harricana und solle nach Montreal überführt werden. Der Streik ist zu Ende und die Arbeiter beginnen bereits, die Trümmer abzutragen, um alles wieder aufzubauen. Auch wenn die Verwüstungen erheblich sind, wird die Arbeit weitergehen.

»Alle Baustellen werden weiterbestehen«, sagt Mestakoshi traurig, »weil die Weißen sehr mächtig sind und keine Skrupel haben, Boden zu stehlen, der ihnen nicht gehört.«

Hervé und René bestätigigen ebenfalls die Neuigkeit.

»Warten wir auf Damiens Rückkehr, um mehr zu erfahren!«

»Das einzige, was ihr erfahren werdet, ist, daß die Arbeiten weiter vorankommen.«

Ein wenig verärgert entgegnet René seinem Vater:

»Was willst du denn machen? Sollen wir die anderen Baustellen anzünden? Wir hätten vielleicht nicht warten sollen, bis uns ein Weißer es vormacht.«

Der alte Mestakoshi hebt die Hand.

»Du sprichst mit deinem Vater. Du sprichst mit dem Häuptling der Wabamahigans. Daran solltest du denken und deinen Ton mäßigen.«

René senkt die Lider und seufzt:

»Sag uns, was zu tun ist. Wir werden gehorchen.«

Sehr langsam und jedes Wort betonend erwidert der Alte:

»Wenn ein Volk sein Land nicht verteidigen kann, dann stirbt es mit ihm.«

Sie stehen vor dem Wigwam auf einer Matte aus Zweigen, die die Frauen zusammengetragen haben, um den Schlamm, den die Schneeschmelze verursacht, zu bedecken. Der Himmel ist blau, nur im Westen schweben ein paar lange, grau-gelbe Windwolken. Alles verheißt Leben. Schönheit. Hoffnung. Dennoch lastet auf diesen Männern und Frauen unendliche Traurigkeit. Für eine Weile herrscht Stille, dann wiederholt der Schamane mit seiner weniger würdevollen Stimme:

»Es stirbt mit seinem Land.«

Auf den Gesichtern der Alten ist eher Entmutigung als wahre Traurigkeit zu lesen. In den Augen Renés und Hervés liegt Ungeduld. Sie sehen ihren Häuptling an, und Hervé sagt in die Stille hinein, die immer lastender wird:

»Häuptling Mestakoshi, seit du mir die Ehre erwiesen hast, mich in den Ältestenrat aufzunehmen, dessen Seele du bist, bin ich zum ersten Mal nicht mit dir einer Meinung. Die Indianer sind nicht besiegt. Die Zeiten sind vorbei, in denen wir uns nur mit unserer Körperkraft, unserer Schnelligkeit und unserer Kenntnis der Taiga gegen die Weißen wehren konnten. Heutzutage gibt es Gesetze. Wir werden dafür kämpfen, daß sie eingehalten werden.«

Sieben Tage vergehen. Es ist, als habe die niedergeschlagene Revolte die Zeit durcheinandergebracht. Nach der Wärme ist plötzlich von Norden eine neue Kältewelle hereingebrochen, die Schneegestöber über das Land bringt. Dann wird es wieder wärmer, und ein Regenschauer, der einen Tag anhält, weicht den Schnee und das Eis auf dem Strom auf. Jetzt muß gegen das Wasser gekämpft werden, das in den Wigwam eindringt.

An diesem Nachmittag hört man auf dem gefrorenen Strom, auf dessen Eisschicht das Regenwasser steht, die knatternden Motorschlitten von Damien und den anderen. Die Nachricht von ihrer Rückkehr verbreitet sich von Haus zu Haus. Die Schule leert sich. Alle stapfen durch den Matsch den Heimkehrern entgegen. Bei ihrem Anblick brechen die Kinder in lautes Gelächter aus, in das auch die Erwachsenen einstimmen. Die von Kopf bis Fuß mit einer dicken Schlammschicht überzogenen Ankömmlinge sind kaum mehr zu erkennen: Man sieht nur ihre Augen und ihre weißen Zähne.

Trotz des Regens drängen sich alle um die Heimkehrer. Die Fragen plätschern wie der Regen. Die Männer müssen sich gegen die drängelnden Kinder und Frauen erwehren, um von ihren Maschinen absteigen zu können, die noch matschverkrusteter sind als ihre Kleidung. Alle reden gleichzeitig. Einer will mehr gesehen haben als der andere. Sie sagen tausend Dinge und wissen im Endeffekt doch nicht mehr als das, was man vorher schon wußte: Ein Lager, das fünfzigmal, vielleicht sogar hundertmal so groß ist wie das Dorf der Wabamahigans ist vom Feuer zerstört worden. Riesige Bulldozer haben in einem halben Tag die Brandruinen abgerissen. Doch der Neubau hat schon begonnen und geht schnell voran. Die Heimkehrer haben in der Nähe übernachtet, im Zelt einer Cree-Familie. Drei dieser Indianer sind als Holzfäller auf der Baustelle angestellt. Sie verdienen gutes Geld und bringen aus der Kantine genug mit, um alle anderen zu ernähren.

»Verachtungswürdige Männer!« ruft der Schamane. »Sie helfen, ihre eigene Mutter umzubringen.«

»Sie helfen nicht dabei, sie umzubringen«, berichtigt der alte Häuptling, »sie verkaufen sie. Das ist noch schlimmer.«

Doch ihre Worte werden von den schrillen Stimmen der Frauen übertönt, die wissen wollen, wieviel diese Männer verdienen und was sie zu Essen mitbringen. Alles wird haarklein erzählt. Die Männer, die im Dorf geblieben sind, fragen:

»Was halten sie denn von den Staudämmen?«

»Sie sind davon überzeugt, daß sie gebaut werden und daß moderne Dörfer für uns entstehen werden.«

»Dörfer mit Elektrizität, Fernsehern und dazu genügend Geld, um ohne Arbeit zu leben.«

Häuptling Mestakoshi entfernt sich. Der Schamane, der Blinde und Nepeshi folgen ihm. Doch die beiden anderen und die Frauen bleiben und hören zu, was die lehmverkrusteten Heimkehrer sonst noch zu berichten haben.

Wieder im Wigwam, der unter der Wucht der Böen wankt und ächzt, setzen die Männer sich um das Feuer. Nepeshi hat drei feuchte Holzscheite nachgelegt, die in den Flammen zischen. Eine ganze Weile blicken die Männer mit halb geschlossenen Augen in die Glut, aus der kleine, zögernde Flammen züngeln, die an den Rinden lecken. Dampf mischt sich in den aufsteigenden Rauch. Alles ist feucht, klebrig und kalt.

»Heute nacht«, kündigt der Blinde an, »wird wieder eine Kältewelle kommen.«

Er, der den Himmel nicht sehen kann, irrt sich nie mit seinen Wettervorhersagen. Er riecht den Wind, spürt ihn in seinen Gliedern und hinter seinen toten Augen. Kurz darauf erhebt der Schamane seine leise und monotone Stimme, so als würde er ein unterbrochenes Lied wieder aufnehmen:

»Sie sind auf ihre Maschinen gestiegen und sind losgefahren. Die Erde unseres Landes hat ihre Körper und sogar ihre Gesichter bedeckt, damit sie spüren, daß es sie gibt, daß sie leben will und daß sie ihre Liebe braucht ... Sie haben es nicht verstanden ... Sie sind bis zu ihren Wunden vorgedrungen, sie haben die Lepra gesehen, die sich durch die Tundra frißt ... Und sie haben nichts begriffen ... Sie sind zu dem Strom zurückgekehrt, der sie tausende und abertausende Male auf seinem Wasser getragen hat, seit sie auf der Welt sind. Der Strom hat sie mit seinem schönsten Eis, mit seinem reinsten Wasser empfangen. Er hat sie bis zu der Insel zurückgetragen, auf der sie geboren wurden und die die Weißen zerstören wollen ... Sie haben es nicht verstanden ... Ihr Häuptling sagt ihnen, daß ein Wabamahigan, dessen Land stirbt, mit seinem Land sterben muß ... Sie haben es nicht verstanden.«

KAPITEL 50

Die Erde vergißt nichts. Ihr Gedächtnis ist zuverlässiger als das der Menschen.

Sie erinnert sich an die Zeiten des ewigen Winters. Überall war nichts als Eis. Dick und hart wie der Felsen, den es bedeckte. Der unbewegliche Winter lag auf unserem Land wie ein riesiger Block.

Haben die Jüngeren die wichtigsten Lehren vergessen?

Wir erflehen von den geheimen Kräften des Universums der Pflanzen und Gewässer, daß sie der Erde helfen mögen, die furchtbare Kälte der Vergangenheit in ihrer verborgenen Erinnerung wachzurufen, damit die Baugesellschaften und ihre Maschinen weichen müssen.

Kehrt die Eiszeit zurück, so müssen wir den Mut finden, auf unserem Land auszuharren, und wir werden ihn finden.

Die Erde vergißt nichts, und die Erde des hohen Nordens bewahrt noch die wehmütige Erinnerung an die Zeit, in der der Winter kein Ende hatte.

Die Erde vergißt nichts, denn sie vollbringt immer wieder die gleichen Wunder. Sie folgt immer dem gleichen Rhythmus. Sie wiederholt immer dieselben Worte und stimmt immer wieder dieselbe Musik an.

Sie vergißt nichts, die Erde, und die, die sie und ihr Herz zu begreifen vermögen, wissen, daß sie uns warnt.

Sie sagt uns, daß wir uns vor allem in acht nehmen müssen, was von Süden kommt, und wir müssen mitansehen, wie unsere Kinder sich mit jenen an einen Tisch setzen, die ein widriger Wind zu uns geführt hat.

Die Erde erinnert sich, daß sie Tiska und dem weißen Wolf den Weg freigegeben hat und daß der Winter die Rasse der Wabamahigans gerettet hat.

Wenn es sein muß, wird eines Tages wieder solch ein

harter Winter kommen, der die Feinde unseres Volkes auslöschen wird. Und wenn ihm das nicht gelingt, so wird er uns einen Weg freigeben, damit wir uns aus ihren Fängen retten können.

An diesem Tag werden wir einer anderen Tiska folgen und dorthin gehen, wo unser Volk aufblühen und sich vermehren kann.

Ja, die Erde erinnert sich, und wir, die Alten, fürchten, daß sie denjenigen, die sie verraten, nie vergeben wird.

KAPITEL 51

Mitten in der Nacht schlägt der Winter wieder zu wie ein Raubtier. Der alte Häuptling schläft nicht, er hört, wie Winter herannaht. Auch Nepeshi schläft nicht. Er sagt:

»Die Kälte kommt vom Mond. Sie wird hart sein und lange andauern.«

Die feuchten Außenwände aus Rinden und Leder sind in Sekundenschnelle gefroren. Alles knackt und ächzt. Selbst der Wind scheint steif gefroren. Man hört ihn überall schaben wie an einem Stein. Es liegt weniger an den Geräuschen als am natürlichen Gespür der Indianer, wenn nun alle im Wigwam erwachen und der Rückkehr der eisigen Jahreszeit lauschen. Bis zum Morgengrauen findet keiner mehr Schlaf. Das Feuer brennt heller als sonst.

Nachdem sie am Morgen aufgestanden sind, versuchen Makwa und Kinoje, die Tür zu öffnen. Mit dem Rücken der Axt schlagen sie gegen die Elchhaut, die härter ist als Stahlblech. Man hört, wie draußen das Eis birst und in Stücken abfällt. Sie sind noch nicht fertig, als zwei Motorschlitten in der Nähe halten. Dumpf und seltsam verzerrt dringt Renés Stimme durch die Eisschicht zu ihnen.

»Wie geht's euch da drinnen?«

»Alles in Ordnung!« brüllt Makwa. »Wir versuchen, uns zu befreien. Kannst du außen das Eis abschlagen?«

Die Alten hören auch Hervés Stimme. Die Geräusche von draußen dringen fast nur durch das Rauchloch zu ihnen vor. Schon bald bearbeiten die beiden Männer mit ihren Äxten das Eis, das wie klingendes Kristall zerspringt.

»Seid vorsichtig mit dem Leder!« ruft Makwa.

Die anderen antworten nicht. Schnell haben sie das Eis abgeklopft und die Ecke einer Lederbahn angehoben.

Helles Licht und eisige Kälte dringen in das Zelt. Makwa geht hinaus, um Holz zu holen. Bevor er es Kinoje reicht, muß er es zunächst von einer Eisschicht befreien. René und Hervé sind eingetreten. Sie blinzeln leicht, bis sie sich an das Dämmerlicht gewöhnt haben. Amo reicht ihnen Tee in Emaillebechern. René fragt:

»Wärt ihr bei uns jetzt nicht besser aufgehoben?«

»Mit Sicherheit nicht«, gibt der Häuptling knapp zurück.

»Wegen euch will Vincent unbedingt im Wald leben, im Wigwam.«

»Weil er begriffen hat, daß ein Haus rund sein muß, um glücklich zu leben. In Ecken gibt es kein Glück.«

René zuckt die Achseln. Bevor er antworten kann, läßt Hervé verlauten:

»Häuptling Mestakoshi, ich muß ernsthaft mit dir reden.«

»Ich höre.«

»Ich weiß, daß du härtere Winter in kleineren Zelten erlebt hast. Ihr alle hier habt harte Winter erlebt und könnt sie immer noch überstehen. Auch ich kann es.«

»Wenn es nötig ist, werden wir noch mehr harte Winter überstehen. Wahrscheinlich schon im nächsten Jahr, da die Jungen kaum noch jagen.«

»Wenn nicht alle Männer in diesem Winter zum Fallenstellen gegangen sind, dann wegen des Kampfes gegen die Baustellen. Aber ihr bekommt trotzdem euren Anteil vom Wild.«

»Wir brauchen nichts«, gibt Adé etwas verbittert zurück und sieht dabei ihrem Sohn ins Gesicht.

René antwortet nicht. Er läßt seinen Freund sprechen. Sein Blick ist weiter auf seinen Vater gerichtet, er wartet auf dessen Reaktion, die er schon vorausahnt.

»Nein«, bestätigt der Häuptling, »wir brauchen nichts. Wir können uns selbst ernähren. Und um den Weg zu gehen, den wir gehen wollen, brauchen wir keine fremde

Hilfe. Wir bitten euch nur um eines: Beerdigt die Gebeine des letzten von uns in diesem Boden ... Das ist alles.«

Mestakoshi hat ruhig gesprochen, sehr langsam, und alle schweigen. Er läßt diese Stille lasten, ehe er sich an Hervé wendet:

»Du wolltest ernsthaft mit mir reden.«

Das Gesicht des großen Mannes mit den breiten Händen ist angespannt. Er scheint, in sich selbst zu suchen. Er möchte sein Anliegen vorbringen, ohne den Zorn der Alten zu erregen. Er richtet sich nicht mehr nur an den Häuptling, sondern an alle, die hier sind, und blickt oft zu den Frauen hinüber.

»Ihr wißt doch auch, daß ein Leben ganz ohne das, was zu unserer Zeit gehört, nicht einfach ist. Ihr habt immer so gelebt, aber unsere Frauen und Töchter wünschen sich Waschmaschinen und Wäschetrockner, Licht, das brennt, ohne daß man sich ständig um die Pannen des Generators kümmern muß.«

Nepeshi nutzt einen Augenblick, in dem Hervé nach Worten sucht, und sagt:

»Vor allem Fernseher.«

»Laß ihn ausreden«, sagt der alte Häuptling.

In Hervés Gesicht tritt plötzlich Bedauern. Er zögert lange, bevor er fortfährt:

»Ja, auch Fernseher. Sie haben sie bei den Cree gesehen.«

»Die Kinder auch«, fügt René hinzu. »Sie wollen das Fernsehen der Weißen, wie einst die Indianer die Gewehre der Weißen wollten.«

Das sagt er mit einem Fingerzeig auf das Gewehr seines Vaters, und alle warten in gespannter Stille. Das Gesicht des alten Häuptlings zeigt eine leichte Regung, doch er bleibt ruhig, als habe er nichts gehört.

Hervé nickt. Er dreht sich kurz zu René um, dann läßt er seinen Blick auf den Flammen ruhen, und indem er auf das Feuer deutet, sagt er:

»Das hier ist euer Fernsehen. Es ist vielleicht schöner, aber die Jungen ...«

Da er nicht weiterspricht, erwidert der Häuptling:

»Du bist auch jung.«

Hervé richtet sich auf. Seinen Zügen ist kein Zorn anzumerken, doch haben sie sich verhärtet. Auch seine Stimme ist fester gwerden:

»So ist es. Das stimmt. Ich bin noch jung. Und ich will nicht, daß unser Stamm getrennt und auseinandergerissen wird. Wenn ihr es wissen wollt: Ich gehöre nicht zu denen, die noch daran glauben, daß die Arbeiten aufgehalten werden können, doch kann man erreichen, daß das Projekt geändert wird und daß unsere Jagdgründe erhalten bleiben. Wir können viel erreichen.«

Er zögert. Sein Adamsapfel hüpft. Er scheint mehr hervorzuspringen als sonst. Offenbar bedeutet es für den Mann eine Anstrengung, die nächsten Worte hervorzubringen und seine Haltung zu wahren. Es geht etwas Würdevolles von ihm aus.

»Wir können viel erreichen, aber nicht, indem wir uns weigern, den Weißen auf ihrem Gebiet gegenüberzutreten ... nicht, indem wir hierbleiben.«

Die letzten Worte waren wie Peitschenhiebe. Alle blicken auf Häuptling Mestakoshi. Dieser lächelt.

»Ihr Gebiet, das ist das Papier, nicht wahr?«

»Das Recht.«

»Und Recht wird in Montreal gesprochen?«

»Wir müssen hin.«

Der Alte schüttelt langsam den Kopf. Mit unendlicher Traurigkeit sagt er:

»Hingehen, um den Preis für meine Mutter auszuhandeln? Nie im Leben!«

In diesen Worten liegt eine Autorität, der niemand etwas entgegenzusetzen wagt. René und Hervé erheben sich. Als sie die Lederbahn anheben, um ins Freie zu treten, fällt gleißendes Licht in jeden Winkel des Wigwams. Es bescheint die Frauen und Männer, die dasitzen, als seien sie gelähmt von den Worten, die noch immer in ihren Köpfen klingen.

Als die Tür geschlossen ist, breitet sich langsam wieder der Schein des Feuers aus, und das Leben scheint in Schlummer zu verfallen.

KAPITEL 52

Als die Weißen in unser Land kamen, hatten wir nur Pfeile, Äxte und unsere alten Fallen. Sie wollten immer mehr Felle, und sie haben uns Gewehre verkauft, Pulver und Blei. Heute haben wir uns an die Feuerwaffen und die Metallfallen gewöhnt. Wir würden kaum noch ohne sie auskommen. Aber ist das ein Grund, uns dem Willen der Fremden immer mehr zu unterwerfen?

Es gibt Augenblicke, in denen ich den Anforderungen der heutigen Zeit nicht mehr folgen kann. Gern würde ich all das Schlechte zurückweisen, das uns diese Epoche bringt, doch mein Volk würde mir die Gefolgschaft verweigern. Also weiß ich nicht immer, wie ich mich verhalten soll, denn ich frage mich, wo die Grenze liegt zwischen dem, was man annehmen kann und dem, was man zurückweisen muß.

Jahrhunderte hindurch wurden wir von den Weißen »Wilde« genannt. Die Missionare erklärten uns damals, dies sei in ihrer Sprache das Wort für Lebewesen, die in tiefer Einheit mit dem Wald leben. Später haben wir erfahren, daß dieses Wort für viele Menschen roh, brutal und grausam bedeutet. Mit dieser Bezeichnung stellen uns die Weißen auf eine Stufe mit den Tieren. Aus ihrem Mund war es eine Beleidigung, doch wir verachten die Tiere nicht. Der größte Fehler der Indianer war es wahrscheinlich, die Tiere nicht mehr nur zu töten, um sich von ihrem Fleisch zu ernähren und sich aus ihrer Haut Kleidung zu nähen. Dagegen haben sie gelernt, mit Gewehren umzugehen, um viele Tiere zu töten und ihre Felle gegen noch mehr Waffen zu tauschen, um noch mehr zu töten.

Wenn mir all diese Gedanken, die mein Herz erfüllen, durch den Kopf gehen, dann frage ich mich, ob nicht eine Strafe der Götter über uns ergeht, weil wir ihr Reich nicht genug geachtet haben. Wir bekämpften die Tiere nicht mehr allein mit den Waffen, die uns die Götter gegeben haben. Wir haben andere Waffen angenommen, die uns die Mächte des Bösen gebracht haben. Und eben diese bösen Mächte nehmen uns heute unser Land. Sie werden einen Teil des Wildes ausrotten, den Rest in andere Gebiete verjagen.

Aus diesem Grunde sollten die Wabamahigans vielleicht wieder die große Wanderschaft aufnehmen, wie einst Tiska, die mit dem weißen Wolf vom anderen Ende der Welt hierherkam. Doch wohin können wir noch fliehen, um ein Land zu finden, das nicht vom Wahn machtsüchtiger Menschen bedroht wird?

AUSZÜGE AUS DEN BRIEFEN EINES PRIESTERS, DER BEI DEN INDIANERN LEBTE, JUNI 1910

... die Weißen sind aus Europa gekommen und haben hier gegeneinander gekämpft. Sie haben sich um das Land der Indianer geschlagen. Es ist doch erstaunlich, daß Fremde in ein Land kommen, sich dort bekriegen, das Land unter sich aufteilen und dabei völlig zu vergessen scheinen, daß es bereits jemandem gehört ...

Weil sie schon so lange in einer Welt leben, in der der Boden alles bedeutet, haben sie ein anderes Verständnis vom Lauf der Zeit. Nur die Götter sind unsterblich, sonst nichts.

Was wunder nehmen kann, ist die Tatsache, daß wir den sogenannten »Wilden« Feuerwaffen verkauft haben, die sie aber nicht benutzen, um gegen uns Krieg zu führen. Es gibt auf der Welt genügend Beispiele von Völkern, die sich gegen eine Kolonialmacht aufgelehnt haben. Im Grunde ist der amerikanische Kontinent nichts anderes als ein riesiges Kolonialreich.

KAPITEL 53

Nepeshi hatte sich nicht geirrt: Der erneute Kälteeinbruch nach dem Tauwetter ist hart und lang. Dieser Winterausläufer ist tief in den Boden eingedrungen und hat ihn zu Stein erstarren lassen. Das Eis auf Seen und Flüssen ist fest wie selten zuvor. Die tropfenden Felsen überziehen sich mit einem durchsichtigen Eispanzer, den nicht einmal die Mittagssonne zum Schwitzen bringt. Der Wind ist stärker als die Sonne. Die Eisbrücken sind fest wie nie, und die Torfmoore hart wie Beton. Nachts hört man die Stämme von Birken und Erlen bersten. Rottannen brechen laut krachend unter der kristallenen Eislast zusammen.

Wieder einmal macht sich der Mensch die Elemente zunutze. Auf der langen Straße, über die die Baustellen versorgt werden, herrscht reges Treiben. Bei Tag und Nacht folgen und begegnen sich Konvois auf dieser weißglänzenden, knirschenden Schneeroute. Über diese Wunde, die quer durch die Taiga verläuft, werden bis zum Mai mehr Materialen herangeschafft, als man zum Bau einer großen, modernen Stadt benötigen würde.

Unter den letzten Lastern der Saison ist auch ein Schlepper, der ein ganzes Einfamilienhaus befördert. Die Temperaturen sind schon erheblich angestiegen, die Nachtfröste kürzer geworden und die jetzt schon kräftige Mittagssonne treibt die Schneeschmelze voran. Als der Schlepper durch einen weitläufigen Sumpf fährt, spürt der Fahrer plötzlich, wie sein Gefährt stoppt, als würde es von der Hand eines Riesen festgehalten, die es nicht nur an der Weiterfahrt hindert, sondern auch den hinteren Lastwagenteil mit aller Kraft ins Moor drückt. Der Mann, mit den Tücken des Nordens vertraut, zögert nicht. Er weckt den Beifahrer. Beide springen aus der Fahrerkabine.

Während der eine zurückläuft, um die Fahrer der folgenden Laster zu warnen, hängt der andere den Schlepper ab und fährt ihn schnell aus dem sich öffnenden Krater heraus.

Bald sind alle Fahrer versammelt und sehen ohnmächtig zu, wie der mit zwanzig Zwillingsreifen bestückte Anhänger samt seiner Ladung langsam versinkt.

»Noch verschwindet er nicht ganz, aber im Sommer dürfte nichts mehr davon zu sehen sein.«

»Wie ein in den Boden getretener Kiesel.«

»Vielleicht stößt er ja auf einen Felsen.«

»Das Moor ist bestimmt tief genug, um das Haus zu verschlingen.«

»Ein schönes Haus.«

»Ja, es war für einen Ingenieur.«

Die beiden Fahrer des abgehängten Schleppers fahren weiter, während ein Sicherheitswagen voranrast, um auf der Baustelle Bescheid zu geben. Die Entscheidung wird sofort getroffen: Kein Zurück. Alles, was sich jetzt auf der Straße befindet, muß schnellstens an den Bestimmungsort gelangen. Die in aller Eile herbeigeholten Bulldozer walzen die Taiga rund um das sinkende Haus nieder. Dort sollen die Laster weiterfahren. Einer nach dem anderen werden sie vorsichtig über die Eisbrücken rollen. Für die Fahrer gibt es Gefahrenzulage. Keiner von ihnen sagt nein.

Im Sommer wird auf den Ameisenhaufen gleichenden Baustellen die Arbeit noch heftiger vorangetrieben: Tagsüber unter einer summenden Wolke blutgieriger Insekten und nachts im Schein hunderter taghell leuchtender Flutlichter läuft ununterbrochen die Arbeit der Lastwagen. Die Felsen, die bei den Sprengungen in die Luft geschleudert werden und in riesigen Mühlen zu Sand zermahlen werden, werden mit Löffelbaggern auf die Laster verladen, die ihr Ladegut wie am Fließband abtranportieren, um damit Flüsse zu verstopfen oder Täler aufzuschütten, in denen ganze Hauptstädte Platz hätten.

Wenn die Winterstrecke nicht mehr befahrbar ist und es an Material mangelt, dann werden die Laster durch Flugzeuge ersetzt. Die Luftbrücke tritt an die Stelle der Eisbrücken, die von den Stromschnellen weggeschwemmt werden. Von Schefferville bis zum Caniapiscau oder zur Baustelle LG2 brummen die Flugzeuge Tag und Nacht über den Himmel. Eine Welt ohne Sonntage oder Feiertage, an denen weder die Maschinen noch die Männer, die sie bedienen, je ausruhen dürfen.

Ganz Quebec weiß nun, daß der hohe Norden, der nach der Welle der Goldsucher in den dreißiger Jahren die Welle der Siedler hereinbrechen sah, wieder einmal all jenen Reichtümer schenkt, die genug Mut haben. Bauern, Förster, Arbeiter, Ingenieure, Zeichner, Heizer, Kranfahrer, Sekretärinnen, Krankenschwestern, Ärzte, Köche, Dienstboten, Handwerker, Wächter, Elektriker und Personen ohne Beruf, alle, die auf gute Gehälter hoffen, lassen sich in der James Bay anstellen. Manche halten es nur ein paar Wochen aus, andere sind von Anfang an dabei und werden bis zum Schluß bleiben.

Aus allen Erdteilen kommen wichtige Persönlichkeiten, besichtigen die Baustellen und bewundern die Arbeit dieser Männer, die Berge versetzen und Meere ausheben.

An den Abenden, die die Männer in ihren Baracken aus Spanplatten und Metall verbringen, die sie zu zehnt bewohnen, zeigen sie sich Zeitungsausschnitte und Fotos, auf denen sie mit ihren Helmen und ihren vereisten Bärten zu sehen sind. Die Artikel sind in fremden Sprachen geschrieben, doch sie berichten von ihnen, von ihnen und von diesem ungeheuren Werk, an dem sie teilhaben.

Für viele von ihnen ist die Befriedigung über die vollbrachte Arbeit wichtiger als das verdiente Geld. Sie gehören zu jenen Menschen, für die nichts unmöglich ist. Sie sind Menschen, die den Wind, die Kälte, den Wald, die Felsen und die Strömung des Wassers beherrschen wollen. Die Jahreszeiten gehen dahin, und selbst die kältesten Perioden können die Arbeit höchstens für ein oder zwei Monate verlangsamen. Es entstehen Staudämme aus Beton, die Turbinen der Elektritzitätswerke werden in Höhlen untergebracht, die man in den Berg geschlagen hat. Die Deiche werden höher und länger, und bald werden sie das Wasser zu Seen stauen, die größer sind als alles, was man in diesem Land je gesehen hat.

Ein paar Frauen und Tausende von Männern sind Gefangene des Nordens, der so riesig ist, daß aus der Sicht der Zugvögel die Furchen kaum erkennbar sind, die die winzigen Maschinen dort unten durch den Boden gezogen haben.

AUSZUG AUS DER ZEITUNG VON SAINT-GEORGES

Eisige Regenfälle von ungewöhnlicher Heftigkeit haben das Gebiet der James Bay heimgesucht. In nur wenigen Stunden waren alle Baustellen vollständig gelähmt: blockierte Laster, schadhafte Generatoren, gekappte Stromleitungen, startunfähige Flugzeuge und Hubschrauber und keine Verbindung zur Außenwelt! Noch ist das Ausmaß der Schäden nicht zu beziffern, doch ist das Schlimmste zu befürchten. Niemand weiß, wann die Arbeit wieder aufgenommen werden kann.

Werden die neuen Pioniere des Nordens ebenso unter dem Winter zu leiden haben wie die, die damals das Land von Abitibi erschlossen? Jedenfalls stehen ihnen zur Unterwerfung der Natur andere Mittel zur Verfügung als die Äxte und Hacken unserer Väter.

AUSZUG AUS DER GLEICHEN ZEITUNG, VIER TAGE SPÄTER

Wieder einmal haben die Pioniere den Winter bezwungen. Auf allen Baustellen wird wieder gearbeitet. Die Schäden, die der Eisregen hinterlassen hat, sind bereits behoben.

KAPITEL 54

Den ganzen Sommer über haben die alten Wabamahigans ihre Insel höchstens für einen Tag verlassen, wenn sie mit dem Kanu zum Fischen unterwegs waren. Und auch dann haben sie stets einen kräftigen Mann bei den Frauen, dem Schamanen und dem Blinden zurückgelassen. Es scheint, als rechneten sie mit einem Angriff von seiten jener Leute, die sie von diesem Flecken Erde vertreiben wollen, wo sie in der Nähe ihrer Toten leben.

Mehrmals sind die jüngsten Mitglieder des Ältestenrats länger als eine Woche weg gewesen. Bei ihrer Rückkehr berichten sie, was sie unternommen haben, aber die Alten sind sich nicht sicher, ob sie auch die Wahrheit sagen. Manchmal erfahren sie etwas von Vincent, und dann tun sie so, als hätten sie es schon gewußt. Aber nie war es etwas von großer Bedeutung.

Anders heute morgen.

Der Junge kommt mit zwei anderen etwas jüngeren Kameraden, die ihm überallhin folgen. Sie sind seine Bande und sein Ältestenrat. Er ist dreizehn, die beiden sind elf und zehn. Alle drei sind recht kräftig und gehen leidenschaftlich gern jagen und fischen. Sie können aus dreißig Schritt Entfernung auf das Auge eines Murmeltiers zielen und mit einer einzigen Kugel treffen. Vincent erzählt immer wieder, daß dies sein letztes Schuljahr ist und daß er dann Trapper werden wird. Doch heute morgen ist davon nicht die Rede. Als sie angelaufen kommen, wollen der alte Häuptling, Nepeshi und Makwa gerade zum Fischen aufbrechen. An den Gesichtern der Jungen erkennen die Alten, daß sie erschreckt und aufgewühlt sind. Außer Atem erzählt ihnen Vincent:

»Jetzt wird es ernst.«

Ade kommt und legt ihre Hand auf den Nacken des

Jungen, wie sie es früher immer tat, wenn er großen Kummer hatte. Vincent ist inzwischen viel größer als sie. Er schüttelt sie ab und fährt fort:

»Sie sind unterwegs, um die Baustellen zu besichtigen.«

Häuptling Mestakoshi runzelt die Stirn:

»Wen meinst du?«

»Meinen Großvater, Hervé und Damien.«

Makwa mischt sich in das Gespräch ein:

»Sei unbesorgt, sie sehen sich die Baustellen nur von weitem an, aber sie werden sie nicht betreten, das ist verboten.«

Vincent wirft diesem Koloß von einem Mann einen verächtlichen Blick zu.

»Ach, sei still, Makwa. Sie sind mit den Weißen gefahren. Und mit den Häuptlingen der Cree und der Inuit. Die anderen sind alle ganz aufgeregt. Vor allem die Frauen.«

Einige Minuten verstreichen, er holt ganz tief Luft, als wolle er ins Wasser springen und tauchen, bevor er noch hinzufügt:

»Wir drei haben uns gesagt, daß wir nicht länger mit Verrätern zusammenleben können. Da ihr uns nicht haben wollt, haben wir beschlossen, in unserem eigenen Wigwam zu leben. Und mit der Schule ist Schluß.«

Als Vincent einen Moment überlegt, fügt der jüngste der drei eilig hinzu:

»Wenn sie uns nicht in Frieden lassen, nehmen wir uns einfach ein Kanu und verschwinden.«

Die Alten haben große Mühe, die Kinder zu beruhigen. Die Schule fängt gleich an, und der Häuptling muß seine ganze Autorität aufbieten, um sie dazu zu bewegen, am Unterricht teilzunehmen. Nepeshi besteht darauf, sie zu begleiten. Der Häuptling weiß, daß er versuchen wird, noch mehr in Erfahrung zu bringen. Äußerlich wirken die Alten zwar gelassen, doch in ihrem Innern herrscht Aufruhr. Ihre Blicke schweifen über den Friedhof zu den eckigen Häusern des Dorfes hinüber, als könnten sie auf diese

Weise eine Antwort auf ihre Fragen bekommen, die unvermutet in Rauchzeichen am blauen Himmel zu lesen wäre. Als Nepeshi zurückkommt, hat sich noch keiner von der Stelle gerührt. Sein ruhiger, federnder Gang und seine Haltung lassen keinerlei Anspannung erkennen. Alle sehen ihn fragend an, doch kein Wort kommt über ihre Lippen. Die Augen des Schamanen verengen sich zu kleinen Schlitzen, ein leichtes Zucken in seiner linken Gesichtshälfte ist das einzige, kaum wahrnehmbare Zeichen dafür, daß es ihm schwerfällt zu sprechen. Mestakoshi kennt ihn gut genug, um zu wissen, daß ihm das, was er zu sagen hat, auf der Seele brennt.

»Sie sind den Weißen ins Netz gegangen.«

Traurig sieht er zu seiner Frau hinüber und fährt dann fort:

»Mein Sohn ist nicht mehr mein Sohn ... Das habe ich ihm auch gesagt. Ich will ihn nicht mehr wiedersehen. Seine Frau hat mit ihrem Gerede von der Elektrizität sein Herz vergiftet. Und bei den anderen ist es genauso.«

Er ist wie ausgebrannt. Sein Körper scheint in sich zusammenfallen zu wollen wie ein alter Sack. Doch plötzlich geht ein Ruck durch ihn hindurch, und es kommt Feuer in seine Augen. Er hat wieder neuen Elan.

»Ich habe noch etwas sehr Wichtiges in Erfahrung gebracht. Nur unsere Kinder und die Cree sind bereit, sich mit den Weißen zu einigen und sich auf einen Handel einzulassen. Die Inuit zögern noch, aber die Algonquins, die Naskapis, die Attikameks und die Montagnais lehnen die Vorschläge ab ... Sie haben alles abgelehnt.«

Die Gesichter hellen sich auf. Der Schamane hebt langsam seinen langen, entrindeten Stock und spricht so weihevoll, als verkünde er geheiligte Worte:

»Das liegt daran, daß sie weiter im Süden leben. Sie kennen die Betrügereien des weißen Mannes besser als wir. Die Inuit werden ihnen in die Falle gehen, unsere Jungen werden ihnen in die Falle gehen. Sie werden das gleiche tun wie unsere Vorfahren, die ihr Land für Spiegel eintauschten.«

Nach diesen Sätzen kehrt Stille ein, eine Stille voller Licht, voller Wind. In diesem Wind sind alle Düfte enthalten, die der Strom und die Taiga am Ende des Sommers bereithalten.

Die Alten sind nicht zum Fischen gegangen. Es scheint ihnen, als sei die Bedrohung für die Longue Ile größer geworden. Die Männer setzen sich auf die Hauklötze, auf denen sie normalerweise sitzen, wenn sie Dame spielen, doch heute holen sie die Steine nicht hervor. Sie betrachten den Himmel, die Bäume, die schimmernde Wasseroberfläche des Stroms. Die Frauen machen sich wieder an die Arbeit. Sie haben Fische zu säubern und zu räuchern. Ade bereitet sie vor, während Odosi und Amo Holz hacken und Moos für das Feuer holen.

Die Stunden vergehen, und sogar die Frauen bleiben stumm. Die einzigen Geräusche, die man noch hört, sind der Wind und das Gezwitscher der Vögel.

KAPITEL 55

Als ich ein Kind war, kamen Indianer von Stämmen, die weiter südlich leben, hin und wieder auf ihrem Weg nach Norden hier vorbei. Sie jagten mit unseren Eltern. Sie luden sich gegenseitig in ihre Jagdgebiete ein. Und sie unterhielten sich miteinander. Es war die Zeit, als die Eisenbahnlinie nach Schefferville gebaut wurde. Die Strecke führte über unser Land, obwohl die Weißen versprochen hatten, unseren Boden niemals anzurühren.

Die Arbeiter, die an den Bahngleisen arbeiteten, waren nicht mit dem Wald vertraut. Es waren Leute aus der Stadt. Um sich ihr Essen zu kochen und sich vor den Schmeißfliegen zu schützen, entzündeten sie Feuer und Räucherfackeln. Sie zogen weiter, ohne die Glut ausgetreten zu haben. So flackerten die Flammen wieder auf und vernichteten die Taiga. Die Indianer waren indes voll Entsetzen über die Zerstörung ihres Waldes. Die Tiere, die nicht von der Feuersbrunst eingeschlossen oder eingeholt wurden, flohen und kehrten niemals wieder. Weite Flächen waren für viele Jahre ohne jegliches Leben. Es braucht mehr als ein Menschenleben, bis sich ein Wald von einem Brand wieder erholt, denn das Moos verbrennt und der Torfboden ebenfalls. Und der neue Wald ist niemals so gut wie der alte. Er hat zuviel dichtes Buschwerk, das alles überwuchert und erstickt, und es gibt zu viele kleine Espen, die für niemanden von Wert sind.

Doch der Eisenbahnbau hat noch weitere unglückselige Folgen gehabt: Die Regierung hat den Forstgesellschaften riesige bewaldete Flächen zugeteilt. Die Weißen, die nichts vom Feuermachen verstehen, brauchen jedoch sehr viel Holz. Die Gesellschaften haben alles kahlgeschlagen. Die Taiga ist tot und mit ihr die Seen und Wasserläufe. Die Indianer, die auf diesem Territorium vom Fischfang und von der Jagd lebten, mußten fliehen. Diese und ähnliche Erinnerungen haben dazu geführt, daß wir in ständiger Angst vor den profitgierigen Menschen leben, die aus dem Land stets mehr herausholen wollen, als es hergibt.

Die Indianer gehen nie in die Städte, um Straßen oder eckige Häuser zu kaufen und zu verkaufen. Dabei wurden die großen Städte der Weißen auf Gebieten errichtet, die seit Menschengedenken von Indianern bewohnt werden. Der Norden ist zwar weitläufig, doch die Winter sind sehr lang, und wir brauchen sehr wohl diese ausgedehnte Fläche, um hier zu leben. Doch der weiße Mann will uns auf allen Gebieten eine Lektion erteilen.

Er hat uns sogar die Macht und die Liebe eines Gottes lehren wollen, der uns fremd ist. Doch es will mir nicht gelingen, das Bild des Gottes der Weißen in der Kirche und im Gemeindesaal zu betrachten, ohne dabei nicht unwillkürlich daran denken zu müssen, was die Menschen, die sein Ebenbild sind, uns außer ihm noch gebracht haben. In meinem Kopf dröhnt das Brummen der Generatoren und der Flugzeuge, das Knattern der Motoren. Diese Geräusche sind nun in mir und werden nie mehr vergehen. Sie sind wie Flaschen, die man in die Erde steckt: Die Erde weigert sich, sie zu zersetzen. Die Flaschen werden mit der Erde sterben und die Motorengeräusche mit mir.

Wie können wir einen allmächtigen Gott lieben, der durch Menschen zu uns gekommen ist, die unser Land besudelt haben, bevor sie es uns wegnahmen?

Wie können wir einen Gott lieben, der von seinem Kreuz herab seinen Kindern zusieht, wie sie sich den Wald eines Volkes aneignen und diesem Volk die Freiheit rauben?

Und oft fragen wir uns, ob wir für diesen Gott und für die, die uns zwingen wollen, ihn anzubeten, nicht für immer die verdammten Wilden bleiben werden.

AUSZUG AUS DEM TAGEBUCH DES ZWEITEN OFFIZIERS VON JACQUES CARTIER

Die Heilige Jungfrau Maria hat uns von der Landkrankheit errettet.

Schon in den ersten Wochen des in den hiesigen Gefilden so schrecklichen Winters wütete eine entsetzliche unbekannte Krankheit unter unseren Männern und raffte eine Vielzahl von Matrosen dahin. Als sie erneut ausbrach, kam unser Kapitän auf den Gedanken, inständig zur Jungfrau Maria zu beten und sie um Hilfe zu bitten.

Und unsere Gebete wurden erhört.

Und zwar am dritten Tag. Sie sandte uns einen Wilden. Als er sah, wie krank einige von uns waren, ging er sofort in den Wald und holte Rinde und Nadeln eines bestimmten Baums, den ihm die Jungfrau wies. Er kochte alles in Schneewasser und gab uns von dem Gebräu zu trinken. Nach ein paar Tagen dieser Behandlung war die Krankheit besiegt.

Gewiß hat die Jungfrau Maria diesem Wilden zeigen wollen, daß wir Menschen sind, die es verdienen, mit Aufmerksamkeit und Respekt behandelt zu werden. Möge dieser Wilde, den wir nicht mehr wiedergesehen haben, diese schöne Lektion verstanden haben.

KAPITEL 56

Gleich nach Schulschluß kommt Vincent angelaufen. Sein Gesicht ist aufgeschürft, und er blutet aus dem Mund. Sein ganzes Volk ist gefangengenommen worden.

»Sie haben unseren Wigwam kaputtgemacht. Sie werden sie foltern.«

Während Ade versucht, seine Wunden zu säubern, fragt ihn der Häuptling streng:

»Und du, der Häuptling, hast dein Volk im Stich gelassen?«

»Ich bin geflüchtet, um euch zu warnen.«

»Du bist kein Kind mehr. Du solltest mit diesen kindischen Spielen aufhören«, schimpft Ade.

»Das ist kein Spiel. Ich habe euch doch gesagt, sie werden sie foltern.«

»Ich gehe besser mal nachsehen«, meint Makwa.

Der Häuptling will, daß Vincent mitkommt.

Sie gehen alle. Männer und Frauen, der Häuptling vornweg, hinter ihm der Schamane und der Blinde, der sich auf die Schulter des Schamanen stützt.

Sie gehen geradewegs ins Dorf. Als sie dort eintreffen, stürzen Jeanne und drei andere Frauen auf sie zu. Alle vier fangen gleichzeitig an, die Alten anzuschreien, man kann gar nicht verstehen, was sie sagen. In diesem Augenblick kommen die zwei Freunde Vincents hinter einem Haus zum Vorschein. Sie sind völlig außer Atem. Auch sie bluten überall, und ihre Kleider sind zerrissen. Andere Kinder, die ihnen auf den Fersen sind, weichen zurück, als sie Mestakoshi erblicken. Die Frauen hören nicht auf zu kreischen, behaupten, die Alten seien Schuld daran, daß sich die Kinder prügeln. Der Häuptling hebt die Hand. Sofort kehrt Ruhe ein. Er wendet sich zu den Kindern um und ruft aufgebracht:

»Kommt gefälligst her!«

Die Kinder bewegen sich vorsichtig näher und bleiben vier Schritte von der Gruppe entfernt stehen. Mestakoshi fragt:

»Wer ist euer Häuptling?«

Ein Junge tritt vor, ungefähr so alt und so groß wie Vincent.

»Du bist Coughawa, nicht wahr?«

»Ja, Häuptling Mestakoshi, ich bin Antoine Coughawa, Sohn von Pierre Coughawa.«

»Du bist der Häuptling von denen da?«

»Ja.«

»Und Mestakoshi ist der Häuptling der anderen. Kommt, Häuptling Mestakoshi will mit euch sprechen.«

Einige Frauen wollen mitgehen, darunter auch Antoine Coughawas Mutter.

Der Alte sieht sie streng an.

»Das hier ist allein ein Treffen der Häuptlinge.«

Dann dreht er sich zu Nepeshi und sagt in befehlendem Ton:

»Du als mein Stellvertreter gehst mit den anderen und siehst nach, was mit ihrem Wigwam passiert ist. Und sie sollen sich dir gegenüber verhalten, wie sie sich mir gegenüber zu verhalten hätten.«

Gefolgt von den beiden Jungen, geht er zum Gemeindesaal hinüber. Er läßt sie eintreten, schließt die Tür, wirft aber vorher noch einen gestrengen Blick auf die Frauen, die das Geschehen von weitem beobachten. Er setzt sich mit dem Rücken zum Fenster auf einen Stuhl und bedeutet den Jungen, vor ihm nebeneinander Platz zu nehmen.

»Häuptling Coughawa, du bist ja auch verletzt.«

Vincent ruft:

»Wenn ich ihn allein in die Hände bekommen hätte, wäre er jetzt tot.«

Der andere will etwas entgegnen, doch der Häuptling fährt dazwischen:

»Das wäre für ihn nicht gut ausgegangen, für dich aber auch nicht. Und außerdem habe ich dir nicht das Wort erteilt, Häuptling Mestakoshi junior. Wie mir scheint, bin ich schließlich der älteste von uns dreien, oder?«

Die Jungen grinsen und nicken zustimmend.

»Hiermit erteile ich Häuptling Coughawa das Wort. Lege mir die Gründe für euren Kampf dar.«

Der Junge sieht ihn freimütig an. Er fährt sich mit dem Hemdsärmel über seine blutende linke Wange. Er denkt nach, dann erklärt er ruhig:

»Ich habe gesagt, daß die Ratsmitglieder, die die Baustellen besichtigen, eine gute Entscheidung getroffen haben. Die Weißen haben sie eingeladen. Sie sind gefahren, weil du, Häuptling Mestakoshi, nicht fahren wolltest.«

»Man hat mir nichts davon erzählt, aber es stimmt, ich wäre nicht hingefahren ... Sprich weiter.«

Der Junge zögert. Seine Augenlider flattern ein wenig. Er wirft einen raschen Blick zu Vincent hinüber, der herausfordernd grinst und die Hand hebt.

»Nein, du hast nachher das Wort.«

Coughawas Gesichtsausdruck verhärtet sich. Damit man seine Unsicherheit nicht bemerkt, spricht er etwas lauter als gewöhnlich:

»Nun, ich habe gesagt, daß die Cree einen Häuptling gewählt haben, der fünfundzwanzig Jahre alt ist und in Montreal studiert hat.«

Er schweigt, doch er weicht dem Blick des alten Häuptlings nicht aus. Jetzt platzt Vincent heraus:

»Du hast gesagt, wir haben ...«

Häuptling Mestakoshi hebt die Hand und beendet den Satz, den Vincent begonnen hat:

»Er hat gesagt, wir haben einen zu alten Häuptling. Und deshalb habt ihr euch geprügelt wie zwei Silberdachse. Haltet ihr es für gut, wenn Indianer aufeinander losgehen, anstatt zusammenzuhalten und den Weißen die Stirn zu bieten, die ihnen ihr Land wegnehmen wollen?«

Über Coughawas ernstes Gesicht huscht ein spöttisches Lächeln. Der Alte schweigt. Er wartet auf eine Antwort, doch er wartet vergeblich.

»Nun, Häuptling Coughawa, hast du nichts zu sagen?«

»So einfach ist das nicht.«

»Was ist nicht so einfach?«

»Die Weißen wollen uns nicht unser Land wegnehmen. Sie wollen die Wasserkraft unserer Flüsse, um Strom zu erzeugen. Und den werden sie dann auch uns geben. Und auch Geld und neues Land.«

»Unser Strom ist ein Gott, wir dürfen ihn nicht versklaven.«

»Das ist keine Versklavung. Die Wabamahigans nehmen doch seinen Fisch, also kann man auch seine Wasserkraft nutzen. Die wird es immer geben, wie es auch immer Fisch geben wird.«

Der alte Mestakoshi seufzt tief und fragt:

»Und woher weißt du das alles?«

»Von meinem Vater. Und von den anderen auch.«

Die Augen Vincents sind nicht voll Haß, sondern voller Verwirrung. Der Alte zögert einen Augenblick. Er betrachtet die beiden Jungen, die von ihm eine Antwort erwarten, die gerecht, wahr, klar und weise ist. Er kann sie ihnen nicht geben, und so fragt er Coughawa:

»Glaubst du wirklich, daß alles besser wäre, wenn die Wabamahigans einen Häuptling in deinem Alter hätten?«

Die Jungen lachen schallend.

»Nein«, sagt Coughawa und sieht ihn furchtlos an, »keinen Häuptling in meinem Alter, aber jung genug, um mit den Weißen zu sprechen. Und sich anzusehen, was sie machen.«

Der alte Mestakoshi schließt kurz die Augen und atmet tief durch. Die Welt scheint sich zu drehen, das eckige Haus scheint zu schwanken. Doch dieses Gefühl ist gleich wieder vorbei. Wie ein Blitzschlag, der einen messerscharfen Schmerz hinterläßt. Er steht auf.

»Ich bitte euch, einander zu umarmen und euch wie Brüder zu lieben, auch wenn ihr unterschiedlicher Meinung seid.«

Coughawa tut den ersten Schritt.

»Und nun«, sagt der Alte mit leicht zitternder Stimme, »selbst wenn ihr davon träumt, in modernen Häusern zu wohnen, geht ihr und baut alle gemeinsam den Wigwam wieder auf. Wenn man in Frieden miteinander leben will, muß man zuvor die Spuren des Krieges beseitigen.«

BRIEF EINES HÄUPTLINGS DER MONTAGNAIS VON DER RIVIÈRE MOISIE AN DEN PREMIERMINISTER IN OTTAWA, GESCHRIEBEN IM JAHR 1865 IN INDIANISCHER SPRACHE, INS ENGLISCHE ÜBERSETZT VON GHISHOLM, EINEM ANGESTELLTEN DER HUDSON'S BAY COMPANY

Werdet ihr Weißen jemals imstande sein, uns zu verstehen? Seid ihr, die ihr uns regiert, in der Lage, euer Herz für die Worte eines Indianers zu öffnen?

Wir sind hier geboren und der festen Überzeugung, daß dieses Land uns gehört.

Unser Land ist geplündert und verwüstet worden. Wir finden nicht einmal mehr, was wir zum Überleben brauchen. Die Weißen haben sich unserer Flüsse bemächtigt, damit sie ihnen allein nützlich sind.

Das einzige Recht, das uns bleibt, ist, dem Lauf des Wassers zuzusehen. Wir sind ärmer als die Ärmsten und haben nicht einmal mehr das Recht zu fischen.

Was wollt ihr noch von uns? Was könnt ihr noch verlangen?

Ihr seid reich. Ihr habt tausendmal mehr, als man zum Leben braucht. Warum bleibt uns nicht einmal soviel, daß wir nicht Hungers sterben? Daß unsere Kinder nicht Hungers sterben?

Weder aus Faulheit noch aus Bequemlichkeit bleiben wir untätig, sondern weil ihr uns das Recht genommen habt, uns und unseren Kindern zu beschaffen, was wir zum Leben brauchen. Ihr solltet aber wissen, daß wir nicht ohne unser Land und unsere Flüsse leben können.

Du, der große, allmächtige Häuptling der Weißen, wirst dir unsere Forderungen anhören müssen.

AUSZUG AUS DEM BRIEF EINES ARZTES DER FÜR DIE ERRICHTUNG DER STAUDÄMME VERANTWORTLICHEN BAUGESELLSCHAFT

Ja, es ist wahr, die Indianer sind ein zerrissenes Volk. Zerrissen zwischen dem primitiven Leben (Jagd, Fischfang und Nomadentum) und dem Fernsehen.

AUSZUG AUS DEM TELEX EINES WARENHAUSDIREKTORS

Um Zeit zu sparen, können Sie, ohne unsere Bestellung abzuwarten, alle Produkte schicken, die in der Fernsehwerbung, vor allem während der Familienserien, vorkommen. Die Indianer sind ganz wild auf diese Produkte, selbst wenn sie gar keine Verwendung für sie haben.

FÜNFTER TEIL

DIE KARIBUS

KAPITEL 57

Seit acht Jahren ist der alte Mestakoshi nicht mehr der Häuptling aller Wabamahigans. Zu seinen Getreuen gehören nur noch die, die mit ihm im Wigwam leben. Er ist der Häuptling der Alten, der Häuptling derer, die die Verstorbenen bewachen. Auch ist die Zahl seiner Getreuen kleiner geworden. Zwei Mitglieder haben sie verlassen und sind ins Reich der Toten eingegangen. Der Blinde ist vor nun vier Jahren gestorben, und Ade die Krähe, Häuptling Mestakoshis Frau, hat der letzte Winter dahingerafft wie Jahre zuvor schon die Hundertdreijährige.

Trotz seiner siebenundachtzig Jahre fühlt sich Mestakoshi noch rüstig. Er führt sein Kanu sicher, trifft sein Ziel noch immer ganz genau und läuft lange Strecken, ohne müde zu werden, obwohl er Dinge ertragen hat, die andere umgebracht hätten. Erst die Spaltung seines Volks, dann die Wahl des neuen Häuptlings, der kein Mestakoshi ist. Hervé ist Häuptling Otikwan geworden. Mit diesem Namen unterzeichnet er die Papiere der Weißen, deren Sprache er lesen und schreiben kann. Für sie ist er Häuptling Hervé. Mestakoshi hat ihn immer geachtet. Er weiß, daß Hervé intelligenter ist als sein eigener Sohn, doch er wird nie verstehen, warum Hervé der Umsiedlung des Dorfs zugestimmt hat.

Das war die zweite tiefe Wunde, die die letzten Jahre dem alten Mestakoshi zugefügt haben. Die Kirche und die besser erhaltenen Häuser sind zerlegt und lagenweise auf Lastern über den vereisten Strom transportiert worden. Sipawaban, der Strom der Götter, hat erdulden müssen, daß riesige Lastwagen, die stinkenden Qualm ausspieen, über seinen Rücken aus Eis hinwegrollten. Er hat miterlebt, wie die Wabamahigans ihre Insel mit der Schule, der Kirche, dem Gemeindesaal und ein paar dieser verwünschten eckigen Häuser verlassen haben. Die Häuser, die zurückblieben und niemandem nützten, hat keiner mehr betreten. Die Alten nähern sich ihnen nicht einmal. Aus der Ferne beobachteten sie, wie sie in sich zusammensackten und zerfielen und wie die Taiga sich ihrer wieder bemächtigte.

Es hat sich viel in der Umgebung geändert, doch Häuptling Mestakoshi ist nie in dem neuen Dorf gewesen, auch nicht bei den Staudämmen. Er hat nur davon erzählen gehört. Abgesehen vom Schamanen, der den Wigwam nicht mehr verläßt, und Makwa, der es nicht darauf ankommen lassen wollte, daß er jemandem den Hals umdreht, haben alle die modernen Häuser besichtigt, die flußaufwärts am Südufer errichtet worden sind. Von dort führt eine Straße zu einem kleinen Ort der Weißen, der in unmittelbarer Nähe eines Elektrizitätswerks erbaut worden ist.

Von Vincent, der oft kommt, hat der Alte viel erfahren, auch von René und Hervé, die sich ebenfalls von Zeit zu Zeit einstellen, weil es sich gehört, die Alten zu besuchen. Als der Bruch bevorstand, sagte Hervé:

»Es ist gut, daß es Wabamahigans gibt, die sich weigern, die Insel zu verlassen. Unsere Anwälte sagen, daß man die Vereinbarung im Zweifelsfalle anfechten kann, weil sie nicht von allen unterzeichnet wurde.«

Heute spricht Hervé nicht mehr davon. Er gehört zu den Menschen, die etwas nur einmal sagen und nur dann darauf zurückkommen, wenn jemand es nicht verstanden hat. Doch René spricht immer wieder davon, wahrscheinlich, weil er nicht weiß, was er seinem Vater sonst sagen soll. Beim letzten Mal hat ihm der alte Mestakoshi scharf entgegnet:

»Du bist erst fünfundsechzig und fängst schon an, dich fortwährend zu wiederholen. Wenn du deine Vereinbarung anfechten willst, mußt du dich beeilen, denn die, die sie nicht unterschrieben haben, werden bald alle tot sein.«

Sie sind nur noch sieben Alte auf der Longue Ile. Die Weißen haben ihre Staubecken schon gefüllt. Bis jetzt hat sich der Lauf des Stroms nicht verändert, das Wasser ist nur wenig angestiegen, doch sind die vorgesehenen Deiche zum Schutz der Insel nie gebaut worden. Noch zeigt sich keine Erosion. Die Alten ziehen es vor, daß ihre Insel so bleibt, wie sie immer war. Sie hätten es nicht ertragen, Laster und Kräne Felswälle aufwuchten zu sehen. Die Wabamahigans sehen keine Notwendigkeit, sich vom weißen Mann vor einem Strom schützen zu lassen, mit dem sie seit Urzeiten in Eintracht leben.

Sie verlassen die Longue Ile nur noch, um zu fischen oder zu jagen, doch nie in großer Entfernung. Mestakoshi ist davon überzeugt, daß der Rest des Gebietes von den Erbauern der Staudämme verwüstet worden ist. Er will nicht hören, was die Besucher erzählen, die Meilen und Meilen von Land unberührt gefunden haben, die wie gewohnt ihre Fallen gestellt haben und die beteuern, daß die Arbeiten nur einen sehr kleinen Teil des Landes betreffen.

Fast jeden Monat besucht sie der Priester, doch redet er nicht mehr von seinem Gott, denn er weiß, daß sich die Alten wieder dem Großen Geist zugewendet haben. Er versucht lediglich, sie davon zu überzeugen, in das neue Dorf zu ziehen, wo behagliche Häuser auf sie warten und ihre Kinder, die ihnen im Alter helfen und sie beim Sterben begleiten wollen. Zwar befragt Mestakoshi die anderen nicht, doch antwortet er in ihrem Namen, wenn er dem Priester jedesmal entgegnet, daß sie alle auf der Longue Ile sterben wollen.

Auch die Lehrerin ist mehrmals gekommen, auf dem Motorschlitten oder in Vincents Kanu. Ihre Besuche sind rein freundschaftlicher Natur, sie macht keine Vorschläge und hält keine Reden.

Auch Vincent versucht nicht, die Alten zu überzeugen, den anderen ins Dorf zu folgen. Er hat viel geweint, als Ade starb. Jetzt ist er ein Mann. Der alte Mestakoshi liebt ihn noch genauso wie früher, doch spricht er mit Nepeshi nie über ihn. Er hatte in ihm den späteren Häuptling der Wabamahigans gesehen, doch nun ist aus ihm ein Indianer geworden, der so ist wie der Großteil der anderen, die in den Reservaten leben. Er stellt kaum noch Fallen und jagt nur hin und wieder. Er ist bei der Dorfverwaltung angestellt.

Diese wohl grausamste Wunde schmerzt den Alten am meisten, doch sucht er sie mehr als alle anderen zu verbergen.

Sie sind nur noch sieben im Wigwam. Weiße wollten sehen, wie sie dort leben, doch das haben sie stets abgelehnt. Schließlich sind sie keine Tiere, die man zur Schau stellt. Sie bleiben auf ihrer Insel, weil man die Toten nicht allein lassen darf. Aus der Ferne betrachten sie die Hügel oder den Schnee, der sie bedeckt. Sie haben ihren Platz gefunden. Ihre heimatliche Erde erwartet sie.

KAPITEL 58

Wir bleiben hier und warten auf die Stunde, in der der Große Geist uns holen wird. Ich, Häuptling Mestakoshi, habe nur eine einzige Sorge: Was wird aus dem letzten von uns? Wer wird es erfahren, wenn seine Seele seine fleischliche Hülle verlassen hat? Wer wird kommen, solange sein Körper noch warm und weich ist, und ihn in Lederbänder einwickeln, so daß sein Kinn auf den Knien zu ruhen kommt? Wer wird dafür Sorge tragen, daß er in den Bauch der Mutter Erde zurückkehrt, wie er bis zu seiner Geburt im Bauch der Frau seines Vaters geruht hat? Wer wird ihn in das schönste Elchfell hüllen? Wer wird das runde Loch ausheben, in welchem seine Gebeine in alle Ewigkeit ruhen werden? Wer wird das Loch schließen, nachdem ihm alles mitgegeben wurde, was er für die große Reise braucht?

Wenn der letzte von uns steif wird, bevor man ihn gefunden hat, werden die Menschen ihm ein langes Loch ausheben, mit scharfen Winkeln wie in den Häusern der Weißen. Sie werden ihn der Länge nach in dieses Loch legen, und er wird nie die ewige Ruhe finden.

Und wenn der letzte von uns diese Welt in der toten Jahreszeit verläßt, wenn die Erde hart wie Granit ist, wer wird seinen Leib dann vor den Tieren in Sicherheit bringen und den Leichnam in den hölzernen Schutzbau auf dem Pfahlgerüst legen?

Das Feuer im Wigwam wird erlöschen, und mit der Kälte werden die Tiere kommen, die sein Fleisch und seine Knochen fressen werden. Dieser Tote wird niemals Frieden finden. Sein verstümmelter Körper muß dann für immer im Bauch eines Fuchses oder eines Silberdachses durch die Taiga irren.

Unsere Töchter und Söhne haben uns für eine Welt verlassen, in der man die Toten vergißt. Stirbt einer von uns, so kommen sie und beweinen ihn mit uns, doch der letzte wird niemanden haben, der ihn beweint. Und die Toten, die ohne die Tränen der Liebe gehen, sind für alle Zeiten betrübt.

Wir bleiben hier, weil wir unsere Toten nicht allein lassen wollen, doch fühlen wir unbändige Trauer bei dem Gedanken, daß wir unabänderlich eines Tages verlassene Tote sein werden.

Tote, die nicht die Freundschaft der Lebenden besitzen, sind doppelt tot.

Die Taiga wird sich den Boden der Longue Ile zurückholen, und von unserem Dasein in dieser Welt wird keine Spur mehr zu finden sein.

KAPITEL 59

Die alten Wabamahigans haben ihr Mahl beinahe beendet, als Kag, ihr einziger Hund, zu winseln anfängt. Er steht auf, schüttelt sich, bellt kurz und geht zu der Elchhaut, die den Eingang verschließt. Er wendet sich um und blickt den alten Häuptling fragend an.

»Lauf!« sagt ihm dieser.

»Was kann er nur gespürt haben?« fragt Makwa.

»Vincent.«

»Um diese Zeit?«

»Wenn es nicht mein Urenkel ist«, sagt der Häuptling, »dann ist der Hund verrückt geworden.«

Ihre letzte Hündin ist nach einem Wurf von sechs totgeborenen Welpen gestorben. Vincent hatte ihnen Kag, das Stachelschwein, gebracht. So nennen sie ihn, weil sein braunes und rauhes Fell borstig nach oben steht, als sei er beständig in Wut.

Mestakoshi geht hinaus. Die Nacht ist recht finster, obwohl die Sterne zu sehen sind und das Polarlicht im Westen seinen Schimmer aussendet. Ein paar Schritte vom Wigwam entfernt brennt in der Räucherhütte das Feuer langsam aus. Amo, die dem Häuptling gefolgt ist, stochert in der roten Glut, legt Moos und feuchtes Holz nach. Dann kommt sie zurück und meint:

»Morgen gegen Mittag ist das Gänsefleisch fertig. Dann bleibt noch der Fisch, den haben wir später hineingetan.«

Der Häuptling hat sich auf einen Baumstumpf gesetzt, der als Hauklotz dient, und lauscht in die Nacht, die voller Klänge ist.

»Wo ist Kag?«

»Am Strom.«

Amo geht ins Zelt.

Der Hund muß die Ankunft seines ehemaligen Herrn

gespürt haben, noch bevor der Wind das leiseste Geräusch oder den geringsten Duft herübergeweht hatte, denn Mestakoshi muß lange warten, bis er ihn zum Anlegesteg laufen hört. Er kommt kurz zurück und dreht gleich wieder mit einem freudigen Winseln ab. Schon bald ist die Stimme des jungen Mannes zu vernehmen, der mit dem Hund spricht wie mit einem Freund.

Der alte Häuptling erhebt sich und drückt den Jungen an seine Brust, der inzwischen größer und breiter ist als er. Er riecht kurz an ihm und sagt mit einem vor Rührung zittrigen Lachen:

»Du riechst nach den Weißen.«

»Ich habe meine Kleidung in der Wäscherei waschen lassen.«

Ein Schatten bewegt sich auf sie zu. Der alte Häuptling erkennt Hervé an seiner Größe und seinem elastischen Gang. Er sagt:

»Nur ein Unglück kann euch zu dieser Stunde hierherführen.«

»Es ist ein Unglück«, antwortet ihm Hervé. »Ich werde es dir erklären.«

Mestakoshi läßt sie in den Wigwam eintreten. Amo sagt:

»Ihr seid wohl vom Himmel gefallen! Ich habe gar kein Motorengeräusch gehört.«

»Du weißt doch, daß wir flußaufwärts den Motor ausmachen, wenn die Strömung stark genug ist.«

Sie setzen sich um das Feuer. Der alte Häuptling betrachtet Vincent. Der Gesichtsausdruck des Jungen ist finster und verschlossen. Er streift die Alten nur mit kurzen Blicken, als wage er nicht, sie direkt anzusehen. Hervé wirkt etwas ruhiger. Die Alten warten gespannt, während er drei Zeitungen aus seiner Tasche zieht. Zwei legt er neben sich auf den Boden, die dritte schlägt er so auf, daß man nur eine Überschrift sieht mit einem Foto darunter.

»Gebt das an Häuptling Mestakoshi weiter!«

Er reicht Makwa die Zeitung, und sie geht von Hand zu Hand. Alle blicken entsetzt und ungläubig auf das Foto. Hervé faltet nun die anderen Zeitungen auf die gleiche Weise und reicht die eine nach links, die andere nach rechts in die Runde.

»Seht ihr, überall steht das gleiche«, erläutert er.

Sprachlos formen alle Lippen dasselbe Wort:

»Karibus!«

Die Fotos zeigen einen Fluß, dessen Böschung mit Karibukadavern übersät ist. In einer der Zeitungen sieht man den Fluß in seiner ganzen Breite, zwei Wasserflugzeuge sind auf ihm gelandet. Auf einem anderen Foto bahnt sich ein Boot einen Weg durch die aufgedunsenen Tierleiber, Menschen am Ufer stehen erschüttert vor diesem entsetzlichen Anblick. Alle Karibus liegen auf der Seite, einige sind teilweise unter Schlammassen begraben.

Niemand wagt zu sprechen, nur die Blicke wandern fragend zwischen den Fotos, Vincent und Hervé hin und her.

»Das ist der Caniapiscau«, sagt Hervé. »Das Wasserwerk hat die Schleusen genau in dem Augenblick geöffnet, als die Karibus oberhalb einer Stromschnelle den Fluß überquerten. Man vermutet, daß mehr als zwanzigtausend Tiere ertrunken sind.«

Die Alten bringen kein Wort heraus. Die Fotos zeigen höchstens ein paar Hundert Tiere, und die von Hervé genannte Zahl übersteigt völlig ihr Vorstellungsvermögen. Als Hervé sich dessen bewußt wird, versucht er zu erklären:

»Zwanzigtausend, das ist eine riesengroße Herde. Das sind mehr, als ein Mann aus unserem Volk in seinem ganzen Leben erlegen kann, selbst wenn er über hundert Jahre alt werden würde.«

Die Alten sehen sich immer noch kopfschüttelnd an, und Hervé fügt hinzu:

»Zwanzigtausend. Wenn eine solche Herde vorüberzieht, könntet ihr einen ganzen Tag und eine ganze Nacht diesem Schauspiel zusehen. Seit wir Indianer gedenken können, hat es noch nie ein solches Massensterben gegeben.«

Die Alten sind verstört. Jeder versucht, sich diese Herde auf ihrer Wanderschaft vorzustellen, die vielen Tiere, die den Caniapiscau überqueren, genau in dem Augenblick, als das Wasser zu steigen beginnt. Doch wie soll man sich ein solches Hochwasser begreiflich machen?

Der alte Mestakoshi schüttelt lange den Kopf. Seine Stimme ist sehr gedämpft:

»Der Geist des Bösen hat unser Gebiet erfaßt. Er ist wie der Silberdachs: Er tötet, um zu töten. Noch mehr Karibus werden ertrinken, und noch größere Unglücke werden geschehen, wenn die Biber, die unser größter Reichtum sind, zugrunde gehen.«

Hervé wartet, bis der Alte zu Ende gesprochen hat, und sagt:

»Häuptling Mestakoshi, ich bin nicht hergekommen, um dich noch mehr Unglück vorhersagen zu hören, sondern damit du uns hilfst, es zu vermeiden.«

Das Gesicht des Alten wird noch runzliger. Es ist schwer zu sagen, ob er lächelt oder ob er gleich in Tränen ausbrechen wird.

»Du kommst spät mit deinem Anliegen, Häuptling Otikwan. Du hast gemeinsam mit den anderen unser Land an die Weißen verkauft.«

Hervé preßt die Lippen zusammen. Man sieht, wie seine Kiefer unter der Haut mahlen. Er unterdrückt eine ungeduldige Bewegung.

»Häuptling Mestakoshi, du bist der älteste aller indianischen Häuptlinge. Wenn du nicht mit uns kommst, um die ertrunkenen Karibus anzusehen, wenn du den Weißen nicht sagst, was du darüber denkst, so ist es für sie ein Kinderspiel, so zu tun, als sei das alles nicht so schlimm. Manche sagen jetzt schon, daß die Staudämme mit diesem Unglück nichts zu tun haben. Und mit denen muß man über das Aussterben der Biber und alle anderen Katastrophen sprechen, die du kommen siehst.«

Der alte Häuptling sieht Nepeshi, Makwa und Kinoje an. Jeder einzelne erwidert seinen Blick mit einem kaum wahrnehmbaren Nicken.

»Gut, dann gehen wir.«

»Nein«, sagt Hervé. »Nicht alle. Nur du und Nepeshi. Wir können nicht alle mitnehmen.«

»Wir können mit zwei Kanus fahren.«

Geduldig erklärt Hervé, daß sie mit einem Wasserflugzeug hinfliegen müssen. Das Ministerium hat ihnen eine Maschine zur Verfügung gestellt, die sie abholen und am Caniapiscau absetzen wird. Je länger er spricht, desto bestürzter wirkt der alte Häuptling. Nepeshi hingegen scheint mehr neugierig als ängstlich zu sein. Als Hervé aufgehört hat zu reden, sagt Häuptling Mestakoshi:

»Du willst unseren Tod!«

»Ich bin schon mehrmals mit dem Flugzeug geflogen, und es geht mir immer noch prächtig. Dein Sohn ist auch geflogen.«

»Wir kommen mit dem Kanu. Schließlich haben wir noch Arme.«

»Wegen der Staudämme müßtet ihr die Boote über lange Strecken tragen.«

»Wir haben auch noch Beine und Schultern.«

»Ihr würdet mehr als zehn Tage brauchen, der Regen hat die Strömung anschwellen lassen. In zehn Tagen werden keine Karibus mehr da sein. Und es wird auch niemand mehr da sein, mit dem man sprechen könnte.«

Er schweigt, und noch bevor Mestakoshi antworten kann, beeilt sich Nepeshi einzuwerfen:

»Der Tod steht uns schon bald bevor, also müssen wir uns nicht vor ihrem Flugzeug fürchten.«

»Ich will auf dem Boden meiner Heimat sterben.«

»Das Gebiet um den Caniapiscau ist auch unser Land.«

Der alte Häuptling blickt hilfesuchend von einem zum

anderen, doch niemand sagt etwas. Aufgewühlt erklärt er mit beschwörender Stimme:

»Kein Indianer hatte jemals die Idee, zu den Wolken fliegen zu wollen. Sie wissen, daß nur ihre Seele den Weg zum Himmel einschlagen kann, wenn ihr Körper in den Tiefen der Erde ruht. Es bedurfte des ungeheuren Hochmuts des weißen Mannes, um Metallvögel zu bauen, die sich über die Wolken erheben. Niemals sollte ein Indianer in diese Feuervögel steigen und die Gewitter herausfordern. Das ist eine Beleidigung der großen Ruhe des Himmels und der Reinheit des Windes. Es ist unmöglich, daß der Große Geist dies mitansieht, ohne den Wunsch zu verspüren, all diejenigen zu bestrafen, die die seit Urzeiten geltenden Regeln verhöhnen. Tiska, die Frau aus Sibirien, ist bis in die Gebiete gelangt, in denen wir heute leben, weil sie dem weißen Wolf durch Eis und Schnee gefolgt ist. Selbst der mächtige Wabamahigan hätte unsere Mutter nie auf den unsichtbaren Weg der großen Zugvögel gelockt. Wenn der Mensch die Gesetze der Götter nicht mehr achtet, zieht er sich ihren Zorn zu.«

Bei den letzten Worten ist der alte Mann wie erschöpft in sich zusammengesunken. Wieder blickt er verständnisheischend in die Runde. Die Stille scheint endlos. Niemand wagt es, ein Wort zu sagen. Doch plötzlich ruft der Schamane mit einer Leidenschaft, die man seit Monaten nicht mehr in seinen Augen gesehen hat:

»Wenn man mich zu ihrem Flugzeug tragen würde, würde ich mitkommen. Und ich wüßte, was ich den Mördern unserer Erde sagen würde.«

AUSZÜGE AUS DEN MELDUNGEN DER PRESSEAGENTUREN

Auf ihrem Weg in die Tundra wurden die Karibuherden von den reißenden Wassermassen des Flusses Caniapiscau überrascht, der durch die rücksichtslose Öffnung der Schleusen übermäßig stark angestiegen war. Tausende Karibus ertranken in den Fluten. Eine Umweltkatastrophe von beispiellosem Ausmaß, für die die Indianer den weißen Mann verantwortlich machen.

Auf Fragen zu dem noch nie dagewesenen Massensterben von Karibus im Norden der Provinz Quebec antwortete gestern die Firmenleitung der »Hydro-Quebec«, diese Katastrophe sei in keinster Weise auf die Öffnung der Überlaufschleusen am Caniapiscau-Stausee zurückzuführen. Es handele sich vielmehr um einen bedauerlichen Unfall aufgrund der heftigen Herbstregenfälle. Ein leitender Angestellter der Gesellschaft hat Journalisten gegenüber sogar verlauten lassen: »Die Untersuchungskommission kann sagen, was sie will, wir wissen mit Sicherheit, daß die Strömung noch stärker und das Massensterben noch verheerender gewesen wäre, wenn es den Staudamm nicht gäbe.«

Unglücklicherweise wählen die Karibus immer die gefährlichsten Stellen, um ein Gewässer zu überqueren: die Flußengen. Das Gewässer ist dort weniger breit, die Strömung jedoch um so gewaltiger.

Die Inuit, die die Unfallthese zurückweisen, fragen sich, warum andere Flüsse nach den Regenfällen kein solches Hochwasser geführt haben wie der Caniapiscau.

KAPITEL 60

Der alte Häuptling hat fast die ganze Nacht nicht geschlafen. Seine Kehle war wie zugeschnürt, als er immer wieder vor sich sah, wie Tausende Karibus gegen die reißenden Fluten ankämpften. Schon oft hatte er am Ufer eines Flusses gestanden, wenn die Karibus auf ihrer großen Wanderschaft waren. Fünfhundert- oder sechshunderttausend waren es, die jeden Herbst von ihrer Heimat am Georges in ihre Wintergebiete zogen. Nicht selten hatte er beobachtet, wie Tiere von der Strömung mitgerissen wurden und verzweifelt mit den Hufen in den schäumenden Strudeln ruderten. Manchmal kamen Dutzende um, vor allem die Böcke, weil sie mit ihrem nassen Fell besonders schwer waren. Aber zwanzigtausend! Das Bild von den aufgedunsenen Tierleibern ließ ihn nicht los und wurde in seinen Gedanken nur hin und wieder von der Schreckensvision eines dröhnenden Flugzeugs abgelöst. Jedesmal, wenn Mestakoshi einnickte, schreckte er wieder hoch, mit dem Gefühl, ins Leere zu fallen. Er, der oft genug mit seinem Gewehr eine Trappe im Flug zu Boden geholt hatte, sah sich nun selbst, wie er auf den harten Boden zuraste. Bei jedem Erwachen stand ihm der Schweiß auf der Stirn, und sein Atem ging in kurzen Stößen.

Noch vor Sonnenaufgang steht der alte Häuptling leise auf und kniet sich vor das Feuer, um Holz nachzulegen. Bevor die Flammen an den Scheiten hochzüngeln, steigt Rauch im Wigwam auf. Manche der Schlafenden husten. Der Alte betrachtet seinen Urenkel, der auf der Seite liegt und sich so tief unter dem Bärenfell vergraben hat, daß nur noch sein dichter Haarschopf zu sehen ist.

Für ihn war Vincent Winggezi. Er hatte ihm diesen Namen gegeben, und er war der einzige, der Vincent hin und wieder daran erinnerte. Winggezi, der Fischadler. Noch niemandem ist es gelungen, diesen erhabenen Vogel in Gefangenschaft zu halten, doch dieser hier arbeitet in einem Büro. Er muß den Weißen Rechenschaft geben über das Geld, das sie für unseren heiligen Boden bezahlen. Wingezzi wird sein Leben in einem Haus verbringen, das nichts taugt, und an einem Schreibtisch sitzen, anstatt durch die Wälder zu streifen. Er wird jung sterben, weil er nie in vollen Zügen die Luft der Taiga geatmet und sich von den Lebensmitteln der Weißen ernährt hat.

Aus den Erzählungen der anderen weiß der Häuptling ziemlich genau, wie das Leben im neuen Dorf verläuft. Tagelang, selbst in der Jahreszeit, in der sie jagen, fischen und Fallen stellen müßten, sitzen die Männer unter einem Vordach zwischen dem Warenhaus und dem Verwaltungsgebäude. Dort spielen sie Bingo. Nepeshi hat ihm folgendes berichtet:

»Wenn das Spiel vorüber ist, zerreißen sie ihre Spielscheine. Der ganze Boden ist dann mit Papierstückchen übersät.«

Dieses Bild von den untätigen Männern, die fürs Nichtstun bezahlt werden, an den Schaufenstern des Warenhauses lehnen und auf den mit Papierschnitzeln bedeckten Boden vor ihren Füßen starren, der aussieht, als habe es geschneit, geht Mestakoshi nicht aus dem Sinn. Oft sagt er:

»Das ist das Ende unserer Rasse.«

Er weiß auch, daß diejenigen, die die Vereinbarung der Weißen unterzeichnet haben, es vergütet bekommen, wenn sie Fallen stellen oder jagen. Abgesehen von dem Geld, das sie ohnehin erhalten, bekommen sie zusätzlich zehn Dollar für jeden im Wald verbrachten Tag. Zehn Dollar pro Person. Deshalb nehmen ein paar Trapper, wenn sie durch Schnee und Eis ziehen, sogar Frauen mit, die neunzig Jahre alt oder noch älter sind. Winggezi, der so stolze Adler, sagte eines Tages, als Ade noch lebte: »Wenn du unterschrieben hättest, könntet ihr jetzt den ganzen Winter im Wald verbingen und würdet dafür achtzig Piaster am Tag bekommen, zusätzlich zu dem übrigen Geld.«

Der Alte war nicht wütend geworden, denn er liebt Vincent, sein Blut fließt in den Adern des Jungen, doch das Schweigen, das dieser Äußerung folgte, ist ihm unauslöschlich im Gedächtnis geblieben. Denken Adler an Geld? Würde einer von ihnen je seinen Teil des Himmels für Gold hergeben?

Nachdem das Feuer in Gang gekommen ist, legt sich der alte Mann wieder hin. Er wartet noch einen Augenblick und versucht, sich die Erde aus der Vogelperspektive vorzustellen.

Ob die Menschen, die in den Lüften sterben, wieder auf den Boden zurückkehren? Werden ihre Leiber trotzdem beerdigt?

Der schrille Schrei eines Hähers, der in der Nähe der Räucherhütte nach etwas Eßbarem sucht, kündigt den Sonnenaufgang an. Auch Nepeshi ist schon wach. Er steht auf.

»Wir müssen uns fertigmachen«, sagt der Häuptling.

Er hat laut genug gesprochen, um alle zu wecken. Nur Vincent rührt sich nicht. Häuptling Hervé schüttelt ihn, bis er wach ist. Traurig murmelt der alte Mestakoshi:

»Schon hat er jeden Zeitsinn verloren. Wenn seine Augen geschlossen sind, können sie nicht die Sonne aufgehen sehen.«

KAPITEL 61

Als Mestakoshi aus dem Wigwam tritt, ist die Sonne zwar noch nicht zu sehen, doch ihr Licht läßt die langgestreckten, schläfrig über dem Wald stehenden Wolken orangefarben schimmern. Das Wasser wirft diesen Schimmer in bewegungsvollen Schattierungen zurück. Die Flut steigt, und der Strom, dessen Wasserstand durch den Regen stark angestiegen ist, führt einen harten Kampf mit ihr. Hervé geht zum alten Häuptling und sagt zu ihm:

»Das Wetter wird gut. Das Wasserflugzeug kommt, wenn die Flut aufhört zu steigen.«

Sie gehen wieder ins Zelt, um ihr Gepäck vorzubereiten, während Odosi und Amo Weizenbrei kochen und getrockneten Fisch schneiden. Als sie wissen wollen, für wieviel Tage sie Essen einpacken sollen, antwortet Hervé:

»Nichts. Wir sind sicher morgen wieder hier. Und dort gibt es genug zu essen.«

Mestakoshi richtet sich auf:

»Ich soll etwas essen, was uns die Weißen geben? Nie im Leben!«

Die Frauen bereiten Räucherfleisch, Fladen, Speck und Tee für sie vor. Mestakoshi packt einen Wasserkessel und eine Pfanne, außerdem einen emaillierten Blechteller und einen Becher in den Sack. Hervé versucht, ihnen auszureden, ihre Waffen mitzunehmen, doch schon haben sie die Kugeln in ihre Säcke gesteckt, die Äxte stehen bereit und die Gewehre auch.

»Man kann doch nicht unvorbereitet in den Wald gehen.«

Nepeshi wird ganz aufgeregt, wenn er an den Aufbruch denkt, der Häuptling dagegen ist eher schlecht gelaunt. Makwa, der ein wenig neidisch ihre Vorbereitungen beobachtet, fragt Hervé:

»Bist du sicher, daß man in dieser fliegenden Kiste auch atmen kann?«

Vincent antwortet:

»Bären transportiert man sogar in Netzen, die man unter dem Flugzeugbauch aufhängt.«

»So würde ich am liebsten fliegen. Dann wäre ich wenigstens sicher, daß ich genügend Luft bekomme.«

Der Schamane wünscht ihnen eine gute Reise. Er bleibt allein im Wigwam zurück. Alle anderen begleiten sie. Vincent wird mit seinem Motorboot ins neue Dorf zurückkehren und am nächsten Abend wiederkommen, um Hervé abzuholen.

Am Ufer warten sie bei der Anlegestelle, wo nur noch die Kanus der Alten liegen, und blicken stromabwärts zur Mündung, wo sich das Wasser aus dem Hochland in die Tiefen des Meers ergießt. Der Horizont ist immmer noch in bläulich violettes Licht getaucht. Es weht ein schwacher Wind, der schon leicht herbstlich riecht. Geduldig warten sie. Die Sonne ist schon über die höchsten Wipfel der Rottannen gestiegen, als am Himmel aus Richtung Meer ein Brummen zu hören ist. Über dem rechten Ufer des Stroms bewegt sich ein Lichtpunkt auf sie zu, wie ein sonderbarer Sonnenstrahl. Langsam geht er auf den Strom nieder. Er verliert seinen Glanz und verschwindet kurz, um weiter unten viel größer wieder aufzutauchen. Mestakoshi hat schon oft Wasserflugzeuge landen sehen, doch noch nie hat er eins von ihnen so genau beobachtet wie dieses. Das Ungeheuer ist weiß mit einem blauen Streifen. Die Propeller lassen das Wasser erzittern, bevor die langen Schwimmer des Flugzeugs es aufwühlen. Es ist flußabwärts gelandet und saust jetzt auf die Anlegestelle zu. Kurz davor verlangsamt es seine Geschwindigkeit und bremst ab. In den Fenstern oberhalb der riesigen runden Flugzeugnase kann man zwei Köpfe erkennen. Die Stützen der langen Tragflächen sind so beweglich wie junges Holz. Hinter den vier Fenstern unter der Tragfläche sieht man mehrere Gesichter. Kaum hat die Maschine den Anlegesteg erreicht, öffnet sich auch schon eine Tür im Rumpf. Ein in Khaki gekleideter Mann erscheint. Als die Tragfläche über dem Anlegesteg schwebt, läuft Hervé herbei und hilft dem anderen, der aus dem Flugzeug gesprungen ist, die Maschine zum Stoppen zu bringen. Eine kleine Leiter mit zwei Sprossen wird herausgereicht.

»Steigt ein!« ruft der Mann.

Mestakoshi bleibt keine Zeit mehr zum Nachdenken. Noch nie hat sein Herz so geklopft, noch nie stand ihm so der Schweiß auf der Stirn. Ihre Säcke, Äxte und Gewehre werden auf den Anlegesteg geworfen. Er steigt ein.

»Achtung! Den Kopf einziehen!« ruft Hervé.

Der Alte zieht den Kopf ein und beugt sich nach vorn. Der Pilot weist auf einen Sitz, und er nimmt Platz.

»Fasten your seat-belts!«

Der alte Häuptling schaut den großen blondgelockten Mann verdutzt an. Dieser wiederholt freundlicher:

»Ihr Gurt!«

Mestakoshi hat noch immer nicht verstanden. Hervé eilt ihm zu Hilfe und bietet ihm einen anderen Platz an.

»Am Fenster siehst du mehr«, meint er.

Der Alte setzt sich, und Hervé schließt den Gurt. Über der Lehne des blauen Sitzes vor ihm sieht er Nepeshis Mütze. Hervé nimmt neben Mestakoshi Platz. Bis jetzt sieht der Alte nur den Strom, dessen Wasser die Farbe des Himmels hat, und das das Südufer, so wie er es sein Leben lang kennt. Dann wird die Tür geschlossen. Der große Blonde und der Mann in Khaki haben sich ins Cockpit gesetzt, Kopfhörer übergestülpt, und jetzt sprechen sie. Der Motor fängt an zu dröhnen. Alles vibriert.

»Das ist ja wie im *wabano*!«

Ein *wabano* ist bei den Wabamahigans ein bebendes Zelt, in dem früher die Heranwachsenden schlafen mußten, um zu beweisen, daß sie keine Angst hatten.

Das Ufer entfernt sich, während das schäumende Wasser immer schneller unter ihnen dahinfließt. Das Brummen des Motors wird lauter. Es ist Mestakoshi, als würde gleich alles auseinanderbersten: das Flugzeug, sein Kopf, sein Herz und sein Bauch. Dann plötzlich ändert sich das Geräusch. Das Wasser liegt hinter ihnen, und der Boden breitet sich unter ihnen aus. Die Maschine neigt sich, als wolle sie sich überschlagen. Immer winziger werden die Rottannen, hier und da liegen funkelnde Wasserflächen.

Ein Mann, der gleich hinter den Piloten sitzt, steht auf und kommt zu ihnen. Es ist ein Indianer, den Mestakoshi nicht kennt. Er beugt sich zu Mestakoshi und sagt laut:

»Du bist Häuptling Mestakoshi. Mein Vater kennt dich gut: Häuptling Tokana aus Poste-de-la-Baleine. Ich habe seinen Platz eingenommen.«

»Er war ein Freund. Ich wußte nicht, daß er gestorben ist.«

Der andere lacht.

»Er ist nicht tot, nur zu alt für die Politik.«

Tokanas Sohn zündet sich eine Zigarette an und geht wieder.

»Sieh doch, der Staudamm«, sagt Hervé.

Das Flugzeug steigt immer noch. Es überfliegt eine weite Wasserfläche, nachdem es einen langgestreckten, von unzähligen Lampen erhellten Block und einen auf die gleiche Weise erleuchteten Deich hinter sich gelassen hat.

Mestakoshi kann die Abmessungen nicht einschätzen. Er kann sich nicht verkneifen zu sagen:

»Wir fliegen so hoch wie die Wildgänse.«

»Die Wildgänse fliegen höher als wir und sehen noch viel weiter«, erwidert Hervé.

Plötzlich scheint es, als berühre das Flugzeug ein dünnes Stück Stoff. Die Taiga unter ihnen ist nur mehr durch einen schnell vorüberziehenden Schleier zu sehen.

»Wolken«, erklärt Hervé.

Dennoch kann man noch immer die Bäume, die zahlreichen Seen und die Flüsse erkennen, die sich durch ausgedehnte Waldflächen und enge Täler schlängeln.

»Siehst du, es ist immer noch viel Wald da«, meint Hervé.

Der Alte hat die Stirn ans Fenster gedrückt, auf dem sein Schweiß einen großen Fleck hinterläßt. Er versucht, seinen Weg wiederzufinden. Diese Strecke hat er doch so oft mit dem Kanu zurückgelegt, und diese Schneestraße dort ist er doch früher mit seinen Hunden entlanggefahren, später dann mit dem Motorschlitten. Oft glaubt er, einen Anhaltspunkt gefunden zu haben, versucht, sich an die Form von Seen und Flußwindungen zu erinnern. Doch aus dieser Perspektive ist die die Erde nicht so wie sie ist, wenn man sie mit den Mokassins berührt.

Das Wasserflugzeug durchquert noch ein paar Wolken. Es wird heftig durchgeschüttelt, und sein Rumpf vibriert. Der alte Häuptling hält die metallenen Armlehnen seines Sitzes umklammert. Manchmal ist ihm, als würde sein Bauch nach oben steigen und ihm Lunge und Herz in die Gurgel stoßen. Doch schon bald verliert die Maschine an Höhe, und sie beginnt, sich zu neigen. Der Boden dreht sich. Die Windungen eines Flusses sind deutlich zu sehen. An seinen Ufern stehen weiße Zelte, und man erkennt Tausende großer brauner Kiesel mit aufgedunsenen Bäuchen. Hervé deutet mit dem Finger auf sie und sagt:

»Die Karibus.«

KAPITEL 62

So also sehen die ziehenden Wildgänse unser Land. So also sehen es die Adler, wenn sie zur Sonne aufsteigen. Doch sie schwingen sich aus eigener Kraft in die Lüfte. Diese großartigen Jäger können von dort oben eine winzige Ratte und einen unbeweglichen Fisch im Wasser erkennen. Leise schwingen sie sich auf den unsichtbaren Rücken des Windes und lassen sich aus großen Höhen fallen wie Steine, tauchen in den Wald oder in die Tiefen des Wassers ein. Ohne ein Geräusch, ohne die Stille der Taiga zu stören.

Wildgänse, Enten und viele andere zieht es jeden Sommer in dasselbe Gebiet im Norden, wo sie ihre Jungen zur Welt bringen. Niemals würde ein Sturm oder ein Gewitter sie in die Irre führen. Denn ihr unveränderlicher Weg ist noch viel weiter oben festgelegt worden: vom Großen Geist, der schon bei der Erschaffung der Erde jedem Tier seinen Platz zugewiesen hat. Er ist es, der den wandernden Herden die Flußmündungen und die Seen zeigt, wo sie Nahrung finden und rasten können. Er hat alles so erschaffen, damit die Indianer soviel Fleisch jagen können, wie sie zum Leben brauchen.

Was wir von hier oben aus diesem lärmenden Flugzeug sehen können, wird uns niemals etwas lehren. Wir kennen unser Land anhand seiner Wege, Flüsse und Seen und brauchen es nicht aus der Sicht der Wildgänse zu kennen, da wir keine Zugvögel sind. Wir brauchen es nicht aus der Sicht der Adler zu kennen, da wir anders jagen und fischen als sie.

Was sollen wir in ihrem Reich? Es gibt keine Rottannen in den Lüften, um damit Wigwams zu bauen oder Feuer zu machen. Das ist der Beweis dafür, daß die Wege, die durch die Wolken führen, nicht unsere Wege sind. Nie würde eine Wildgans unseren Pfaden am Boden folgen. Nie würde ein Lachs die Himmelsrouten der Zugvögel benutzen. Die Tiere wissen, wo ihr Platz ist. Der Fisch will nicht den Platz des Vogels einnehmen, und der Karibu nicht den Platz des Bibers.

Wie kann der, der dieses Reich ersonnen hat, damit einverstanden sein, wenn Wesen, denen er das Leben geschenkt hat, sein Werk durcheinanderbringen? Wie kann er ihnen dabei zuschauen, ohne eine harte Strafe für sie zu ersinnen?

KAPITEL 63

Das Wasserflugzeug ist mitten auf dem Caniapiscau gelandet. Sie müssen mit ihrem ganzen Gepäck in ein großes Boot umsteigen, das sie flußaufwärts bringt. Bald sehen sie am rechten Ufer die ersten Kadaver. Je weiter sie fahren, desto mehr werden es. An der Stelle, an der das Boot neben vielen anderen Booten anlegt, liegen unzählige Karibus. Die Männer müssen von Boot zu Boot klettern, um ans Ufer zu gelangen. In einiger Entfernung stehen drei große weiße Zelte.

Kaum hat Mestakoshi den Fuß auf festen Boden gesetzt, umringen ihn etwa ein Dutzend Männer und Frauen. Fotoapparate klicken. Leute mit Block und Kugelschreiber oder mit Tonbandgeräten überschütten ihn mit Fragen auf englisch und französisch.

Besonders aufdringlich ist eine kleine, dicke, schwitzende Frau, die mit allen möglichen Geräten behängt und mit einer Unzahl von Stiften bewaffnet ist und sich an der Jacke des Häuptlings festklammert.

Das Gesicht des Alten ist verschlossener denn je. Seine rechte Faust ist um den Schaft seiner Axt geschlossen, die linke umschließt das Gewehr.

Trotz des recht starken Windes liegt ein fast unerträglicher Verwesungsgeruch in der Luft. Da die Journalisten den Indianern den Weg versperren, bemüht sich Hervé, Mestakoshi zu erläutern:

»Sie wollen wissen, was du denkst.«

Der Alte sieht die vielen Leute finster an und entgegnet ihm barsch:

»Ich denke nichts. Ich will weiter.«

Hervé übersetzt ins Französische und fügt hinzu:

»Lassen Sie uns das Ganze erst einmal ansehen. Reden können wir später.«

Tokana, der sich mit Nepeshi hinter Hervé und Mestakoshi hält, stößt hervor:

»Wir befinden uns auf unserem Land. Lassen Sie uns in Ruhe!«

Der große Blonde und der Mann, der das Boot gesteuert hat, treten vor. Auf englisch und französisch bitten sie die Journalisten, Platz zu machen und ihnen in einigem Abstand zu folgen.

In Mestakoshis Kopf dröhnen noch die Geräusche der Motoren, die vielen Stimmen, die ihn in Sprachen bedrängen, die er kaum versteht, betäuben ihn, und er fühlt Wut in sich aufsteigen. Der Anblick der verendeten Karibus, die an dieses Ufer gespült wurden, wühlt ihn bis ins Innerste auf. Es ist, als habe man seine ganze Vergangenheit als Jäger und Trapper und seine Liebe zur Taiga mit Füßen getreten, als habe man auf all seine Schätze und Reichtümer gespuckt. Nur ein Satz pocht in seinem Kopf:

»Es sind nicht die Karibus, die verrückt geworden sind.«

Hervé, der immer noch neben Mestakoshi geht, sagt:

»Wenn du willst, kannst du deinen Sack und das Gewehr in einem der Zelte unterstellen.«

Der Alte betrachtet die weißen Zelte, die so eckig sind wie die Häuser der Weißen. Angewidert entgegenet er mit einem entschiedenen Nein.

Dann deutet er auf die Journalisten, die ihnen folgen, und knurrt:

»Es sind alles Weiße. Wenn sie lesen könnten, was in meinem Herzen steht, würden sie gehen. Sie befinden sich auf unserem Land.«

»Weißt du, Häuptling Mestakoshi, sie sind nicht einmal alle aus Kanada. Manche kommen aus Europa. Du mußt mit ihnen reden. Ich helfe dir. Aber du mußt sprechen. Du, der du nie etwas unterzeichnen wolltest.«

Der Alte blickt Hervé an. Er sagt kein Wort, doch in seinem strengen Blick ist der Vorwurf deutlich zu lesen:

Wenn kein einziger Indianer unterzeichnet hätte, wären die Karibus jetzt nicht alle tot.

Sie gehen weiter. Je mehr sie sich den Stromschnellen nähern, desto mehr Kadaver liegen am Ufer. Dort, wo die aufgedunsenen Leiber zuhauf zu finden sind, kommen ihnen Männer in weißen Overalls entgegen. Sie begrüßen den alten Häuptling und seine Begleiter. Doch es scheint Mestakoshi, als würden sie nur ihn allein ansehen. In ihren Augen meint er einen gewissen Respekt zu lesen. Sein Herz ist für einen Augenblick gerührt. Einer von ihnen, ein großer hagerer Mann mit dicker Brille und schwarzem Bart, spricht ihn in seiner Sprache an:

»Das Ministerium für Naturschutz hat schon Gelder bewilligt, damit die Kadaver von Hubschraubern abtransportiert werden können. Außerdem soll ein Schiff eintreffen, das einen Teil der Tiere bereits an Bord verarbeiten kann. Die restlichen werden wir stromabwärts treiben lassen und dann begraben.«

Der Alte sieht ihn drohend an und sagt mit bissiger Stimme:

»Behaltet euer Geld und spart eure Zeit. Laßt die Taiga das Ihre tun.«

»Aber die Aasfresser werden damit im Leben nicht fertig.«

Mestakoshi deutet auf den Boden und stampft mit dem Fuß auf:

»Hier gibt es Millionen Tiere, die du nicht siehst. Laßt die Taiga machen!«

»Du meinst«, erwidert der Mann, »man soll die Kadaver einfach liegenlassen?«

»Ja! Und laßt unser Land in Frieden!«

Der Alte verabschiedet sich mit einer Geste und einem Blick, daß den Männern die Lust vergeht, ihm zu folgen. Die Journalisten drängen sich um die Leute vom Ministerium. Häuptling Tokana ist bei der Gruppe geblieben und hat offenbar viel Wichtiges zu sagen. Mestakoshi, Nepeshi und Hervé gehen allein weiter. Auch hier liegen noch dicht an dicht die toten Karibus, deren verwesende Leiber regelrecht aneinandergeklebt sind. Der Gestank wird immer stärker. Obwohl es schon recht spät im Jahr ist, surren Unmengen von Schmeißfliegen über den Körpern.

Die drei Männer entfernen sich etwas vom Ufer. Plötzlich bleibt Mestakoshi stehen und wendet sich an Hervé:

»Was soll ich ihnen denn sagen?«

»Was dich am meisten verletzt.«

Das Lachen des Häuptlings klingt bitter:

»Du hast ihren Vertrag unterschrieben. Was willst du denn jetzt? ... Noch mehr Geld?«

Die Worte schallen wie Ohrfeigen. Vor den Augen des peinlich berührten Nepeshi mustern sich die beiden Häuptlinge einen Augenblick, dann schlägt Hervé die Augen nieder und geht langsam davon.

KAPITEL 64

In Montreal wie in Quebec, in den Ministerien, bei den Umweltschutzorganisationen und in den Büros der »Hydro-Quebec« sind Hunderte von Angestellten in Aufruhr. Die Weltpresse hat ihre besten Journalisten entsandt, Radio- und Fernsehenstationen sind wieder so präsent wie bei der Inbetriebnahme der Staudämme. Ihr Blick ist diesmal nicht mehr bewundernd, sondern kritisch, ja sogar anklagend. Wie immer im Katastrophenfall ist man bereit, Zahlen aufzubauschen und die Jagd auf die Verantwortlichen aufzunehmen, die es an den Pranger zu stellen gilt. Es geht allein um die Sensation.

Als diese Leute die Schließung der Schleusen anordneten, damit der Stausee am Caniapiscau sich füllen konnte, hat man diesen künstlichen See, der siebenmal so groß ist wie der Genfer See, dieses Binnenmeer mit seinen einundvierzig Deichen und den beiden riesigen Staudämmen, das von Menschenhand geschaffen wurde, gebührend gefeiert. Die ganze Welt blickte voller Bewunderung auf diesen Fluß, der seit den Zeiten der Gletscherschmelze nach Norden floß und dessen Wasser man jetzt nach Süden leitete.

Nach der Freude über den unvergleichlichen technischen Erfolg dieser Arbeiten kündigten die Weißen einen zweiten Bauabschnitt mit weiteren Staudämmen und künstlichen Seen an. In ihrer Euphorie sprachen sie von einem noch umfangreicheren Projekt: Der gesamte Südzipfel der James Bay soll abgeriegelt werden. Das Wasser dort würde durch den Zustrom der Flüsse bald salzfrei sein, der Lauf des Harricana würde umgekehrt, so daß er sich in das Becken des Sankt-Lorenz-Stroms ergießt, über einen Kanal würde der Wasserüberschuß in die Kanadischen Großen Seen geleitet und an die USA verkauft werden, wo es an Süßwasser ebenso wie an Elektrizität mangelt.

Da der erste Bauabschnitt gelungen ist, würde niemand mehr die Nachfolgepläne kritisieren. Nicht einmal belächeln. Und die Indianer? Für Geld kann man alles bekommen. Ströme von Papiergeld können den Lauf tausendjähriger Flüsse verändern.

Heute ist die Presse wieder da. Man hat zum großen Teil dieselben Reporter vor Ort geschickt, denn sie kennen das Land und die Hintergründe des Bauprojekts. Wenn sie über die Länge, die Höhe und die Stärke der Deiche oder über Staukapazitäten sprachen, dann waren ihnen die Zahlen für Kilometer und Tonnen nie hoch genug. Doch nun, wo es darum geht, die ertrunkenen Karibus zu zählen und eine Ahnung vom Ausmaß der Katastrophe zu vermitteln, suchen sie nur nach sensationsheischenden Worten und überwältigenden Vergleichen.

In den Büros bemüht man sich nach Kräften, sie zu beruhigen und ihnen zu beweisen, daß die wandernden Karibus ihren Tod selbst verschuldet haben, als sie versuchten, den Caniaspiscau bei Hochwasser an der schmalsten, also der gefährlichsten Stelle zu überqueren. Abteilungsleiter bangen um ihre Posten, Angestellte um ihre Beförderung und Minister um ihr Ressort.

Und die Presseleute, die damals im Augenblick des Triumphs von den Indianern nur gesprochen hatten, um die Millionen-Dollar-Beträge zu addieren, die man ihnen als Gegenleistung für ihr unfruchtbares, brachliegendes Land zahlte, suchen heute die Häuptlinge auf und fragen sie, was sie von diesem noch nie dagewesenen Massensterben halten. Manche klagen an, andere schweigen und warten ab, bis man weiß, welche neuen Bedrohungen noch aufkommen können.

Jetzt, nachdem man davon Abstand genommen hat, diese Berge halb verwesten Fleischs an Hersteller von Hundefutter zu verkaufen, fragt man sich in den Büros, wie man verhindern kann, daß durch die Verseuchung des Wassers ein neuer Umweltskandal heraufbeschwört wird und Millionen Lachse vergiftet werden.

AUSZÜGE AUS DER INTERNATIONALEN PRESSE

Die verantwortlichen Erbauer der Staudämme haben uns gegenüber erklärt:

»Der Wasserüberlauf am Caniapiscau-Stausee dürfte nicht die Ursache für die Katastrophe sein. Im Flußgebiet des Caniapiscau, in dem die Tiere verendet sind, macht der Überlauf aus unserem Staubecken nur ein Drittel des Wasserstands aus. Der Rest stammt von natürlichen Wasserläufen.«

Der Vetreter des Elektrizitätswerks führt aus:

»Das Abkommen, das wir mit den Amerindiandern getroffen haben, ermächtigt uns, die Überlaufschleusen nach Bedarf zu öffnen, was wir zwischen dem 1. Juni und dem 30. November getan haben. Es war niemals die Rede davon, die Wanderungen der Karibus beim Betrieb der Anlagen zu berücksichtigen.« Und dieser Ingenieur fügt hinzu: »Wenn wir alle Launen der Natur berücksichtigen wollten, wäre es schier unmöglich, Strom zu produzieren und die Arbeit rentabel zu machen.«

Verschiedene Naturschutzorganisationen werfen das Problem auf, wie man den Abtransport der Kadaver am besten bewerkstelligen und die Schäden für Gewässer und Ufer so gering wie möglich halten könnte. Die Folgen könnten nach Meinung der Experten sogar für die Ungava Bay noch verheerend sein. Einige schlagen vor, die Kadaver an Ort und Stelle zu verbrennen, doch sind sie über fast hundert Kilometer im Umkreis verstreut. Der Vorschlag, sie mit Helikoptern abzutransportieren, wurde wegen der hohen Kosten fallengelassen. Mehrere Hersteller von Hunde- und Katzenfutter haben Mitarbeiter an die Unglücksstelle entsandt, aber bei ihrer Ankunft war das Fleisch schon zu stark »angegriffen«. Die Lösung, die wohl am ehesten in Betracht zu kommen scheint, besteht darin, Indianer und Inuit anzuheuern, die mit ihren Kanus die Kadaver zusammentreiben und an eine leicht zugängliche Stelle befördern, wo sie dann mit Hilfe von Bulldozern in riesigen Gruben vergraben werden könnten ...

Wieviel wird das Massensterben der Karibus die Kanadier kosten? Ein hoher kanadischer Beamter meinte zu mir: »Wenn die Steuerzahler wüßten, was die Indianer sie pro Jahr kosten, würden die Bleichgesichter sicher eine Revolution anzetteln.«

KAPITEL 65

Mestakoshi und Nepeshi sind in den Wald gegangen, um Rottannen für ihren Wigwam zu schlagen. Sie haben gerade begonnen, die Stämme zu säubern, als sie von drei Fotografen überrascht werden. Ruhig befiehlt Mestakoshi:

»Sag ihnen, sie sollen gehen.«

»Ich spreche ihre Sprache auch nicht viel besser als du.«

»Laß deine Axt oder dein Gewehr sprechen.«

Widerwillig geht Nepeshi auf die mit Apparaten behängten Männer zu. Er spricht laut und deutlich, wobei er auf Mestakoshi deutet und sein Gewehr in Anschlag bringt. Als die Weißen anfangen zu lachen, sucht Nepeshi seine gesamten Französischkenntnisse zusammen und ruft:

»Ja, ja, Häuptling Mestakoshi dich töten!«

Sein Blick ist furchterregend, und so machen sich die Männer davon, nachdem sie noch ein paar Fotos von ihm geschossen haben.

Die beiden Wabamahigans setzen ihre Arbeit fort. Nach einer Weile meint Nepeshi:

»Weißt du, sie haben nichts damit zu tun, daß die Staudämme gebaut wurden.«

»Ich bin nicht neugierig. Ich gehe nicht zuschauen, wie sie in ihrem Land Häuser bauen.«

Sie spannen gerade die Zeltplane über das Gerüst, als Hervé in Begleitung eines kleinen weißen Mannes erscheint, der wie ein Sonntagsjäger gekleidet ist. Er begrüßt sie und spricht zu Hervé, der ihnen das Gesagte übersetzt:

»Dies ist ein wichtiger Mann aus dem Ministerium für Indianerangelegenheiten. Er hat sich dafür eingesetzt, daß wir ein Flugzeug zur Verfügung gestellt bekamen, damit wir uns hier ein Bild von der Lage machen und sagen können, was wir darüber denken. Er fragt, ob ihr bereit seid, mit den Journalisten zu reden.«

Die beiden alten Männer sehen sich nachdenklich an, und Nepeshi meint:

»Du mußt gehen, Häuptling Mestakoshi. Ich werde den Wigwam fertigmachen und das Essen kochen.«

Der weiße Mann, der ihre Sprache zwar nicht spricht, aber zu verstehen scheint, sagt:

»Sie müssen beide kommen. Sie können mit uns essen.«

Hervé macht sich nicht die Mühe, das zu übersetzen, sondern antwortet ohne Umschweife:

»Ich weiß, daß Häuptling Mestakoshi niemals einverstanden sein wird, mit den anderen zu essen.«

Mestakoshi hat seine Axt abgesetzt. Er ordnet seine Kleider und geht. Der Mann vom Ministerium begleitet ihn und sagt langsam und umständlich in der Sprache der Indianer:

»Du bist der älteste aller Häuptlinge, es ist sehr wichtig, daß du mit ihnen sprichst.«

»Ich werde mit ihnen sprechen.«

Mestakoshi verspürt sowohl Stolz als auch Zorn. Zu der Verbitterung, die der Anblick der verendeten Karibus in ihm ausgelöst hat, kommt seine Wut darüber hinzu, daß er hier sein muß und zu diesen Leuten sprechen soll, die er verachtet. Er ist sehr stolz darauf, daß man ihm so große Bedeutung beimißt. Es ist für ihn ganz offensichtlich, daß man den Worten anderer Häuptlinge weniger Beachtung schenkt, und das, obwohl er noch gar nichts gesagt hat. Er bereitet keine Rede vor. Nichts. Alles in ihm ist bereit hervorzubrechen. Er wird von der Liebe zur Erde und von der Achtung des Waldes sprechen. Von den Göttern, die durch das Geld beleidigt wurden. Von den Indianern, die für eine Handvoll Dollar Verrat begangen haben. Er wird von seinem Schmerz und seiner Schmach reden.

Sie kommen zu dem größten der weißen Zelte und gehen hinein. Das Licht, das durch die Plane in das Zelt dringt, ist sehr unangenehm. Frauen und Männer sitzen auf Bänken an Tischen, die in U-Form aufgestellt sind. Man geleitet Mestakoshi zur Mitte des großen Tisches auf der Querseite, an dem bereits mehrere, durchwegs sehr junge Indianerhäuptlinge sitzen, von denen er keinen kennt. Als er eintrat, ist es im Zelt sofort ruhig geworden. Alle Blicke sind auf ihn gerichtet.

Er nimmt Platz, Hervé setzt sich neben ihn. Der Weiße, der ihn geholt hat, beginnt zu sprechen. Mit leiser Stimme flüstert Hervé Mestakoshi die Übersetzung ins Ohr:

»Er stellt dich vor. Er sagt, daß du der Häuptling des Ältestenrats der Wabamahigans bist, daß ihr die Vergünstigungen des Abkommens abgelehnt habt und weiter auf der Longue Ile leben wolltet. Er bittet dich, die Beweggründe für deine damalige Entscheidung zu erläutern.«

Der alte Mann schließt für einen Moment die Augen. Dieser Augenblick ist für ihn beschwerlicher als die harten Märsche im Winter, wenn ihm der Nordwind ins Gesicht wehte. Alles, was in ihm gebrodelt hat und an die Oberfläche wollte, ist mit einem Mal wie weggeblasen. Er holt tief Luft, öffnet die Augen und sagt mit dumpfer Stimme:

»Ich habe die Angebote abgelehnt. Wenn ihr nicht wißt warum, dann deshalb, weil ihr keine Augen habt, um zu sehen, und keine Nase, um zu riechen. Wenn ihr die Karibus nicht gesehen habt, wenn ihr den Geruch des verwesenden Fleischs nicht bemerkt habt, wenn der Fluß, in dem die Kadaver schwimmen, euch nichts offenbart hat, dann werdet ihr wohl niemals etwas sehen oder riechen können.«

Er zögert einen Augenblick. Während er sprach, hat sich sein Blick mit Haß erfüllt. Er hat vor Aufregung gezittert, als er die ersten Worte sprach, doch nun durchströmt ihn eine große Ruhe. Er läßt seinen Blick über die Zuhörer schweifen, denn er möchte sich diese Gesichter einprägen. Die Erinnerung an sie wird ihm helfen, seinen Haß und seine Verachtung für die Weißen weiter zu nähren. Nach einer Pause, die alle zu erdrücken scheint, fügt er mit schneidender Stimme hinzu:

»Wenn ihr nichts begriffen habt, dann deshalb, weil ihr alle zur Rasse der Menschen gehört, die hierhergekommen sind, um uns unser Land zu stehlen. Zur Rasse der Menschen, die unsere Kinder und Enkelkinder verdorben haben, damit sie ihnen, ohne sich zu schämen, ihre Mutter verkaufen.«

Hervé übersetzt Satz für Satz. Sein Gesicht ist fahl geworden. Manchmal schlägt er die Augen nieder, und sein Atem geht schwer. Auch die anderen jungen Häuptlinge haben den Blick gesenkt.

»Ich habe alle Angebote abgelehnt, weil ich mit meinen Gefährten auf unserem Land sterben will und weil wir bei unseren Vorfahren ruhen wollen, an einem Ort, den die Weißen nicht besudeln werden. Diejenigen, die nichts begriffen haben, als sie die ertrunkenen Karibus sahen, werden nie in der Lage sein, mein Volk zu verstehen.«

Er wartet, bis Hervé den letzten Satz übersetzt hat, dann erhebt er sich. Als Hervé ebenfalls aufsteht, sieht er ihn durchdringend an und meint zu ihm:

»Ich brauche niemanden, der mir auf meinem Land den Weg weist.«

Langsam geht er hinaus. Eine fast majestätische Würde geht von ihm aus, doch sein Rücken ist gebeugt, als würde er auf seinen Schultern die schwere Last eines Kanus tragen.

KAPITEL 66

Das Leben schwindet aus unserer Welt, und unsere entkräfteten Körper entschwinden von unserem toten Land.

Nur unser Geist wird fortbestehen, wenn er aufbricht zu jenen Landschaften voll Licht, wo edle Seelen in unbekannten Wäldern wohnen. Unser Geist wird mühelos diesen Raum durchstreifen, der so unermeßlich groß ist, daß man bis in alle Ewigkeit unterwegs sein könnte, ohne jemals Gefahr zu laufen, den Feinden unserer Rasse zu begegnen. Denn diejenigen, die uns auf der Erde peinigen, werden jene Pfade niemals beschreiten können, auf denen uns unser Führer ins Reich der Sterne geleiten wird.

KAPITEL 67

Häuptling Mestakoshi zittert vor Wut, als er zu Nepeshi zurückkommt, der in dem kleinen Wigwam sitzt und auf ihn wartet. Vor dem Eingang hat der Trapper ein Feuer entzündet und Weizenbrei gekocht. Es dauert Stunden, bis er Mestakoshi davon überzeugen kann, noch einmal das Wasserflugzeug zu besteigen, um zur Longue Ile zurückzukehren. Erst als Nepeshi ihm sagt, wie sehr ihn der Anblick der Staudämme aus der Nähe schmerzen würde, willigt Mestakoshi schließlich ein, nicht zu Fuß zu gehen. Ohne Kanu hätten sie sicher einige Monde für den Rückweg gebraucht.

Das Wasserflugzeug bringt sie wieder zurück, und drei Tage nach ihrer Ankunft macht der Winter sich schon bemerkbar. Nach zwei Tagen mit dickem Rauhreif am Morgen und klarblauem Mittagshimmel kommt eisiger Nordwind auf und treibt dicke Schneewolken vor sich her. Der Sturm bringt starken Frost. Am zweiten Tag versorgen Mestakoshi, Nepeshi, Kinoje und Makwa das Feuer unablässig mit Holz, das sie so nah wie möglich beim Wigwam aufgeschichtet haben. Als sie sich schlafen legen, tobt der Himmel und der Wind rüttelt am Wigwam.

In dieser Nacht, in der das Wetter wütet, muß Häuptling Mestakoshi immer wieder nach Luft ringen. Sein Husten und Keuchen weckt die anderen. Sie stehen auf, helfen ihm, sich aufzusetzen, und lehnen ihn gegen einen dicken Ballen Tierhäute. Das scheint ihm ein wenig Erleichterung zu verschaffen. Amo bereitet ihm einen Schachtelhalmtee. Makwa geht hinaus in die tobende Nacht, um ein paar frische Rottannenäste zu schneiden, deren Nadeln sie in den Tee mischen.

Am Morgen hat es aufgehört zu schneien, aber es ist bitterkalt. Es ist Sonntag, Vincent kommt zu Besuch. Er sagt:

»Das ist das letzte Mal, daß ich mit dem Kanu kommen kann. Jetzt muß man erst warten, bis der Strom genug zugefroren ist, um mit dem Motorschlitten fahren zu können.«

Er ist bestürzt, als er sieht, in welchem Zustand sich der alte Häuptling befindet: Reglos liegt er auf seinem Lager, er scheint kaum Luft zu bekommen, sein Gesicht ist schweißüberströmt. Vincent will einen Arzt holen, doch Mestakoshi bringt die Kraft auf, es ihm zu verbieten:

»Ich will niemanden sehen.«

Seine fiebrig glänzenden Augen sehen ihn mahnend an.

Vincent fährt wieder ins Dorf. Am Montagmorgen landet ein Hubschrauber auf der Longue Ile. Ein Arzt und zwei Begleiter kommen zum Wigwam. Der Arzt hat eine große lederne Tasche bei sich, die beiden anderen tragen eine metallene, mit einem weißen Laken bespannte Bahre. Mestakoshi wirft den Männern einen Blick zu, der sie zwei Schritte vor ihm zum Stehenbleiben zwingt. Mit erstickter Stimme ruft er:

»Verschwindet. Diese Insel ist das einzige Stück Land, das uns noch geblieben ist ... Hütet euch, es zu besudeln.«

»Wir können dich wieder gesund machen«, meint einer der Krankenpfleger in der Sprache der Wabamahigans. »Im Krankenhaus wird man dich pflegen ...«

»Hütet euch, die Erde zu besudeln, in der meine Knochen ruhen werden. Laßt mich dort sterben, wo ich gelebt habe.«

Der barsche Ton verschreckt die drei Männer, und sie gehen wieder. Von seinem Lager aus hört der alte Häuptling das wütende Aufheulen des Motors. Als würde eine große, zornige Bestie den Himmel zum Kampf fordern.

Von da an verfällt Mestakoshi in Schweigen. Er erwartet sein Ende und läßt sein Leben noch einmal an sich vorüberziehen. Tagsüber beobachtet er, was um ihn herum geschieht, wie die Mahlzeiten zubereitet, die Häute weich gemacht, zugeschnitten und genäht werden. Nepeshi entrindet Äste, um Schneeschuhe anzufertigen. Die anderen gehen Holz holen. Makwa macht sich mit seinem Gewehr auf die Jagd, doch er kommt wieder, ohne etwas geschossen zu haben. Kinoje hat einen großen Hecht gefangen. Er verkündet, daß es nur noch drei oder vier Tage dauern wird, bis man den zugefrorenen Strom überqueren kann. Doch wird man seinen Weg noch sorgsam wählen müssen. Der alte Häuptling sieht mit halb geschlossenen Augen, wie die anderen sich fragend ansehen. Dann setzt Nepeshi sich an sein Lager. Ruhig, als würde er vom Wandel der Jahreszeiten oder dem Lauf des Mondes erzählen, spricht er zu ihm:

»Wenn ich krank wäre, würde ich auch nicht wollen, daß mich die Weißen in einem Hubschrauber von hier wegbringen. Ich würde auch nicht in eins ihrer Krankenhäuser gehen, ... aber wenn Freunde, Menschen meines Volks, mich, in weiche Pelze gehüllt, auf einen Schlitten betten würden und mir vorschlügen, mich zu meinem Sohn zu bringen, an einen Ort, in dem nur Indianer wohnen, dann würde ich nicht nein sagen.«

Er schweigt. Die anderen, die um das Feuer sitzen, sagen kein Wort. Das lauteste Geräusch ist nicht das Knistern der Flammen, sondern das Pfeifen, das aus den Lungen des alten Häuptlings zu hören ist. Mestakoshi hat mit geschlossenen Augen und ohne Murren zugehört. Er läßt sich Zeit, ehe er seine Augenlider ein wenig öffnet.

»Wenn du es für richtig hältst, Nepeshi, dann mußt du es auch so machen, wenn die Zeit dafür gekommen ist. Du wirst schon recht haben.«

Er schließt die Augen wieder. Die anderen fragen sich, ob sie noch etwas sagen sollen. Schließlich meint Nepeshi:

»Und du, du würdest es nicht tun? Selbst, wenn du dadurch noch viele Jahre leben könntest?«

Der Kranke öffnet wieder die Augen. Sein Blick ist ohne Zorn und seine Stimme beinahe sanftmütig:

»Wenn Freunde meinen Zustand ausnutzen würden, um

mich von hier wegzubringen, dann würde die Ewigkeit im Reich der Toten nicht ausreichen, um sie zu verfluchen.«

Er schließt die Augen und hört, wie sie schweigend essen. Nur anhand der Geräusche kann er erahnen, was sie tun. Er sieht sie hinter seinen geschlossenen Augenlidern, und gleichzeitig sieht er tausend ähnlich verlaufene Mahlzeiten. Er sieht vereiste Pfade. Er erlebt lange Treibjagden wieder. Die Jagd auf einen Silberdachs, bei der er den Sieg über das teuflische Tier davontrug, das ihm alle seine Fallen zerbissen und sein Wild gestohlen hatte.

Lange nachdem die anderen ihre Mahlzeit beendet haben und Amo ihm seinen Tee eingeflößt hat, bedeutet er Nepeshi näherzukommen. Er fragt ihn:

»Liegt viel Schnee?«

Nepeshi zeigt mit ausgestreckter Hand eine Höhe von ungefähr zwei Metern an.

»Seit wieviel Tagen friert es?«

Nepeshi zeigt ihm sieben Finger.

Mestakoshi verzieht ein wenig das Gesicht:

»Glaubst du, man kann noch ein Loch ausheben?«

Nepeshi zögert. Er sieht kurz zu den anderen hinüber, dann legt er dem Häuptling seine Hand auf die Schulter. Langsam, aber ohne erkennbare Regung sagt er:

»Das haben wir bereits getan, Häuptling Mestakoshi.«

Das Gesicht des Sterbenden entspannt sich. Es sieht fast aus, als lächle er.

In dieser Nacht legen sich die anderen nicht schlafen. Die Frauen machen Tee und legen Holz nach. Eine Zeitlang hört man nur das Knistern der Rottannenscheite, die Tränen aus Harz verlieren.

Leise erkundigt sich Mestakoshi:

»Nepeshi, kannst du mich hören?«

»Ja, ich höre dich.«

»Erinnerst du dich an den Winter, als wir mit unseren Vätern zum Fallenstellen gingen, weit über den Caniapiscau hinaus?«

»Ja, ich erinnere mich.

»Erzähl mir davon.«

Nepeshi setzt sich ganz nah zu ihm hin und beginnt:

»Ich war damals zehn Jahre alt und du schon ein Mann. Wir sind mit dem Hundegespann losgezogen. Es waren sieben ...«

Seine Erzählung dauert lange. Sehr, sehr lange. Der Winter, der Schnee, die Wölfe. Nepeshi erzählt, ohne den Blick von seinem Freund abzuwenden. Als er fertig ist, hat der alte Häuptling aufgehört zu atmen.

EPILOG

Im Frühling nach Häuptling Mestakoshis Tod veröffentlichte der Tierschutzbund von Quebec einen detaillierten Bericht über das Massensterben der Karibus am Caniapiscau. Diese von Experten durchgeführte Analyse, deren wissenschaftliche Korrektheit völlig außer Zweifel steht, kam zu dem Schluß, daß in der Vergangenheit bei der Wanderung der Karibus nie mehr als fünfhundert Tiere pro Jahr ertrunken sind. Die Autoren des Berichts fügen jedoch hinzu:

»Das Ausmaß des Massensterbens, das sich im Herbst 1984 am Caniapiscau ereignete, ist auf das Zusammentreffen von drei Faktoren zurückzuführen: Der Übergang, den die Karibus wählten, war potentiell gefährlich, darüber hinaus führte der Fluß im September außergewöhnlich viel Hochwasser, und die Zahl der Karibus, die zu jenem Zeitpunkt den Fluß überquerten, war ungewöhnlich hoch.«

Nach der Feststellung, daß das Massensterben weniger als zwei Prozent der gesamten Karibus erfaßt hat und der Bestand daraufhin nicht gefährdet ist, führten die Experten aus:

»Nach Auswertung der Ereignisse, der Beschaffenheit des Flusses am Unglücksort sowie der Niederschlagswerte und der hydrologischen Daten steht fest, daß unter natürlichen Bedingungen, das heißt ohne den Stausee am Caniapiscau, der Wasserstand des Flusses noch höher gewesen wäre als zum Zeitpunkt des Unglücks. Die Ermittlungen ergaben, daß die Zahl der ertrunkenen Karibus unter natürlichen Bedingungen mindestens ebenso hoch gewesen wäre und daß dieses Ereignis in keinem Zusammenhang mit dem Stausee zu sehen ist.«

Ungefähr zur gleichen Zeit erschien ein noch umfangreicheres Gutachten, das die in der James Bay tätige Gesellschaft für Energiegewinnung und das dortige Amt für Umweltschutz in Auftrag gegeben hatten. Es beschäftigt sich mit dem Verhalten der Biber, die eine der wichtigsten Nahrungsquellen für die indianischen Trapper darstellen. Über mehrere Jahre hinweg hatten Wissenschaftler die Tiere beobachtet und waren zu dem Schluß gekommen, daß zwar viele junge Biber ertrunken seien, als der Stausee unter Wasser gesetzt wurde, daß sich aber der größte Teil des Bestands an die neuen Gegebenheiten angepaßt hatte. Im Gegensatz zu den allgemeinen Befürchtungen waren die Burgen der Nager nicht verlorengegangen. Die Biber hatten sie sozusagen um so viele Etagen aufgestockt, wie nötig waren, um die Gewässer noch immer zu überragen.

In anderen Berichten ist von Quecksilber die Rede, das die Seen und Fische vergiftet und auch diejenigen, die sie verzehren. Gezwungen, ihre Eßgewohnheiten zu ändern, kaufen immer mehr Indianer ihre Nahrungsmittel in Geschäften ein.

Die Winterroute, auf der man zu Beginn der Bauarbeiten einen Großteil des benötigten Materials herbeigeschafft hatte, ist inzwischen eine reguläre Straße geworden, mit Brücken, die nicht nicht mehr aus Eis sind und denen das Tauwetter nichts mehr anhaben kann.

Die Lager für die Angestellten und Arbeiter, die für die Zeit der Bauarbeiten errichtet worden waren, sind wieder demontiert worden. Die Baracken finden nun auf anderen Baustellen Verwendung. Wo der kahle Boden noch Spuren der Arbeiten aufwies, sind junge Erlen gepflanzt worden.

Der Minister, der den Wabamahigans auf ihrer Insel einen Besuch abgestattet hatte, war bei der Unterzeichnung des Vertrags mit den Indianern und den Inuit zugegen. Weil er ein sehr großzügiger Mensch ist, beging er eine kleine Unvorsichtigkeit. Als ein junger Häuptling wissen wollte, ob man auf dieses Abkommen nicht mit Champagner anstoßen sollte, antwortete er:

»Den werden sie in meinem Haus bekommen.«

Am besagten Tag hatte seine Frau einen Imbiß für rund ein Dutzend Leute vorbereitet. Dann hielten zwei große Autobusse vor ihrer Tür. Mehr als hundert Indianerinnen und Indianer im Festtagsgewand strömten in alle Zimmer des Hauses. Schnell mußte telefonisch für Essen und Trinken gesorgt werden. Die Indianer sind sehr gastfreundliche Menschen, und sie erwarten, daß man sie ebenso gastfreundlich empfängt.

Alle Stauseen sind gefüllt, und die Turbinen laufen. Die Provinz Quebec exportiert Strom, und große ausländische Unternehmen wählen Quebec als Standort für Fabriken, die einen besonders hohen Stromverbrauch haben.

In der ganzen Provinz Quebec sind Angestellte, Arbeiter, Ingenieure und Bauern stolz darauf, die »James Bay gebaut zu haben«. Doch einige sind arbeitslos. Es sind ehemalige höhere Angestellte, die keinen gleichwertigen Posten mehr gefunden haben, nachdem ihre Arbeit in der Einsamkeit des hohen Nordens beendet war.

Wie es scheint, verläuft die Rückzahlung des von der Regierung aufgenommenen Kredits vollkommen reibungslos. Man spricht sehr viel über den Beginn eines zweiten Bauabschnitts. Jedoch hat eine bundesstaatliche Untersuchungskommission das Vorhaben zurückgewiesen, entsalztes Wasser aus der James Bay an die USA zu verkaufen. Man hielt es für sinnvoller, diese Wasservorräte zu behalten, da man sie möglicherweise selbst benötigen wird, sollte Kanada eines Tages wie viele andere Länder an Wassermangel leiden.

Die Indianer und Inuit, die sich mit den Bauarbeiten einverstanden erklärt hatten, leben nun wie die meisten Nordamerikaner in modernen Dörfern und essen tiefgefrorene, abgepackte, keimfreie und denaturierte Speisen.

Viele von ihnen behaupten inzwischen, die Weißen hielten sich nicht an die geschlossenen Verträge.

Nach dem Tod von Häuptling Mestakoshi wohnten

noch sechs Alte auf Kinomanitak. Sie blieben ein weiteres Jahr dort, bis Nepeshi im Winter auf der Suche nach angeschwemmtem Holz von einem Felsen stürzte. Mit gebrochenem Becken wurde er von seinen Gefährten in den Wigwam geschafft. Makwa und Kinoje machten sich mit ihren Schneeschuhen auf den Weg über den zugefrorenen Strom. Den Rest des Tages und einen Teil der Nacht waren sie unterwegs und kämpften gegen den furchtbaren Wind, bis sie schließlich das neue Dorf erreichten.

Bei Tagesanbruch flog ein Hubschrauber den Verletzten ins Krankenhaus, wo ihn weiße Ärzte versorgten.

Zwei Tage später fuhr ein Lkw mit Allradantrieb über den vereisten Strom, um Amo, den Schamanen, Odosi und alle Habseligkeiten der Alten zu holen. Makwa und Kinoje waren ebenfalls mitgefahren.

Als sie ihren Wigwam verließen, fingen die Frauen zu weinen an. Der Blick der Männer war völlig verhärtet, und ihr Gesicht war verschlossen. Alle sahen sie, wie der Schnee auf die Gräber fiel.

Seitdem leben die Alten bei ihren Kindern oder in Familien, die sie aufgenommen haben. Ohne von ihnen zu verlangen, das Abkommen zu unterzeichnen, hat die Verwaltungsbehörde sie auf die Liste der Leute gesetzt, die eine Entschädigung erhalten.

Vor den Augen der Alten spielt sich nun ein für sie fremdes Leben ab, in dem die Taiga keine Rolle mehr spielt.

Eines Tages wurde Nepeshi von einem angereisten Journalisten gefragt, ob er an vergangene Zeiten denke, und der alte Trapper erwiderte:

»Ich denke oft an Mestakoshi. Er hatte Glück, daß er starb, ohne dies gesehen zu haben.«

Und mit seinem Kinn deutete der Alte zu dem Warenhaus hinüber, vor dem die Indianer stehen und den lieben langen Tag ihre Bingoscheine zerreißen. Unter ihnen ist auch René, Häuptling Mestakoshis Sohn. In den Büros gegenüber wartet Vincent darauf, daß seine Arbeitszeit vorüber ist und auch er zum Bingospielen gehen kann.

Saint-Télesphore, Sommer 1978,
Doon House, Sommer 1988

Am Ende meiner langen Reise durch den hohen Norden angekommen, möchte ich all jenen danken, die mich auf so manchen Wegen begleitet haben und ohne die ich mich nur schwer zurechtgefunden hätte. Nicht nur haben sie mir auf dieser Reise Gesellschaft geleistet, sie haben mir auch geholfen, die Wirklichkeit zu entdecken, die elf Winter lang die Grundlage meiner Romanwelt war. Nachdem nun der letzte Band beendet ist, spüre ich, wie sich eine große Leere auftut. Auch wenn ich jetzt meine Freunde des Nordens verlasse, so weiß ich doch, daß sie stets in mir weiterleben werden. Egal ob fiktive oder reale Charaktere, sie haben es verstanden, in meinem Herzen die Sehnsucht nach den unendlichen, weißen Weiten zu bewahren, über denen ein Wind heult, wie es keinen zweiten gibt:

Pater Raymond Alain – François Baillargeon – Louise Beaudoin – Pater Fernand Biron – Normand Biron – Georges-Henri Bouchard – Léo Brossard – Antonio Bruno – Florida Cayer – M. Chalifoux – Marcel Champagne – John Ciaccia – Bernard Cossette – Armand Couture – Emile Couture – Jean Descarreaux – Claude Descoteaux – Pater Auguste Dion – Jean-Paul Drolet – Richard Drouin – Jeanne l'Archevêque Duguay – Georges Dumont – Jean Ferguson – Marie-Josée Gagnon und die Verantwortlichen aus Radisson – Georges Gauvreau – Gilles Gervais – Dominique Godbout – Réjean Gosselin – Xavier Goudreault – Eric Gourdeau – Jean Guilbaud und die Buschpiloten und Führer vom Caniapiscau – Didier Le Hénaff – Jean Lhoumeau und das Team der Historischen Gesellschaft von Val-d'Or und der Bergbaustadt – Henri Jamet – Jacques Lacoursière – Hauris Lalancette – Gonzague Langlois – Laurent Laplante – Alphonse

Leroy – Pater Germain Lesage – François Lette – Jean-Marie Loutrel – Msgr. Donat Martineaud – Camille Morin – Eva Morin – Laura Moses, der große Rat der Cree, die Häuptlinge aus Chisasibi und Pikogan – Philippe Nadeau, die Mitglieder des Sagmai und ihre Freunde aus Poste-de-la-Baleine und Povungnituk – René Nault – Michel Noël – Michel Pageau – Gérard Pelletier – Pierre Perrault – François Piazza – Gilles Poissan – Louis Pratte – Yves Pratte (†) – Alfred Richard – Clément Richard – Louise Richard und das Amt für Tourismus von Quebec – Silvio Rioux – A.T.Shorrt – Fernand Seguin (†) – Pater Tchaïka – die Brüder Turcotte – Jean-Michel Wyl (†) – die Leitung und das Personal der Archive und Bibliotheken von Amos, Val-d'Or, Quebec und Montreal sowie die Abteilung für Öffentlichkeitsarbeit der SEBJ – die Ministerien für Kultur, Tourismus und Naturschutz der Provinz Quebec.

Der furchtbare Nordwind fegte häufig über mein Notizbuch hinweg. Falls er einige Namen verwischt haben sollte, bitte ich dies zu entschuldigen. Die Gesichter, die Stimmen und die Herzlichkeit der Menschen werden mir stets in Erinnerung bleiben.